从一粒微尘中窥得日月 在异世...

辰东超高人气幻想之作 万千...

完美世界

辰东 著

完美世界28
PERFECT WORLD
Oriental Fantasy
辰东 著

东方幻想热血之作

定价
34.80元/册

上古神祸 一触即发 天地剧变 惊动各方

《完美世界》第1~28册全国火热销售中!

异人崛起

13
辰东 著

继《完美世界》后
辰东又一东方幻想之作

后文明时代的全新历程 / 突破想象力的极限之作

逃离炼狱　脱胎换骨	世间的枷锁被打开
进入浩瀚星海　营救受难恩人	全新的世界就此揭开神秘一角

定价：32.00元/册

《异人崛起》第1~13册
全国火热销售中

深空彼岸 2

辰东/著

时代出版传媒股份有限公司
安徽文艺出版社

图书在版编目（CIP）数据

深空彼岸.2/ 辰东著. — 合肥：安徽文艺出版社，2022.4

ISBN 978-7-5396-7434-6

Ⅰ.①深… Ⅱ.①辰… Ⅲ.①长篇小说–中国–当代 Ⅳ.①I247.5

中国版本图书馆CIP数据核字(2022)第006526号

SHENKONG BI'AN 2

深空彼岸 2

辰东 著

出 版 人：姚 巍
责任编辑：李 芳　秦知逸
装帧设计：周艳芳　曹希予

出版发行：安徽文艺出版社　www.awpub.com
地　　址：合肥市翡翠路1118号　邮政编码：230071
营 销 部：(0551)63533889
印　　制：湖南天闻新华印务有限公司　电话：(0731)88387856

开本：710 mm×1000 mm 1/16　印张：20　字数：300千字
版次：2022年4月第1版
印次：2022年4月第1次印刷
定价：42.00元

(如发现印装质量问题，影响阅读，请与出版社联系调换)
版权所有，侵权必究

目录
CONTENTS

第 56 章	被截了个大和	001
第 57 章	璀璨落幕	008
第 58 章	以一己之力为旧术续命	015
第 59 章	激起血性	021
第 60 章	老陈的护道人	026
第 61 章	登仙遗物	031
第 62 章	众志成城	037
第 63 章	女剑仙	043
第 64 章	王教祖	049
第 65 章	看见剑就想吐	055
第 66 章	安城圈贵	062
第 67 章	古今境界层次初对照	068
第 68 章	内景之忧	073
第 69 章	最后的宁静时光	079
第 70 章	邀请	084
第 71 章	老陈被猫叼走了	089
第 72 章	圣苦修士跑了	094
第 73 章	强势女妖仙	100
第 74 章	大猫再次来袭	105
第 75 章	小王立威	111
第 76 章	心有热血	119
第 77 章	只身打败所有阵营	124
第 78 章	宝藏少年	131
第 79 章	三年后世界会何等恐怖	136
第 80 章	三年之约	142
第 81 章	旧约锁真言	148

第 82 章	▶▶▶	捋清旧术史	153
第 83 章	▶▶▶	旧术不旧	159
第 84 章	▶▶▶	战舰可否打败列仙	165
第 85 章	▶▶▶	雨夜奔走	170
第 86 章	▶▶▶	遇上准宗师	176
第 87 章	▶▶▶	神话	182
第 88 章	▶▶▶	时代变了	188
第 89 章	▶▶▶	雨夜大战	194
第 90 章	▶▶▶	明天会怎样	201
第 91 章	▶▶▶	神秘的古剑	206
第 92 章	▶▶▶	天药	213
第 93 章	▶▶▶	图文并茂	219
第 94 章	▶▶▶	驾驶飞船采摘天药	224
第 95 章	▶▶▶	仙口夺食	230
第 96 章	▶▶▶	宗师意识	237
第 97 章	▶▶▶	红颜知己	241
第 98 章	▶▶▶	向往列仙的异类	245
第 99 章	▶▶▶	深空密地	249
第 100 章	▶▶▶	王宗师	254
第 101 章	▶▶▶	天纵之资	258
第 102 章	▶▶▶	曲终人散	264
第 103 章	▶▶▶	扎心分别	270
第 104 章	▶▶▶	神秘接触	276
第 105 章	▶▶▶	星际旅行	282
第 106 章	▶▶▶	偶遇	288
第 107 章	▶▶▶	月亮之上	294
第 108 章	▶▶▶	圣苦修士们太热情了	299
第 109 章	▶▶▶	老凌威武	305
第 110 章	▶▶▶	追求与践行	312

第 56 章
被截了个大和

葱岭,自古就是苦寒之地,常年寂静,今天却来了不少组织,部分人的身份还很不简单。

一艘星际飞船中,落座的人不算多,但都是重量级人物,正在共议、交易、讨价还价。

"莫海败了。"有人敲击桌面,示意其他人看大屏幕。

新术的发言人脸色平静,道:"新术才起步,旧术将落幕。一个如旭日初升,一个似夕阳晚照。新术潜力无穷,一切都有可能;旧术只剩下陈永杰,他却也要死掉了。道路崎岖,旧术到这个时代差不多该结束了……"

很可惜,旧术领域竟没有人获得资格坐在这里。

有人打断新术代表的话,冷漠地提到,这些年给新术的资源不少啦。

在座的人来头都不小,曾在地下挖掘出了不得的东西,可以为中断的旧术发展接续上一段。

原本他们有个计划,即将展开,但不久后就又搁置了。

"上次原本要给各地几所旧术实验班的秘药被临时调配,送到了新术那边。"

这话一出,场面顿时有些冷,因为这是各方共同的投资与决定。

主要是新术领域当时传来了惊人的消息,要求资源向他们倾斜,那种"新成就"瞬间就改变了各方原有的一切决议。

可以说，旧术曾被截了个大和！

另一艘超级战舰中，新术领域的大宗师陈锴将姿态放得很低，主要就是想一观金色竹简。

到目前为止，完整出土的金色竹简一共就只有两卷，而其中一卷，就掌握在眼前的钟姓财阀的手中。

但老者钟庸实在太难缠，简直是"吃人不吐骨头"，从陈锴这里得到不少好处，却依旧不松口。

陈锴暗叹，如果换个地方，换个人，他早就出手了。可惜这是某个超级财团的话事人，如果他敢妄动，他与身后的组织必然会被连根拔起。

不说其他，单一艘超级战舰出现就足够了，有多少个宗师都没用，一旦被锁定，很快就会被全灭！

所以，陈锴渴望变得更强，希冀走进神话领域中。

"我们付出极大的代价，才为您凑出一服生命大药，目前也只能做到这一步。这需要时间啊，等我们变得更强，在那个地方探索出更多的秘密后，自然可以再为您续命。以后如果我们能更进一步，为您采摘到地仙草，别说一二十年，多活两百年，甚至更久都有可能。现在，您手中的金色竹简留着也只会落满灰尘，不如给我们研究下，说不定就能解析出其中的深意。"

钟庸将腿上的瑞兽皮掀开，站到地上，活动了下筋骨，这才看向大宗师陈锴，一副语重心长的样子，道："我是为你们好才不给你们看，你们走新术路，为什么挖到旧术的根子上来了？"

陈锴道："以史为鉴，可以知兴替。以旧术为鉴，可观新术未来。况且，我们也承认，先秦时期旧术异常璀璨，只是到了后世，通向列仙的一大段中间路途彻底断掉了。我们想借鉴一二，未来可助旧术复兴也说不定。"

钟庸摇头，道："没用，你们这群走新术路的人不可能看得懂竹简上面的刻图，至于文字篇，就更不用说了。我以重金挖来一批最有名气的学者、教授共同研究，一个字都解析不出，给你们看，你们能懂吗？我认为，你们的语言文字功底与造诣等，同他们相比还是有差距的。"

新术领域的大宗师沉默着，心中却暗骂，这人真损，抱着金色竹简死活不撒手，还讽刺他们文化底蕴差。

陈锴知道，除非给钟庸再续一二十年的寿元，不然很难继续谈判，他遇上了一个非常"难聊"的主儿。

他起身告辞。有些事缓一缓、晾一晾，过上一段时间或许会更好谈。

目前新术能为人续命，虽然过程极其艰难，但是掌握这种手段，就算是握住了最强利器，使得一切都可以坐下来谈，包括要来更多的资源，以及与旧土的有关部门合作，接手探险组织等。

葱岭冻土上，陈永杰的胸膛剧烈地起伏，直到最后冒出淡淡的白光，又泛起丝丝缕缕的赤霞并伴着雷霆声，他这才渐渐平复下来。

没什么可说的，他向夏青示意，然后两人直接交手。

夏青虽然是一个女子，但是个头很高，举手投足间带着罡风，将周围的石块、沙砾全部搅动得飞舞起来。她像雌豹一般矫健，一跃就足有十几米远，凌空一脚向着陈永杰踏去。

并且，她周身都在发光。她偏向于肉身抗击方面，所有毛孔都在喷薄光芒，这让她看起来像被光焰包裹了，强大而让人慑服。

陈永杰一掌劈在她横扫过来的脚掌上，砰的一声，刺目的光芒爆发。

夏青的身体在半空借力，旋飞出去，落在地上。她将冻土踏得崩开，脚下出现一个深坑。

不久前那些对手被陈永杰的手掌劈中，不是当场殒命，就是身受重伤，能接住这一掌，可见她实力的强大。

夏青不愧为大宗师，身体强度本就惊人，再加上光芒覆盖身体，让她拥有了更加非凡的战力。

一刹那，她身上的光芒更为耀眼了，远远望去，她像是被一轮金色的太阳笼罩，绽放神圣的光芒。

她与陈永杰激烈交手，不断攻击对方。两人拳掌交击，伴着雷霆声，迸发出刺目的光芒，简直是惊天动地。

灰褐色的冻土上有很多岩石，其中不乏两三人高的巨石。当被夏青触及或者撞到时，巨大的岩石顿时四分五裂。

可想而知，被刺目光芒笼罩的她，肉身强度何等惊人！

远处，王煊神色凝重。陈永杰呼吸急促，看着有些不对，他心中焦急，有些忍不住了，向前迈步。

轰！

突然，陈永杰改掌为拳，施展出很像是大金刚拳的体术。

夏青倒飞出去，身上的合金甲破碎了一部分，保护头部的合金盔更是四分五裂，坠落在地，她的一头金色长发披散下来。

她淡蓝色的瞳孔急骤收缩，刚才那股巨力让她手臂发麻，全身剧痛。

陈永杰向前走去，胸膛随着呼吸起伏。超越大金刚拳的体术，在不足半个月的时间内就被他练成数式，今天这是第一次施展。

在他的体外，淡淡的雾气弥漫，他的脚步沉重而有力，逼向前方的对手。

夏青避其锋芒，同时周身如同有太阳神火焚烧一般，从毛孔中喷薄光芒，提升着自己的血肉强度，对抗陈永杰。

在接下来的碰撞中，陈永杰爆发，势不可当，震得夏青的整条右手臂软塌塌地垂了下去。

砰！

陈永杰的速度突破极限，任夏青左躲右闪，都无法避开他的攻击。她又被迫硬扛了一击，结果被震得全身剧痛。

夏青散发着刺目的霞光，像是流星划过大地，就要远遁而去，结果陈永杰更快，在后面追了上来，一拳轰向她。

夏青无奈，霍地转身对敌，她自然挡不住这一拳，被震得左手臂也受伤了。

砰的一声，她被一拳击中，心口的合金甲炸开，人横飞出去，倒在地上。

白光闪烁，大宗师莫海出手，拦阻陈永杰杀夏青。他催动七条白色光链，就要锁住陈永杰的四肢百骸。

陈永杰转身,一拳打出,突破声障,七条光链直接炸开,他纵身一跃十几米远,攻向莫海。

莫海全力对抗,可是咚的一声,他全身的白光还是被打散了。虽然他反应神速,躲避还算及时,可依旧被震飞出去,摔倒在地上。

新术领域的两位大宗师皆被重创,一时间无法起身。

陈永杰的身体似乎也有严重的问题,他停下脚步,手捂胸口,剧烈地喘息,暂时停下手来。

走新术路的人感觉既震撼又惊悚,老陈一个人击败两位大宗师,这实力太恐怖了!

有人忍不住上前,不能眼睁睁地看着两位大宗师被除掉。也有一部分人看到陈永杰的状态不好,跃跃欲试。如果趁现在击倒旧术领域最后的领军人物,旧术这条路就完了!

王煊直接上前,其他走旧术之路的人看到情况不对,也都迈开脚步,不可能看着陈永杰一个人顶在前面。

"老陈,收手吧,今天就这样结束吧。"身穿唐装的老者常恒开口,神色复杂。

常恒知道,今天过后应该再也见不到老陈了,其五脏旧疾已被引发。同时,他也清楚,两位大宗师多半也活不了,以老陈的性格,怎么可能让他们留下性命?

"常恒,你要出手阻拦我吗?"陈永杰喘息着问道。

常恒闻言,心头狂跳不止。他年轻的时候就认识陈永杰,对其比较了解,现在看到陈永杰眼底深处的冷酷光芒后,他二话不说,转身就登上飞船。

"我练新术是为了强身健体,现在只做理论研究。"常恒说完这些,还招呼熟人上船。

陈永杰开口:"老王,你看到了吗?对方留下的人眼中虽都带着怒意,但对我很害怕,他们不希望旧术重新崛起,再现辉煌。"

所有人都一怔,他在对谁说话?老王是谁?人们猜测,应该是走旧术之路的一位老者!

只有王煊与青木明白,他在对谁开口。

陈永杰又道:"老王,你记住这些人,以后要多加小心。这是对旧术之路最仇视的一批人,其中不乏走过旧术之路,但成就不怎么样的人,如今他们都已改投新术之路。"

王煊看向对面,一一记下,但心中很不安,老陈怎么像在交代后事?

"老王是谁?"吴茵就在王煊身边,小声问他。

王煊木然,很想说"大吴,你找打吧?",但他只能面无表情地回应:"不知道。"

"我以为是你的叔叔或伯伯呢。"吴茵说道,"因为都姓王。"

吴成林笑了笑,道:"应该是个年纪大的,就在练旧术的人群中。"

王煊没吭声,心中暗道:老吴,我记住你了!一会儿就跟你算账。

这时,陈永杰的胸口剧烈起伏,他拔出了插在冻土中的黑色长剑,开始迈步,向着两位大宗师走去。

"老陈,收手吧,今天一切都该结束了。"地平线的尽头,陈错走来,说完话,他就已经到了战场中,其速度让人惊悚。

谁都明白,这又是一位大宗师!

"等了这么久,我估摸着你也该来了。"陈永杰手持黑幽幽的长剑,胸膛起伏得没有那么剧烈了。

远处,王煊心头狂跳,老陈什么状况?他一向喜欢钓鱼,今天该不会是以自身为饵吧?

大宗师陈错开口:"老陈,别硬撑着了,你我都清楚,你现在状况很不好,我已经安排了最好的医疗团队,马上就帮你治疗。"

"别假惺惺的。"陈永杰戴着银色面具,扬起手中的黑色长剑,"你们三大宗师一起出现,不就是为了引发我的旧疾吗?谈什么治疗!"

这话一出,霎时引发一片哗然。所有人都吃惊了,许多人根本不了解其中的隐情，连青木都不清楚，脸色顿时煞白。

"我故意没对他们两个下狠手，就是在等你出现。我知道，你们不可能看着两位大宗师都被我击倒，一换一是你们的底线吧？"陈永杰说到这里冷笑了起来，"可惜，你们低估我了，这次我要击倒你们三个大宗师！"

虽然陈永杰的胸膛有些起伏，但是那种蔑视所有人的气势无比凌厉，让所有人都心悸，感觉恐惧。

说到这里，陈永杰又看向新术阵营那边，寒声道："还有你们，既然留下没走，还仇视我与旧术，那么也没有必要活着了！"

第 57 章
璀璨落幕

陈锴五十岁出头，一看就不是普通人，虽然他想保持低调，但双目开合间，有近乎实质化的光束划过。

"没有商量的余地了？"陈锴问道。

陈永杰年轻时就认识陈锴，这个人曾是探险队的一员，后来去了新星，一走就是近三十年。

毋庸置疑，三十年的时间里，他一直在神秘之地挖掘与精研新术，如今才成为大宗师。

"你觉得呢？"陈永杰冷漠地反问。

陈锴叹气，他们引发了老陈的旧疾，原以为老陈马上就要死了，但现在看来对方依旧有一战之力。

"那没什么可说的了！"陈锴倒也干脆。

突然，陈永杰快速后退，在原地留下一道残影，咚的一声，他曾站立的地方被轰出一个巨大的深坑，连一些土石都熔化了！

陈永杰早已形成世所罕见的精神领域，未卜先知，所以提前避开了。

一刹那，他背后流淌银光，像是有一对银色羽翼展开，那是吴家研制的推进器，帮助他疾速冲了出去。

他的目标是一台机甲，刚才有人驾驶机甲对他动用了能量炮。

那台机甲正疯狂开火，想要阻止他，但是已经晚了，陈永杰背后银光四射，早已数次变向到了近前。

咔嚓！

陈永杰手中一米五长的黑剑斩落，那台机甲被生生劈开，碎片散落一地。

接着，陈永杰快速改变位置，丝毫不手软，将另外三台机甲全部劈开，火花四溅。

一旦陈永杰冲到近前，在机甲队伍内出手，对方根本就防不住。

这支机甲小队共有四人驾驶最新机甲，最终一台都没有保住，全被陈永杰彻底毁灭。

陈永杰毫不留情，因为另外三台机甲也曾在他靠近时发光，数次想锁定他。既然如此，他就一口气全劈了。

众人震撼，走旧术之路的人达到这个层次，近乎通神！

陈永杰提着黑色长剑一步一步地往回走，虽然喘息声有些粗，但是其气势依旧震撼人心，让各方都感觉心悸。

就连他踏在地面上的脚步声，都引得新术领域的人不安。

大宗师陈锴轻叹，这个陈永杰果然深不可测，当初就是怕他突破境界，解决肉身旧疾后再无人可制衡他。

可这会儿，陈锴感觉即使陈永杰旧疾复发，也相当棘手。这个陈永杰到底达到了什么境界？

陈永杰声音低沉，道："其实你们不来找我，再过几年我自己就压制不住五脏的旧疾了。结果你们怕我突破，想先解决掉我，那么，对不起，我只能出手了！"

说到最后，陈永杰大吼出声，震得整片高原都在轻颤，附近的大山间都回荡着他恐怖的嘶吼声。

青木脸色发白，他明显看出自己师父的状态不对，无比担忧。

王煊叹道："没事儿，老陈命硬！"

这次，青木恨不得他的嘴真的开光了，能保师父安然无恙，千万不要死在葱岭！

轰！

大战爆发，而且是陈锴抢先出手的，他的额头居然发出刺目的光束，然后，他周围的空间仿佛都扭曲了，有些模糊。

"啊——"

附近不少人都捂着头惨叫，感觉剧痛无比，快速后退。

而一些意志力稍弱的人，当场被某种神秘能量冲击得眼前发黑，摇摇欲坠。

这是什么妖术？许多人大吃一惊，慌忙主动倒退。

吴茵觉得头疼，深感不适，因为她与王煊一样都离陈永杰很近，就在决战之地不远处的后方。

相对来说，她的表现还算好的，因为有些近前的人已经痛得直接昏了过去。

"快退！"青木组织走旧术之路的人背起昏倒的同伴，快速远离战场。

新术阵营的情况也差不多，有不少人倒在地上。

"那是一种精神冲击，附带着幻觉，稍微离远点就没事！"王煊看出究竟，扶着吴茵退走。

吴成林直接瞪了过来，王煊没搭理，淡淡地看了他一眼，扶着吴茵向远处退。

"老陈不会出事儿吧？"部分人面色发白，头昏脑涨。

许多人都觉得不安，为老陈感到担忧。因为老陈举起黑色的长剑站在那里一动不动，没有向前迈步，也没有挥剑。

唯有王煊最淡定，他彻底放下心来。和老陈比精神力，这不是找死吗？

老陈是什么人？是形成精神领域的能人，并且在这方面有实打实的战绩——他曾招惹苦修门羽化苦修士，结果在精神领域被活活打了一宿都没事，第二天照样能去找小王算账。

青木也很平静，他清楚地知道自己的师父早在很多年前就拥有精神领域了。

果然，在走旧术之路的人担忧，走新术之路的人震撼与喜悦时，巨变发生，大宗师陈锴惨叫，像是精神错乱一般，猛力地摇头，而后发狂般向陈永杰冲去。

陈锴与陈永杰在精神领域对决，的确非常不够格，他刹那间就被陈永杰的精神领域撕裂额头前的白光，遭受重创。

陈永杰扬起手中的长剑，冰冷的银色面具后，双目冷酷无情。哧的一声，幽幽的剑光划过。

陈锴也曾是一位旧术高手，但水平远远无法与陈永杰相比，尤其是现在，他的精神被击溃，差得就更远了。

黑幽幽的剑如同闪电般落下，大宗师陈锴瞬间殒命！

看到这一幕，所有人都蒙了，那可是一位大宗师啊，竟然在瞬间被击败，倒了下去！

陈永杰持着黑色长剑，独立于战场中，他眼神冷漠，震慑住了所有人。

各方都无比震惊，老陈斩灭大宗师的速度太快了。连坐在超级战舰中的大财阀代表人物钟庸都一哆嗦，将瑞兽皮掀落在地上。

"竟然这么惨烈！我原先还想着，让他们两条路的人彼此牵制、相互制衡，结果三大宗师皆败，连陈锴都被除掉了。一会儿给陈锴那个组织打笔钱吧，表示一下。"

接着钟庸又叹道："这个小陈，陈永杰，有些可惜。听陈锴的意思，小陈旧疾被引发，注定会死。一会儿你们帮我给他送个花圈，嗯，我亲笔写个挽联吧。"

显然，陈永杰的超神表现震惊了各方。

一些相关的大机构、组织、财团的人都各自盘算，而后有了一些决定。

"新术那边最近很活跃，原本应该敲打一下，但现在看来还是算了，毕竟这次受挫不小。"

"旧术那边，给他们倾斜下资源，还是要扶持的。"

……

"老陈真猛啊！"王煊感叹，一剑劈死一位大宗师，这种战绩太非凡了。

吴茵叹道："老陈如此显赫的战绩对走旧术之路的人会很有利，财阀与那些组织应该会将资源重新向旧术倾斜。"

"什么资源？"王煊诧异。

"各方原本有个计划，从各地的几个旧术实验班开始扶持旧术，尝试扩大范围，并且已经准备了一批虎狼大药，要给实验班的学生先用。但在这时，新术那边突然传来消息，说是有了惊人的突破，可以为人续命。所以最后关头，那批大药被送到新术那边去了。"

这一刻，王煊有些出神，一下子想到很多问题，然后怒火中烧。他们这是被新术那边……截了个大和？

而且还是在他不知道的情况下！

吴茵进一步解释，又说出一则秘闻。

财团、研究院以及其他组织曾联手在地下发掘了一处遗迹，挖出了一些依旧完好的种子，然后尝试种植，结果那些种子都发芽了。

按照关于那片遗迹的记载，那几种药草在古代属于大宗派的秘药，是专门为培养年轻弟子准备的，可以极大地改善人体体质，缩短修行的时间。

药草被成功种植出来后，经过检测，确信这的确是虎狼大药，药效非常猛烈，一般人根本受不了，但对练旧术的人来说无比珍贵，具有奇效。

"新术领域的人，绝对是故意在关键时刻透露消息的，成心截和！"王煊认为真相就是这样。

大战要落幕了。

陈永杰手持黑色长剑，向着莫海与夏青走去。

新术领域的两大宗师都站了起来，没的选择，准备拼命突围。他们感觉现在陈永杰的状态很不对劲，简直天下无敌。

轰！

刺目的白光闪现，莫海先出手，向着陈永杰打出一道白光，而后借此迅速远遁。

夏青也快速逃亡，这没什么可丢人的，只要能活下来，一切就都还有可能，死在这里才最不值。

陈永杰挥动神秘的黑色长剑，震散白光，追击莫海，并在此过程中顺势给了夏青一拳。

夏青的两条手臂都受伤了，勉强抬起，但根本挡不住。

夏青的身体被震得旧伤发作。即便这样，她也没有殒命，被震飞后转身就逃。

不远处，莫海被追上了，他仰天一叹，转过头来拼命，但这是徒劳的，他被陈永杰一剑刺中，就此殒命。

陈永杰转身再想去追夏青时，身体一阵摇动，胸膛内像是有什么沸腾了一般，感觉剧痛难忍。他不由自主地放缓脚步，捂住胸口。

王煊见状第一个冲了过去，他心中十分不安，为老陈担忧。

"师父！"青木也大叫。

接下来是一群人跟着向前冲。

王煊疾速狂奔，不可避免地遇上了逃亡的大宗师夏青。

夏青眼神冷厉，她显然误会了，觉得一个毛头小子也敢拦阻她，简直活腻了吧！

她的手臂已经受伤，无法再挥动，于是她用力在地上蹬了一脚，准备凌空而起，向王煊踢去。

王煊瞳孔收缩，面对这种大宗师他的寒毛都竖了起来，他觉得躲不过了，但既然遇上了，那只能知难而进，将自身的力量提升到极限。

然后，他毫不犹豫地动用张仙人留下的体术，五页金书上记载的那个起手式！

他怕自己被大宗师瞬间斩灭，此时将全身力量提升到极限。他一跃而起，凌空一脚向前踢去，以攻代守。

夏青受伤实在太严重，脚在地上用力蹬，还未跃起，身上的伤口由于这种剧烈的腾挪动作进一步撕裂了。

她闷哼出声，那种痛难以忍受。她没能顺利腾空，反而一个趔趄，险些跌倒在地。

王煊目光炯炯，抓住这难得的机会，凌空一脚，砰的一声踢向她。

013

这一脚的力量全面爆发开来，毕竟是张仙人留下的体术，哪怕只是第一式，威力也恐怖得过分。

　　夏青惨叫着倒飞了出去，坠落在地快速翻滚，而后彻底不动了！

　　又一位大宗师战死！

第58章
以一己之力为旧术续命

那一年，我在葱岭，一脚踢死了一位大宗师！——王煊觉得，如果自己现在功成退隐，就可以这样写传记。

可惜，那完全不现实。

此刻，在众目睽睽之下，他一个二十出头的年轻人一脚踢死夏青，想不引人注目都不行！

但是这让他压力巨大，因为他很清楚这意味着什么。

毫无疑问，现在全场目光聚焦于他，别说新旧两个阵营的人，就是天空中那些战舰中的财阀与各大组织的人，估计都被他吓了一跳，正在盯着大屏幕。

事实也的确如此，天上战舰，地上人群，男男女女都向王煊望去，脸上写满惊讶，感觉不可思议。

他才多大？这么年轻！虽然夏青身负重伤，可是被人一脚踢死，还是有点儿离谱！

"谁说旧术没人了？这小伙子哪来的？很猛啊！"远方一艘超级战舰中，一个老者看着大屏幕说道。

这种人身边自然不缺少真正的高手，一个中年男子开口："还要再看看，也许是夏青自己支撑不住了。"

旧土有关部门所在的超级战舰中，那个副手很沉静，坐在那里没有开口，他盯着大屏幕中的陈永杰，又看向王煊，什么都没有说。

现场，旧术领域的人都非常震撼。身为内行人，他们自然明白大宗师的实力何等恐怖，即便伤势再重，除掉他们这样的人也是轻而易举。

吴茵也很吃惊，小王到底是什么层次的高手？实力究竟有多强？他居然在这种关头干掉一位大宗师。

吴成林也盯着王煊，他们要想与探险组织深度合作，就需要旧术领域的高手介入，这位不是现成的吗？

青木意识到，小王这一脚踢出的动静不小！

这样的局面，并非王煊所愿，他非常冷静与清醒，这干净利落的一脚，引人注目与惊叹，看起来风光，但必然会使他被人盯上，甚至会被人拿放大镜去看。

这与他的初衷相悖，现在的他想尽量低调，还不想走到众人面前。一旦被人注意，就会有各种意外与不确定性，甚至会有危险接近。

王煊第一个冲过去，扶住陈永杰，他真的很担忧。老同事现在的状态极其糟糕，呼吸粗重，胸膛剧烈起伏，而且身体滚烫。

"师父！"青木差点落下泪来，扶住陈永杰的另一条手臂。

"别急，一时半会儿还死不了，能坚持到离开。"陈永杰道，冰冷的银色面具下，他的声音依旧保持着冷静。他示意青木不要焦躁，更不要在这里失态，有什么等他们真正离开再说。

一群人冲了过来，将陈永杰包围住。

"老陈，你没事吧？"吴成林问道。

"没事。"陈永杰平静地答道。

他越这样，王煊心头越沉重，老陈这状态很不妙。

一群人都在问候，他们看陈永杰呼吸渐渐平稳，以为没事了，都长出一口气，露出笑容，可是他们并不知道内情。

"年轻人，厉害啊！"气氛松弛下来后，一个旧术高手看向王煊，露出赞叹之色。

今天陈永杰一个人破了新术机甲阵营，连败三位大宗师，并亲手除掉两人，绝对地震慑了走新术道路的人。今日的消息肯定会传到各地，引发巨大的轰动，而眼前这个年轻人也绝对会吸引很多人的目光。纵然是夏青体力不支,自身战斗力受损严重,可一个大宗师这样被击倒,也还是会激起波澜。

"小伙子,年龄不大,实力却这么强,真不错。"吴成林也开口说,带着温和的笑容。

王煊相当冷静,第一时间"辟谣",道:"纯属意外。我冲过去时她已经力竭,大宗师夏青其实是败在老陈手里的。"

吴成林听到王煊这样说顿时笑了,反而更欣赏他了。吴成林觉得这个年轻人很清楚自己的处境,没有被一时的风光冲昏头,他这样回答是在自保。

吴茵也微笑,对吴成林点头,但内心暗叹小王确实够狠的。

同时,她也想到另外一个人,那个人曾一脚踢向她,让她落进湖里,现在想起来都让人咬牙切齿。

难道现在练旧术的年轻人都喜欢动脚不动手了?她胡思乱想,很快又否定这个想法,再怎么说,眼前的小王也比那个王煊强多了!

"我们走!"青木开口,他担心老陈,要第一时间带师父去治疗,飞船中有最先进的医疗设备与专业人员。

王煊亲自扶着陈永杰,警惕地看着四周。这时,他瞳孔收缩——对方果然行动了!

新术阵营那里,有一群人正在缓慢地迈步,朝他们逼近,他们看到陈永杰状态不好,有些跃跃欲试!

那些可不是什么毛躁的年轻人,而是一群以中年人为主的人,他们眼中都带着冷厉之意,非常仇视旧术阵营这边。因为他们很清楚今天这一战意味着什么:陈永杰在以一己之力为旧术续命!

在此之前,新术崛起,可以说势头猛烈,与各方都有接触以及密谈,更是直接截和旧术的虎狼大药。

这一切都建立在新术出了数位大宗师,以及他们能帮财阀延续寿元的基础上,并且新术与旧术相比,后者被认为已彻底没落,在陈永杰逝去后,旧术这条路也就完了。

可是今日，陈永杰一个人大败新术阵营，剑劈机甲，击败三位大宗师，强势除掉其中两人，简直超神了。到了这个地步，谁还敢说旧术不行？！

三位大宗师曾亲自去游说财阀并向各大组织暗示，需要进一步倾斜资源，但是现在这三人全被陈永杰一个人解决了。

今日之战是对新术的一次重大打击！

尤其是最后阶段，那个莫名其妙跳出来的年轻人，一脚踢死大宗师夏青，等于直接证明旧术阵营后继有人。

这让新术领域的人愤慨、急躁、怒不可遏，感觉今天宛若被人从七彩云端直接打落到尘埃。

他们都知道，今天这一战过后，旧术之路又通畅了！各大财阀与组织肯定会向旧术倾斜资源。

那些缓慢逼近的人自然都与三位大宗师有密切关系，不然的话也不会这么仇视旧术。

现在他们全都看出，陈永杰的身体出现了极为严重的问题，以至于最后都没去追击夏青，他现在很明显已经不能动手了。

新术阵营那边，有人大喝，按捺不住，带头冲了过来，身后跟着一大群人。

在这群人看来，旧术领域除了一个陈永杰，其他人不足为虑，他们远不是新术阵营这边的对手。

领头的那些人不是三大宗师的好友就是他们的弟子，他们要趁现在联手冲过去，为莫海、夏青、陈锴复仇。

王煊快速挡在最前面，现在他就是想低调都不行了，既然这群人要发疯，他就只能奉陪到底！

"松手！"陈永杰低语，让青木松开手，然后，他提着黑色长剑走了出去。

对面的人顿时神色一僵，脚步都慢了下来，心中无底了。陈永杰今天的表现有目共睹，让这群人心惊胆寒。

王煊也是一怔，看向提剑而出的陈永杰，他一阵狐疑，老同事是故意等待对面出头？

主要是在相处的这段日子里，老陈一次又一次地"钓鱼"，让王煊都有些蒙了，看不清老同事的真正心思。

陈永杰路过他身边时，以微弱的声音叹道："我不行了，待我将他们中的顶尖高手全除掉，余下的……你去对付！"

说完，陈永杰一跃就是十几米远，速度实在太快了。他手持黑色利剑直接冲了过去，刹那闯入人群中！

陈永杰虽然身体状态不好，但是仍如虎入羊群，剑光四射，瞬间就劈倒一片高手，根本就没有人能拦得住他！

王煊看到这一幕，还有什么可说的？不可能看着老陈死在这里，现在他无法低调，被激起血性，冲了过去。

后方，一群走旧术之路的人都大吼，也跟着冲击，因为陈永杰的表现让他们揪心，他们感觉很难过。

现在，陈永杰依旧是无敌状态，手中剑光如虹，每一剑落下都有新术领域的高手毙命，但是他的胸膛像要炸开一般，起伏到吓人的地步。

许多人意识到，老陈今天多半会死在这里，他的伤势早已不可逆转，他现在是要尽最后一份力，扫除新术领域的一些强大敌人！

旧术领域有许多人眼睛都红了，他们感觉自己没用，让老陈一个人扛起这一切，但他们都竭尽所能向前冲击。

此刻，在许多人看来，陈永杰在发光，极尽璀璨，与他手中的长剑一样无坚不摧。

但是这应该是他最后的绚烂，他与三个大宗师激战时都未受重创，现在却伤痕累累。

"老陈，你退后，不要再战了！"王煊喊道。他实在忍不住，鼻子都有些发酸了，不再压制自己的潜力，再次动用了五页金书中记载的体术。

陈永杰最后大喝一声，手持长剑横扫。

他与剑光共灿烂，喘息道："如果是在古代，旧术秘路未断之时，我注定是要成为教祖、羽化成仙的人,你们算什么?!"

  陈永杰仗剑而立,周身都在发光,声音震动葱岭。他落寞,也有一腔压抑的豪情,可惜,他生错了年代。

第 59 章
激起血性

陈永杰身上在发光,他手持长剑,扫视所有对手,没有一人敢上前。他目光所至,那些人都在心悸,不由自主地后退。

许多人都意识到,老陈多半要殒命了!

不论敌我,全都看出了他的异常,他的胸膛处蹿出雷光,里面还发出可怕的沉闷声响。

陈永杰的身体在颤抖,仿佛随时都会倒下去,但他挺住了,持剑看着葱岭地平线的尽头,原本犀利的目光渐渐变得暗淡。

旧术四老曾评价,陈永杰如果生在古代,最差也能开山立派,若强势登顶的话,则可能会成为旧术领域的圣苦修士级高手。

王煊鼻子发酸,他的感觉很敏锐,老陈身上的生机锐减,的确快不行了。

他凌空一脚将身前的一个新术高手踹飞,眼睛发红,冲向陈永杰那边,怎么也没有想到老同事居然真的要殒命了。

"师父!"青木低吼,声音中充满了绝望与悲伤,在他眼中无比强大且异常精明的老陈,怎么会殒命?

"老陈!"旧术领域的许多人都大叫,有点接受不了这个现实。

不久前陈永杰还纵横战场,如同战神附体,只身打倒三位大宗师,尽显无敌的姿态,现在却双目暗淡,眼看就要离世了。

旧术领域的很多人向陈永杰冲去,心中无比难受。陈永杰太猛,一个人对战新术阵营，一往无前，而他们却落后这么多。

"你敢！"看到新术阵营有人壮着胆子，持一口合金长刀向着陈永杰而来，王煊怒喝。

在这种情况下，新术领域的人大部分都没再动手，虽然很多人仇视陈永杰，但又不得不佩服他的神勇，因而即使眼见他不行了，也没有再靠近他。

只是有个别人不这么想，哪怕见陈永杰双目失去光彩，也还想上前，要对他赶尽杀绝。

王煊的战力毋庸置疑，陈永杰对战新术阵营时，他离得不是很远，比走旧术之路的其他人都靠前，最接近陈永杰。

现在他怒发冲冠，拎起一具尸体，轰然一声砸了出去，正中那个冲向陈永杰的年轻人。

砰的一声，那个年轻人被砸了个人仰马翻，合金刀坠落在地上。他捂着鼻子起身，恨恨地看了一眼王煊，不顾一切，捡起地上的长刀再次向着陈永杰而去。

今天，他就是要干一件大事！不管别人怎么看，诅咒也好，非议也罢！

除他之外还有几人在接近，都是年轻人，他们相当激进，热血上头后不管其他，只想着摘走旧术大宗师的首级，完全没有考虑这将引发怎样的风暴。

此时，那几个年轻人非常接近了。王煊的眼神无比可怕，真要是让人在他面前羞辱老陈，他觉得他这辈子都不会原谅自己。

他来不及再去拎尸体砸人了，但灰褐色的冻土上岩石很多，他一脚踢起一块水盆大的石头，正中那个举起合金刀的年轻男子。

这一下很重，附近的人都听到了咔嚓声，年轻男子身受重创，只能说王煊这一脚的力量巨大无比。

毕竟，王煊是将金身术练到第五层初期的人，肉身充满生机，内蕴惊人的力量。

那个新术领域的年轻人倒在地上，虽然没死，但是受了伤，身体的剧痛让他生出无边恨意。

另外几个冲向陈永杰的年轻人瞳孔收缩，但是没有止步，只因王煊已经冲到了近前。

他是跃过来的，身在半空，就一脚将一个年轻人踢得大叫起来，可想而知这力道有多么恐怖。

"啊——"这个人痛苦大叫，喊声无比凄厉，因为这种剧痛让他难以忍受。

此时，旧术阵营那边一致传来痛快的大吼声，大家都很激动。

同一时间，场外各方都看到了这一幕，有人盯着王煊，那一脚下去简直比钢刀还锋利。

王煊脚下稍微用力，甩开了那个人，而后一步跨出，来到那名被他用石块砸翻的年轻男子的近前，给他来了一脚，就这样连续解决掉两个人。

另外三个人不由自主地倒退，看到王煊气势如虹，他们如遭冷水泼头，一而再，再而三地退后，没敢闯过去。

到了这种境地，陈永杰虽然双目彻底暗淡，声息全无，但依旧持着剑，没有倒下去。

王煊试了试陈永杰的鼻息，而后扶住了他。

"师父！"青木目眦尽裂，也冲到了跟前，抱住自己的师父，热泪顿时滚落。

"不要太用力，你师父虽然没了声息，但是胸膛内还有雷光在交织，很容易炸开！"王煊低语道。

陈永杰的状态糟糕到了极点，呼吸已经停止，可五脏中依旧在浮现雷光，一不小心他就会当场身亡，这不是旧术大宗师该有的死法。

王煊冷冷地盯着对面的三个年轻人，没有攻过去。他轻缓地架起陈永杰后退，怕动静过大，其体内的雷光爆开。

"此地太复杂，将老吴也保护起来。"王煊低语道。

青木点头。陈永杰那么精明，他身为其弟子，自然也不会是等闲之辈。

就凭青木当初在王煊还没有毕业时，就神不知鬼不觉地将王煊安排到陈永杰的身边工作，便可知他绝对不是"善茬儿"。

"将吴先生也保护起来！"青木喊着，带着一大群人向吴成林那里冲去，将他保护着，与陈永杰一行一起撤退。

吴成林一阵无语，他自然知道怎么回事，可他来自新星的超级家族，估计没人敢轻易让他出意外。

王煊护送回陈永杰，直接转身，因为新术领域那边还有高手，有些人缓缓地走了过来，逼到近前。

王煊真的被激出了血性。老陈落到这步田地，就是因为这些人最后的逼迫，他现在没有任何犹豫，直接冲了过去。

因为他很想救老陈，想尝试在大战中激发"超感"状态！

此时，王煊的拳脚势大力沉，他的五脏在轻鸣，淡淡的光芒几乎要透体而出，这是张仙人留下的体术。

他与一位中年男子数次碰撞，直接让那个浑身都被绿光覆盖、身体无比坚韧的强者受不了，绿光崩开，中年男子被王煊一拳击中！

这一幕引起许多人的注意，陈永杰横扫一群高手也就罢了，这个年轻人竟也如此之强，眼下居然只身一人干掉新术领域的一位高手。

有人目露冷光，催动自身的血液，力量流转，体外顿时赤光绽放，他想将王煊的精血剥夺。

然而王煊五脏共振，不断轻鸣，他一跃而起，冲了过去，与此人迅速碰撞，四拳过后，这个人当即殒命！

新术领域这边的人都大吃一惊，虽然他们的大多数高手都被陈永杰用黑色的长剑斩灭了，但刚才被除掉的两个人也不算弱，居然都死在那个年轻人手中。

又有一个新术领域的人冲了过去，此人身高足有四米，体外带着淡淡的蓝光，显然这是新人类——基因超体。他力量雄浑，对着王煊跨步，一拳就砸了过去，爆发出风雷之声。

王煊一侧身避开，而后猛地横扫，胸膛爆发出淡淡的白光，力量蔓延到脚掌，全力踢在基因超体的膝盖上，直接让此人跪了下去。

王煊跃起，一脚扫中他，看都没看他一眼便向前冲去，迎上了另外一位高手。

王煊将第五人踢飞后，果断而迅速地后退。因为他动用五页金书上记载的体术，消耗太大了，已经承受不住。

他叹息一声，果然越是刻意地想触发"超感"，越是不可能出现。

同时他也冷静了下来，他知道今天这一战差不多该落幕了，不管双方怎么想，也到此为止了。

对面有人指点王煊，带着恨意，他们显然都没有料到，最后关头旧术领域居然还能冲出这样一个强大的年轻人，连灭他们数位高手。

王煊没有理会，迅速退走。

吴成林目光闪动，盯着王煊看了又看，最后对青木道："老陈口中的'老王'，该不会就是这个年轻人吧？"

不得不说，吴成林相当敏锐，这都能快速联想出来。

"不是！"青木一口否认。

王煊心想：这老吴还挺贼，想挖出我的底子吗？真不厚道。

吴成林叹道："小伙子，你太让我意外了，居然这么强，真是英雄出少年啊！"

王煊自然知道，吴家想找旧术高手合作，这么套近乎，估摸着是想拉拢他去卖命。

"高手都被老陈除掉了，我对付的那几个实力都不强。"王煊摇头，之后他一怔，问道，"老陈呢？"

"被有关部门的人第一时间接上飞船，正在紧急治疗。"青木心情沉重地说道。

……

陈永杰将死，引起各方关注，不同的组织反应自然也不同。

大多数人都有些感慨，觉得可惜，旧术领域好不容易出现这样一个人，却也难逃宿命，无法再谱一曲后路的辉煌。

许多人都在密切关注着，看陈永杰的生命之火何时熄灭。

第 60 章
老陈的护道人

在一艘闪烁着冰冷的金属光泽的超级战舰中，大财阀的代表人物钟庸开口："把我用的长生液给小陈送一份去。"

一位中年男子闻言有些迟疑，道："是长生液……还是养生液？"

这位中年男子怕老者口误，前者价值高得离谱，需要跨星空采集各种奇异矿物与珍稀药草等，熬炼过程极其艰难，一不注意就会失败。

长生液无法量产，一向有市无价，最后只会落到少数超级财阀手中。极个别药剂纵使流落到黑市，也只会标上让人望而却步的天价。

钟庸虽然身体枯瘦，头发稀疏雪白，但很有气势，一言一行都不容置疑。他扫视过去，顿时让中年男子额头冒汗。

"我这就去安排。"中年男子低头，快速说道。

钟庸让中年男子不要紧张，摆手示意他离去。

"您这么看重陈永杰吗？可他应该活不下来了。"旁边一位头发花白的老人开口，他是钟庸的次子钟长明。

钟庸平静地开口："结个善缘，人会懂得感恩。"

钟长明略感诧异，父亲人到晚年越来越心软了吗？可不管怎么说，面对一向强势的父亲，他也只能点头。

钟庸补充道："我是说，将药液当众送过去后，练旧术的那些人应该会懂得感恩。"

钟长明无言以对，片刻后才道："您对旧术阵营比较看好？"

"谈不上看好与否。当初从遗迹下挖出一些可以制作虎狼大药的药草的种子，可明显加强旧术阵营的力量，谁知道以后还能发现什么？"钟庸说。

钟长明问道："要不给新术阵营那边也送些东西？"

钟庸摇头道："不是给他们打了一笔款吗？什么都不要送了。以后直接在他们内部挖新术的最新研究成果。"

接着，钟庸冷淡地说道："力量，永远都要掌握在自己的手中，这个道理在什么时代都颠扑不破。我的遗嘱中再加一条：除了原有的一切，想成为继承人还必须要无比重视超凡领域，钟家得始终走在前沿！"

随后，钟庸语重心长地道："现在看没什么，可数十年上百年后，万一出现神话生物怎么办？钟家的后代中，必须得有人保持住优势，成为该领域的翘楚。我年岁大了无所谓，但你们要未雨绸缪，避免将来从金字塔顶端跌落，看人脸色。"

钟长明顿时变得无比郑重，但是内心深处觉得老父亲什么都好，就是言不由衷。他父亲极其贪恋红尘，从二十年前开始数次病危，但每次都能花费巨大代价找来续命法熬过来，一直活到现在，将第一顺位继承人的长子都活活熬死了。

钟长明叹气，他估计自己也熬不过父亲，这继承人的身份不要也罢，还是留给下一代去争吧。

这时，一个非常标致的姑娘走了进来，她能随意出入这里，显然深得钟庸喜爱。这个姑娘笑起来时，大眼睛仿佛会说话似的，越发显得漂亮，她道："太爷爷您放心，我组织的探险队一定会为您挖到那株地仙草，让您长命五百岁。最近我物色了几个非常厉害的人物，近期会会集到一起。"

钟长明心中暗叹：孩子，你要是真能采摘到地仙草，你与你的那些兄弟就不用惦记那个位置了，老爷子会一直把持下去，将你们都熬死！

钟家只是一个缩影，财团、各大组织的情况皆相近。

"怎么样了？"青木无比焦急，看到有小型飞船落下，他赶紧冲了过去，问自己的师父现在状况如何。

"情况非常不乐观，经过检查，老陈的五脏全是裂痕。"有关部门的钱磊来了，他曾与青木、王煊一起去过大兴安岭的地下实验室。

钱磊严肃地告知青木，现有的各种医疗手段都没用，因为老陈的五脏中还有神秘的雷电在纠缠，真要采取什么措施的话，老陈可能会当场没命。

青木脸色煞白，浑身无力，如果连最先进的医疗技术都没有用的话，那么他师父就真的没有活路了。

"嗯？"忽然，钱磊接了个电话，回来告诉青木一则好消息，大财阀中的钟家让人送来一剂长生液，稳住了陈永杰的状态。

"比我们还在路上运输的那份救命药还珍贵一些吧？"吴茵小声问道。

吴成林点头，道："这还真是钟庸老头子的风格，讲究有舍有得。估计老陈要是挺不住的话，钟老头还会让人送来他亲笔写的挽联，当下练旧术的人正好都聚在一起，肯定会记住他的好。"

吴茵："……"

吴成林补充道："当然，他肯定也安抚了新术那边。"

吴茵低语道："我就想看看钟老头到底能活到什么时候。"

很快，钱磊又告诉青木，经过医学专家组会诊，他们一致认为，服下长生液的陈永杰能坚持两天。

吴成林适时上前告诉青木，吴家也有一服大药送来，药效抵得上长生液的大半。

"也就是说，老陈还能坚持两三天。"王煊皱着的眉头略微舒展，他将青木拉到一边，低语道，"我有种古法可以试一试，现在考验你的时候到了，你动用一切关系，去有关部门求援，找与古代羽化飞升有关的古物，什么舍利子、先秦方士遗物……全力搜罗！实在没有的话，将与列仙传说有关的石洞、地砖等挖出来都行，总之把能找到的尽量都聚拢到一起。"

青木一愣："这是要做什么？"

"炼丹！"刹那间，王煊又摇头，"别问，如果有人问起，就说是你师父以前得到的秘册，记载有祝由、古巫的旧法，借物祭祀。总之，千万不要提我，将我择干净，不然会出事儿！"

王煊跟青木说了很多，最后他叹了口气，为了救人，他也是迫不得已豁出去了。

他有些担心，那些大组织、财团以及有关部门的人都相当精明，即便他无比小心，严加防范，多半也会留下痕迹。

"老陈，自从遇到你后，我发现你就是个坑啊！"王煊仰天长叹。

很快，他又提醒青木道："对了，还有随侯珠，到时候你也将它要过来，放在你师父身边，以古代最负盛名的祥瑞宝物护命。"

王煊叹气，退到一边。他走来走去，心中不宁，长吁短叹："老陈，自从你出现后，我就开始不顺，一路被你折腾，不得不送你女方士，送你苦修士，什么都给你，现在又要被你拉进不可预知的旋涡中！"

青木去求援，动用了一切手段与关系，搜罗各种古物，说要以祝由、古巫等旧法尝试为陈永杰续命。他回来后正好听到王煊的自语，顿时忍不住道："谁愿意让你送苦修士等上身？！"

"你师父愿意！"王煊理直气壮地回道。

青木有心反驳，可是一琢磨似乎还真是那么回事，别人无比恐惧，他师父却……甘之如饴！

"有什么办法救老陈吗？"吴成林凑了过来。

王煊立刻开口："老青刚才去请教一位前辈，说需要珍稀古物，比如先秦时期的金色竹简等，或许能救老陈的命。"

吴成林不理王煊，看向青木。

青木唉声叹气，道："刚才电话联系过了，那位老前辈是这么说的，需要与列仙有关的珍稀奇物。"

王煊走到吴茵身边，跟她套近乎，问她吴家有没有金色竹简。

吴茵直接冲王煊翻白眼，但最后还是小声告诉他，超级财阀钟家手里有金色竹简，但是肯定借不到，那东西秘不示人。

"老钟有孙女吗？"王煊问道。

"有重孙女。你想干什么？"吴茵淡淡地问他。

"我觉得你们应该认识，是好闺密吧？你可以通过她去试试看。救老陈一命胜造'七百'级浮屠，到时候与你们吴家合作，老陈必然舍生忘死，豁出命去相助！"王煊道。

"我一直希望有人能收拾小钟！"吴茵说道，看样子似乎吃过什么大亏。

王煊无语，觉得没法儿聊了，简单安慰她说犯不着动气，以后找机会再计较，然后跑去找吴成林套近乎。

王煊发现吴成林对他想法非常多，因此他没敢再提什么，怕露马脚，只能靠青木发动关系了。

青木以救师父的名义开口，真的搜罗到了一些东西，有关方面很给面子。

王煊走到一边，独自琢磨，考虑各种情况，最后心情沉重地道："老陈啊，我对你算是仁至义尽了，不仅送你苦修士，送你超越大金刚拳的体术，这次还要冒死尝试救你的命。自从相逢以来，我一路为你保驾护航，真成了你名副其实的护道人啊！"

第 61 章
登仙遗物

葱岭，一些小型飞船落下，将尸体全部运走，并清理了被陈永杰劈碎的机甲。

就连莫海、夏青、陈锴也不例外，被放在冰冷的担架上，用数尺长的白布蒙上。

王煊感叹，一定要小心谨慎，好好活着，千万不能大意。连大宗师都落到这步田地，更何况他现在与那三人相比还有距离呢。

"小王，感慨什么？有个大宗师就是被你踢死的。"吴成林开口。

王煊觉得吴成林绝对是故意的，他现在不愿别人提这个事，想低调地蒙混过去。

也有中型飞船降落在冻土上，救护伤员，舱中有较先进的医疗设备和非常专业的医护人员。

重伤者被迅速抬走，轻伤者在原地接受包扎，很快，那些人都得到了治疗。

王煊也凑了过去，同时让青木打了个招呼，他伪装重伤，说自己的心肺被人击中，现在伤势严重。

一切都是为了低调，王煊不想成为别人眼中的旧术新秀，更不想被人贴上"老陈接班人"的标签。

青木的确去找人了，但是他刚走就来了个女医护人员。女医护人员告诉王煊他的身体没事儿，远比常人强健。

王煊跟她低语，说自己的心肺就是有问题，疼得厉害。但这个妹子很耿直，直接急眼了，大声道："你一点儿问题都没有，心肺比大型猛兽的都要强壮！"

王煊扭头就走，不想再跟她多说一句话。这个小插曲起了反作用，不少人看向他时咧嘴直笑。

葱岭大战结束，非常惨烈，新术三位大宗师被灭，旧术虽胜，但唯一的领军人物倒下了。

一艘艘冰冷的战舰、星际飞船先后划破长空，离开这片高原。

王煊、青木护送陈永杰回到安城，按照专家组的意见，正常的医疗手段已经没用了，人力已穷尽。

一群走旧术之路的高手都跟到这座城市，想送陈永杰最后一程，带着伤感之色。

事实上，新星与旧土的有些组织也遣人来到安城，准备适时去吊唁陈永杰。

王煊觉得这种氛围很诡异，估计各方都在预订花圈，准备开追悼会，他万一将老陈救回来了，算怎么回事？

青木满脸悲伤，觉察到各方的动静后更忧伤了，他也认为老陈活不成了。

对于王煊说的要救老陈，青木完全抱着"死马当活马医"的心态，不怎么相信。现在他心灰意冷，都准备为老陈张罗后事了。

王煊估摸着，老陈要是活过来了，肯定无比想痛揍这群人，在场的有一个算一个！

青木将陈永杰接到郊外的一座庄园中，这地方非常大，适合安置走旧术之路的那群人。

有关部门的那个沉静且双目深邃的副手亲自来了，和青木说了一会儿话。

随后副手递给青木一个盒子，里面是两片生机勃勃的金色竹叶，这是大兴安岭地下的先秦奇物——羽化神竹。

东西不多，但是有情谊在里面。有关部门的这位副手很会做人，他告诉青木，先给陈永杰服用试试，如果伤势有明显改善，他会再想办法。

两片叶子的效果不会很大，不可能让人起死回生，但有关部门的这位副手能送上羽化神竹的两片叶子，也确实有心了。

这位副手离去前告诉青木，两天后他再过来看看老陈，也算是间接暗示他会来参加追悼会。

吴成林见状让吴茵赶紧预订花圈，两天后有关部门的人会来吊唁陈永杰，到时候各方都赶过来凑热闹，说不定到时花圈就不好买了。

王煊低头看着躺在那里一动不动的陈永杰，叹道："老陈，我与世人相背而行，这都是为了救你啊！"

有关部门还有其他组织和个人，但凡承诺送来各种古物的，都在晚间以小型飞船送达，以至于古物堆了满满一屋子。

王煊为了将自己择干净，没有第一时间去接触，事实上他和青木都尽量避免频繁碰头。不过，他接到了清单，知道送来了什么东西，当时心绪就开始起伏。其中居然有列仙遗物——一柄吕洞宾用过的桃木剑，据说是从中条山吕祖修行地挖出来的。

王煊继续看，发现清单中还有葛洪炼丹用的残破丹炉，这着实让他又一次心惊，越发不敢相信清单的真实性。

王煊严重怀疑这清单上的东西有问题，若是连吕祖这些人的遗物都能轻易找到，那他就不用去新星了，待在旧土算了。

王煊忍不住了，找了个机会与青木碰头，决定亲自去现场看看到底都是些什么奇物。

满满一屋子陈旧的物件，什么都有，从青铜箭头到陨铁刀，再到破碎的丹炉以及刻写在竹简上的《道德经》，甚至还有据说是从古洞府挖出的锅碗瓢盆等。

王煊只扫了一眼就失望了，这都是些什么东西？或许是古物，但绝对与他想要的羽化奇物无关。

那所谓吕洞宾用过的桃木剑看着焦黑，仿佛还挨过雷劈，但是里面一点儿神秘因子都没有，直接被王煊扔到一边去了。

青木急了，道："慢点儿，这可是某位老人家的心头好，常年摆在书房中，镇宅辟邪！"

"好吧。"王煊刚捡起传说中葛洪炼丹时曾用过的丹炉，便不想再看第二眼，又差点儿扔了。

满屋子古物王煊一件都没看上，他无比失望。

王煊叹息，与羽化登仙有关的奇物果然难觅，不过仔细想想他又释然了，要是随便一件古物就与羽化有关，那反而奇怪了。

"这些都不行。"王煊摇头。

青木自然失望，道："那去另一个院子吧。"

"还有？"王煊惊异。

青木点头，道："这边放不下了，后面送到的我让人放在另一个院子里了。"

这一次，王煊刚一踏进院子就意识到这里面有"大鱼"，应该有他需要的羽化奇物，救老陈有戏了。

王煊都不用青木介绍，迅速从一堆古物中翻出一个玉盒，直接开启。玉盒之中有一块乌黑的骨头，骨头散发着常人难以感应到的浓郁的神秘因子！

王煊确信这是举世稀有的羽化奇物，太难得了，居然真的遇上了。他用手擦了擦，乌黑色褪去了一点儿，骨头竟有淡金的光泽。

王煊心头剧跳，难道这是传说中的金骨？而外面的焦黑色，他猜测很有可能是被雷霆袭击所致！

"这是谁送来的？从哪里得到的？"王煊忍不住问道。

"有关部门后来补送了一批，其中就有这块骨头。你等下，我看看清单上是怎么介绍的。"青木低头查看。

片刻后青木找到了清单，道："这是在一座倒塌的无名小道观附近找到的，挖掘与清理现场后，其他什么重要物件都没有发现，只有这么一块骨头。"

王煊感慨："'山不在高，有仙则名。水不在深，有龙则灵。'一座无名小道观附近居然留下了前贤的羽化遗物。"

青木听得有点儿迷糊，小王看着一块黑骨头就能确信这是与登仙有关的遗物?他严重怀疑。

王煊看了青木一眼,道:"相信我的眼光,我觉得这很有可能是一位仙子留下的骨头!"

"你想多了吧?"青木看着王煊,道,"荒山野岭的破落小道观埋着瘆人的黑骨,我觉得纵使异常,也多半与女妖或魔头有关……"

王煊赶紧打断他:"你这开光的嘴少说两句,关乎你师父的生死,千万不要胡言乱语。"

青木立刻闭嘴,在这一刻,他愿意相信王煊。

王煊没有耽搁,又快速走向一边,将一个木盒抓起,直接打开,顿时无比喜悦,又是一件好东西。

盒子中是一块玉石,它洁白细腻,温润有光泽,这是难得的璞玉。

"这块石头是从一座旧城遗址中挖出来的,被一位老前辈收藏,当作天然原石摆件欣赏。"

王煊自然可以猜出,有人羽化后,体内浓郁的神秘因子融进了这块玉石中,这是一块很正宗的羽化石。

接着,王煊找到最后一件奇物——一块洁白如玉的断骨,断骨有半尺多长,一时间看不出对应身体哪个部位。

"这是苦修门某处祖庭搬往新星后,遗留在原来的地宫中的东西。"青木说道。

"苦修士的骨?"王煊惊讶。

青木摇头,这也是有关部门送来的东西,他们很讲究,对每一件器物都说明了来历。

"据说是从地宫下很深的土层中挖出来的,当时这块骨被铁索缠绕着。"

"该不会是苦修门祖庭当年镇压的有来头的妖或者人吧?"王煊有些怀疑。

青木道:"这块骨很正常,从来没有出现过异常情况。"

"回头试试看吧。"王煊说道。他心想,没什么可怕的,年头再久远,能比得上距今数千年的女方士吗?

女方士极其异常，肉身居然保留到了现在，她这么出奇都没有将王煊怎么样，因此现在王煊的胆子很大。

"虽然与我的预期有些差距，但勉强能凑合用，希望能让你师父有所好转。"王煊决定就在今晚进入内景地！

第 62 章
众志成城

青木看王煊说得认真，不像作假，心中生出强烈的希望，难道小王真有逆天的手段？

"你觉得怎样才能最稳妥？"青木谨慎地问道。

王煊想了想，道："自然是传说俱现，上有列仙照青冥，下有圣苦修士转经筒，天人乘云气，妖女驭飞龙，仙子采桑歧路间，会向瑶台月下逢……"他在那里感慨，悠然神往，而后又叹息，列仙、圣苦修士皆作古，偶见遗骨，也不过是残骨。

青木听得有些迷糊，这到底是列仙俱现，还是妖鬼横行、群魔乱舞？他有点儿慌，尤其是想到眼前的年轻人是招鬼体质，顿时心中更加没底。

青木严重怀疑，小王该不会是想将一群妖魔鬼怪送进老陈的身体中吧？可老陈都要死了，所谓"虚不受补"，他能受得了吗？

王煊在思忖怎样才能将自己择干净，毕竟老陈虽然不行了，但依旧是焦点，不知道被多少双眼睛盯着。

他如果不避嫌，直接凑上去救治，垂死的老陈因此好转，绝对要出大事儿，注定会成为爆炸性新闻。

那个时候，他就危险了！绝对会有人深挖此事，而他进入内景地之事很可能会暴露。

想到这些，王煊立刻感觉到一股刺骨的寒意，他心头沉重，越深思，越感觉不安。

这不是儿戏，一旦救老陈，就会涉及他自身的安危，怎么合理地解决呢？

王煊即便平日心大，这个夜晚也是眉头深锁，表情无比凝重，他必须考虑好所有细节，不能泄露自己的秘密。

最终，王煊逐步完善了自己的计划。

"老青，这次关键还得看你！"王煊道。

青木不解，怎么扯上他了？

王煊沉声道："这次搜罗古物时对外说过，老陈曾得记载有祝由、古巫旧法的秘册，借物祭祀……而你是老陈的弟子，自然得由你主持！"

青木看王煊这么郑重，顿时变得有些紧张，认真倾听，准备全力配合。然后他就看到王煊盯着手机，像在搜索什么，不时蹙眉思忖。

"老青，我教你一些东西，你赶紧学会，并且要熟练，乃至精通。"王煊无比严肃地说道。

"好！"青木看他这个样子，虽然心中没底，但不管怎样说，全力配合就是了。

青木是旧术高手，学动作自然快，但片刻后他就觉得不对劲了，他越来越怀疑自己是在……跳大神！

趁着王煊喝水，青木停了下来，迅速在网上搜索，第一时间就找到了原版教程。

青木一口老血差点儿吐出来，亏他学得这么认真，也亏王煊那样一脸严肃地教他，真好意思吗？那动作确实是跳大神，王煊简直可恶至极！

"小王，你什么意思？"青木神色不善。

王煊依旧一脸严肃之色，但是青木没有再跟着心头沉重，他觉得王煊有点儿不靠谱。

"既然以祝由、古巫的名头救人，你怎么也得学个样子，如果能融会贯通，自己创造出一些姿势就更好了。"

"你早说啊！"青木没好气地看着他，然后自己开始比画，颇有些神秘莫测的韵味。

青木师从陈永杰,自然学过很多旧术,其中有一本古籍中记载着巫舞,传说在古代可以沟通神明,并以此作为武器搏击。

王煊感叹:"老青你真是个人才,我已经看到你灿烂的未来了!"

"说什么疯话呢?"青木已经有点儿不想搭理他了。

"我没乱说,今夜你注定一舞惊天下!"王煊拍了拍青木的肩膀,让他一定要练熟。

青木表情一僵,他自然是反应敏锐,一下子联想到了什么——万一他让老陈身体好转,以后那些组织会不会隔三岔五地找他跳一段巫舞?

"一切都是为了老陈!"王煊一脸肃穆之色。

青木很想说:"你为了救老陈,这么严肃,结果却躲在后面,这是'出卖'了我啊!"但是,他还能说什么?就是再苦再累也流着泪认了。

王煊补充道:"如果这次咱们俩出面还是不行,就让练旧术的那些人都参与进来,排队进屋见老陈,渡给他生者之气,再配合你的巫舞,估计就能救老陈了!"

青木什么也不说,静静地听着王煊胡说八道,他自然清楚这些都是王煊用来为自己做掩饰,避免暴露自己的秘密。

"让他们排队有序地进入,一个一个地来,每个人在屋中待的时间一两分钟到三四十分钟不等,按照实力来。"王煊觉得自己排队进去救老陈的话,有个几十分钟应该足够了。

毕竟内景地里一两年,外界可能不过一两分钟!

"当然,这些人如果只是进屋看老陈,什么都不做也不好,总觉得像是提前瞻仰遗容了。为了更合常理,可以让他们摸摸老陈的手或脚,就说这是生命的传递,让旧术领域的人共同来救老陈。"

青木听到这里后,真是无语了,这年轻人为了将自己择干净,冥思苦想,真的是很"用心"啊!

"你能不能将我排除出去?"青木忍不住开口。

"没办法,你是他的徒弟,这种关头不能退后!"王煊义正词严地说道。

"还有什么要补充的吗?"青木面无表情地问他。

"差不多了,一切从简!"王煊挥了挥手,说道。

青木看着王煊:这还叫从简吗?折腾了多少人为你打掩护!对了,还要所有人都摸老陈一把!他突然想到这个问题,老陈垂死之时都要被折腾?!

王煊心中暗道:老陈,你也就别那么讲究了,今夜你即便是被数十人摸,被上百人碰,也忍了吧。一切都是为了救你,反正你也不清醒,糊弄过去就算了!

他又想到一个问题:借助羽化奇物,虽然不用触发"超感"状态就能进入内景地,但老陈现在状态不明,仍昏迷着,如果精神不复苏,能被自己带进去吗?

在这种情况下,只能用他的手与老陈的肉身接触,将神秘因子渡过去了。

当然还有一种可能:老陈是不是在装昏迷?不是没有可能。

王煊早先就想过,万一老陈在"钓鱼",一切都是为了等到现在,那他真想……打死老陈。

可是,他怕到时候反被老陈暴打!

王煊琢磨着,得想到各种可能性才行,反正老陈第一次进去肯定什么都不懂,到时候想办法慢慢教导他。

"随侯珠呢?"王煊问青木,他一直没忘记随侯珠,很惦念这件至宝。

"太过珍贵,在我怀中呢。"青木说着,掏出一个玉盒。

居然就在身边不远处,这么近的距离,王煊却没有感应到神秘因子。他非常失望,都不想再去看,摆手道:"行了,收起来吧,肯定是赝品。"

青木仍然打开了玉盒,一颗洁白的明珠露出,灿灿发光,相当炫目。

"或许是古代的好东西,但绝非真品。"王煊说道。

传说中的随侯珠被先秦方士刻满经文,颇具神话色彩,而眼前这东西只能算是古物,或者说是平常的珍宝,与神话无关。

"你怎么知道是假的?"青木不信他。

"我是考古专家!"王煊不多解释。

正式救治陈永杰的行动即将开始,在青木出去向那群练旧术的人大致说明情况后，那群人都很激昂，都愿意参与其中。

王煊叹气，用手摩挲黑色骨头，又抚摸那块洁白如玉的断骨，希望一切顺利，千万不要闹出什么幺蛾子。

青木跟众人谈好，回来正好看到王煊正轻抚那两块来历不明的骨头，顿时一阵头晕，甚至有些头皮发麻。

"你不觉得瘆人吗？还有，一会儿你是不是真的会请出什么鬼神来？"青木低声问道。

王煊道："老青，你不会说话，就不要再开口了。别看这两块骨头如今不显神通，可谁知道它们当年是什么？我看这一块有可能是某位仙子的手骨，另一块有可能是某位仙子的腿骨。"

这一夜注定无眠，救人行动开始！

大厅中，陈永杰四周摆满鲜花，躺在床上一动不动。不管有没有用，各种古物摆满了房间，其中随侯珠被放在陈永杰的头顶处，以此祥和至宝护命。

人们排队有序地进场，有人洒泪，有人低泣，看着很像为陈永杰提前开追悼会送行。

青木很用心，一直在那里跳巫舞，汗都冒出来了。

终于轮到王煊进场了。看着陈永杰躺在那里，他颇为感慨，他这个护道人真不容易，总算不显山不露水地接近正主儿了。

究竟先用哪件奇物？王煊一阵迟疑，因为列仙的脾气不一样，万一上来就遇上个太凶的，他也会有压力。

最终，王煊决定从那块被雷劈过的焦黑骨头开始，毕竟它来自一座小道观，且里头是金色的，祥和而圣洁。

然而当王煊用力捏，想打开一道缝隙放出浓郁的神秘因子时，他却怎么也捏不开。这黑骨坚硬得过分。

这真是要出意外了！

王煊一眼看到了陈永杰身边的黑色长剑，这东西绝对是大有来头的神秘古物，他拿过来就用。黑色长剑果然很锋利，哧的一声，在黑骨上划出一道模糊的痕迹。

无须太深的口子，这已经足够了！

一瞬间，浓郁的神秘因子喷薄而出，与此同时，内景地大开。

虽然别人望不到、看不见，但王煊一下子就发现了虚寂之地。同时，他也看到一道璀璨的剑光划破了那片天地，一位绝代丽人傲立长空，如天外飞仙般绚烂、神圣！

第63章
女剑仙

那景象很美,一位女剑仙凌空而立,衣袂猎猎,在那幽静之地越发显得超凡脱俗。

"老陈,快出来看天仙!我说过,要送你漫天神苦修士、历代大魔,现在一位仙子就在眼前,你还不复苏?!"王煊喊话。不知道为何,他心中没底,因此招呼老陈,希望老陈跟过来。

然而,王煊身后一片安静,没有任何回应。

"老陈,你不会在装昏迷吧?跟我一起走。"王煊道。

在此过程中,青木依旧在跳巫舞,毫无察觉,他只看到王煊安静了下来,盘坐在那里没有声息。

王煊发现自己在运转先秦方士的根法时,不知不觉竟已踏足内景地,与现实世界隔开。他确信自己还没有主动踏足,怎么就进来了?

四周寂静,内景地一片幽暗,无声无息间,像是有大雾在扩张,他是被这雾霭卷进来的吗?

王煊严阵以待,因为这次真的与以往不一样,处处透着异常,竟让他有种心惊肉跳的感觉。

昏暗之地,高空中洒落下光雨,女剑仙的立身之地是唯一的灿烂之地。

王煊抬头看向女剑仙,虽然相距很远,但是在内景地中一切都靠精神感知,所以他能够看清其面孔。

女剑仙的真实年龄不得而知，她的外表看起来超乎想象地年轻，似乎不足二十岁，空灵而圣洁。

王煊沉静下来，盯着她看了又看。

女剑仙确实极其美丽，最出众的自然是那种出尘的气质，仿若不属于人间，无比惊艳，在第一时间就能吸引人的眼球。

王煊站在原地未动，若有所思。

这也与现代人对古代神话传说的憧憬有关，一直以来人们对剑仙心生向往，自我心理本就有所暗示，所以初见惊为天人。

突然，一道刺目的剑光劈下来，打断了王煊的思绪，那从高空激射而来的光束让他对剑仙的好感直接破灭。

女剑仙在对他出手，席卷而来的杀意带着刺骨的寒意，让他真实地感受到了危险。

王煊快速后退，竟然躲开了，这有些出乎他的意料。

那样一道通天的剑光，他居然能避开？

"对了，女剑仙昔日残留的精神能量因我而被激活，冲进内景地中的毕竟不是真正的她。我所见所闻并不为真，只是她昔日神通的浮光显照，伤不了我！"

每次进入内景地中，王煊的精神感知就会迅速地停止，从而让自身处在绝对的空明状态中。

他意识到自己看到的女剑仙终究不是昔日的真身，没有那么大的威能。

如果女剑仙能够干预现实世界，就不会等到后世人激活神秘因子后才从自身的遗骨中出来，其残存的精神能量不足为惧。

然后，王煊就为这种自信付出了代价——一片剑光落下，将他所在的区域覆盖，几乎都打在他的身上。

王煊身上剧痛，感觉有些受不了了，像是被人用刀劈。剑光一道又一道地落在他的身上，斩个不停。

幸亏是残存的精神能量，虽然这剑光有些古怪，但并不能真的将他劈碎，只是不断地冲击他，让他遭受莫大的痛苦。

王煊心中有些发毛，女剑仙这是初步干预现实世界了吗？有些恐怖。

"我金身不灭，内景皆为虚，难伤我身！"王煊低吼道。残存的精神能量如果将他劈开，那问题就大了。

王煊坚信逝者已消散千百年，不可能真的将他怎么样。

他运转金身术，全身发出淡淡的金光，而后身体如同标枪落地般猛然从半空落下，双足钉在地上。

在内景地中，精神感知强大可以改变一切，能有效对抗残存精神能量的攻击。

果然，随着王煊越发地坚定信念，不断运转金身术保护自身、强壮精神，他觉得整片天地都在发生微妙的变化。

天空中的剑光没有那么耀眼了，落下时变成暗淡的剑芒。王煊或躲避，或以金身对抗，虽然身体依旧剧痛，但已经不像之前那样不可承受了。

终于，攻击终止了。王煊站在原地运转先秦方士的根法，开始接引神秘因子，他没有忘记进来是为了什么，他要帮老陈疗伤。

一位绝代女剑仙仗剑横空，月白色衣裙飘舞，美丽的面孔、清冷出尘的气质，给人以绝世的美感。但她再三地攻击王煊，令他毫无欣赏之意。

王煊的心是寂静的，处在绝对的冷静状态中，他一扫复杂的情绪，全面接引神秘因子。

外界，王煊一只手抓着陈永杰的手腕，随即有神秘因子慢慢进入陈永杰的体内，直接向着他受创的五脏而去。

不过，终究不是陈永杰自主接引，因此那种超级活性因子少了许多。

但是这绝对有效，陈永杰的五脏得到了滋养，恶化的趋势被阻断，甚至开始缓慢地修复。

"在世间遗留下真骨的羽化者似乎有些不同，骨中残存的精神能量更多，但她为什么一见面就攻击我？"

王煊在内景地思忖，觉得这件事有些异常。

无论是女方士还是老苦修士，最初见面都没有这样对他下狠手，顶多就是在梦中惊扰他，而那也是因为要托他去办事。

王煊有点儿怀疑，难道因为他摸过女剑仙的手骨，所以惹出了事端？

可是他又觉得不至于，再说也正是因为他得到女剑仙的手骨，才将其残存的精神能量激活。

王煊接引到足够的神秘因子后，便开始练金身术。这是难得的机会，不能浪费。

葱岭一战，不少人的目光都曾落在王煊的身上，这意味着他名声大噪，更意味着危险在接近。他必须让自己的实力远高于那些人对他的判断才能自保，直至真正崛起！

女剑仙像是真的对他有仇恨，再次进攻，打得他剧痛，连练金身术都受到严重的干扰。

"我将你从羽化真骨中放出，不需要你感恩，但是你也不应该这样攻击我吧？"王煊忍不住开口。他觉得实在没什么道理，居然被这么仇视，一再地被剑光劈中。

不知道是听不懂王煊的话，还是有莫名的怨恨无法化解，女剑仙依旧不断地攻击他，虽然没有危及生命，但是让他饱受折磨。

"老苦修士，你在哪里？这里有个妖剑仙，赶紧来超度她！"王煊呼唤老苦修士，想请他帮忙。

然而，王煊没有得到任何回应。老苦修士不知道是因为躲在陈永杰身上听不到这里的呼唤，还是压根儿就不想出头。

为了陈永杰，王煊在内景地中整整坚持了四年，饱受剑光的"洗礼"。他觉得自己要疯了，练金身术都时断时续，效果不佳。

对方一次又一次地挥动仙剑，自高空向下倾泻剑光，对他全面进攻，有那么一瞬间，他都想冲出内景地放弃了。

第五个年头，王煊在外的肉身因为精神备受折磨，也跟着轻颤，他的手掌意外地碰到了那柄黑剑。

然后，王煊在内景地中瞬间有感。下一刻，他的手中居然出现了一道黑色的剑光，这是什么状况？

王煊很吃惊,快速探察外面的情况——黑剑还在陈永杰的床上,但是因为他的手掌碰到剑柄,所以带进来了黑色剑光。

王煊立刻意识到那柄黑剑应该有莫大的来头!

在内景地中,王煊抓住由黑光凝聚而成的长剑,二话不说就向女剑仙劈去。即便打不过,也要表明自己的态度!

霎时间,王煊感觉到不对劲,整片内景地仿佛都沸腾了,无数剑光冲天而起,到处都是隆隆的轰鸣声。

然后,他看到许多大山如剑般直插云霄,有很多年轻的男女在练剑,每座陡峭的山上都有人。

这像是一个练剑的门派,许多少年、青年在各座山峰上舞剑,不时有剑光闪现。不过,他们的剑术虽强,但离所谓剑仙还差得太远。

突然王煊眼前的景象一变,天地间大雨滂沱,一个黑衣男子持着一柄格外长的黑剑走来,进入群山中,只身面对这个练剑的门派。

轰!

雷光刺目,剑光激荡,黑衣男子持一米五长的黑剑在这门派中纵横冲击,无人可阻。

这一天,伴着雷鸣、大雨还有剑光,黑衣男子只身一人斩了这门派所有人,然后提着黑剑转身离去。

次日,大雨止住,一个十三四岁的少女回来,进入山门看到遍地的尸体,她伏地恸哭。虽然只有模糊的画面,听不到声音,但是王煊能够感觉到她撕心裂肺的痛。

王煊顿时明白了,他"背锅"了,黑剑很久以前的主人曾灭了一个门派,而报复竟落在了他这个现代人身上?

他觉得自己快冤死了,这跟他有什么关系?女剑仙应该去找那个黑衣男子,或者去找老陈才对!

接着,王煊眼前的场景不断变化,那个少女迅速成长,剑术练至高超,随后达到超凡,直至通神,实力越来越强大。然而,她走遍天下也找不到那个黑衣男子，无法复仇。

直到很多年后，她的实力强大得接近剑仙，需要羽化登仙，于是她隐居在那座无名小道观所在的山峰上。

轰！

恐怖的雷声响起，那是一个月圆之夜，无尽的闪电一道接着一道，将天空的银月都遮蔽了。

最后一幕，是女剑仙冲霄而上时被雷霆击溃，躯体在闪电中化为神圣光雨，蒸腾起羽化仙光！

这一结局让人有无尽的感触，实力那么强大的女剑仙居然也在羽化登仙的过程中走向毁灭。

最终，只有她常年持剑的右手在雷光炸开时，留下一块残骨。残骨自高空坠落在小道观附近，这是她唯一留在世间的痕迹。

虽然被女剑仙劈了好几年，但是这一刻王煊心生同情，不再怨她，她多半以为他是黑衣人一脉的传人。

"那么强大的女剑仙最终却没有真正登仙，只是羽化了，消散在天地间。"王煊有种说不出的怅然，这实在太可惜了。

接着，他又想到女方士、老苦修士、安城之外千年古刹的圣苦修士等，他们最终都没有登仙。

"还是说，那样其实就算是成仙了？！"关于这个问题，王煊上次就想过很久，但他不愿再深入思考了。因为他当下做的事情似乎正踏入古人设下的局中，让他的头皮都有点儿发麻。

轰！

无尽的剑光冲起，周围到处都是如同插入云霄的大山，女剑仙沐浴着皎洁的月光，独立于山巅，准备再次向王煊挥剑。这次她的气息强大绝伦，哪怕只是残存的精神能量，都令王煊一阵心悸，毛骨悚然。

"慢！"王煊大声喝道，"真的与我无关，你如果想查当年的事，我给你带进来一个人。你稍等，我接引他进内景地中！"

第64章
王教祖

周围，大山陡峭，像是很多柄大剑插在地上，所有山体都发出剑光，冲霄而上。

伴着羽化光雨，凌空而立的女剑仙挥剑，昔日门派旧地的诸多大山与她共鸣，仿佛要撕开内景地。

嗖！

王煊跑了，没什么可说的，他不想当"背锅侠"。为了老陈，他被女剑仙劈了这么多年，受尽磨难，可"冤有头，债有主"，他的苦日子该到头了。

王煊带着大量浓郁的神秘因子冲出了内景地，然后他注意到青木没再跳巫舞了。这是见没人进来，开始偷懒了？

青木搬了把椅子，坐在近前盯着王煊，似乎有些紧张。

事实上，青木被吓得够呛。虽然近在咫尺，但是他感应不到内景地，也看不到冲霄的剑光，他只发现小王似乎鬼上身了。

几分钟内，王煊先是身体轻颤，缓慢摆动，而后便抓住黑剑，缓缓举起。这是要救人吗？怎么感觉他像是要砍老陈！

青木吓得立刻冲了过来，情况不对的话，他得立刻出手，但他没有妄动，因为他听闻过在这种情况下不能蛮干。

还好王煊稳住了，缓慢地将剑放下，没劈老陈。

王煊没有理会青木，因为他完全顾不上。

在王煊身后，内景地雾气扩张，又卷了过来。这是想将他重新捕获进去？果然，这次的经历与往常不同，极其异常。

"老陈，你好些了吗？"王煊喊道。他估摸着，经过神秘因子这么多年的洗礼，老陈应该死不了了吧？

可任他怎么呼唤，陈永杰还是一点儿动静都没有，依旧像个死人般躺在那里一动不动。

此时，王煊处在特殊的状态中，后背被浓郁的神秘因子覆盖，他虽然离开了内景地，但并未回归自己的身体。

他怕完全退出后，就进不了内景地了。

王煊很为难，该怎么接引老陈？他意识到这多半有相当大的难度。

难怪各教的秘传经书中郑重提及，纵然有弟子天赋惊人，可极难触发"超感"状态，需要教祖接引，果然有其道理。可王煊不是教祖，不知道该怎么带陈永杰进内景地。

"我当初没有人接引，是靠自己进去的，有些特殊。这估计在本土教与苦修门秘不示人的孤本中会有记载，但现在没时间去查了。"

王煊猜测他绝非唯一，最早发现内景地的人是谁带进去的？估计也是自己意外闯入的，从而将旧术的修行提升到一个崭新的高度！

"严格来说，我除了境界不如他们，单从经历来看，我依靠自身进入内景地，在旧术兴盛时期都应该算自学成才了。这样来看，我现在算不算是个小教祖？或许能尝试带人进去。"

内景地中，女剑仙凌空而立，羽化光雨洒落，非常神圣，雾气翻涌，再次向外扩张。

王煊深吸一口气，有所决断。他带动大量的神秘因子，向躺平的陈永杰冲了过去。

有戏！

他没有被自己的肉身接引回去，看来在内景地附近带动大量的神秘因子，可以让他暂时在外立足。

"老陈，醒一醒，'王教祖'接引你登仙了！"冲到陈永杰近前后，王煊觉得有些疲累，赶紧运转先秦方士的根法，吸收神秘因子。

接着，他在近距离内看清了陈永杰的状况，其五脏的裂痕虽然小了一些，但是依旧密密麻麻的，并有雷光缭绕，稍微触及就可能引爆。

"老陈，你居然躲在五脏中，我说怎么找不到你！"

王煊近距离俯视，借内景地之力，在这种特殊的状态下，他能看清陈永杰身体内部的情况。

陈永杰的状态十分特殊，其精神领域竟被锁在五脏中，而不是头颅内。

此时，陈永杰一动不敢动，怕雷光将他的精神领域都给炸没了。这种雷霆极其非凡，带着神秘的色彩。

恍惚间，陈永杰听到了王煊的喊声，只是感觉距离很远，声音模糊不清。

"幻觉吗？年轻人不靠谱啊，这么久居然都没有出现，看来我活不成了。"陈永杰叹气道。

王煊无言，老陈果然早就猜出了他的秘密。

他回想这段时间的经历，知道自己大意了。连孙承坤在大黑山临死前都能引经据典，猜出他可能进入过内景地，何况老陈他是旧术领域的大宗师，其眼光、见识等肯定远超孙承坤这个学者、教授。

作为同事，王煊整天在老陈眼前晃悠，老陈应该从他短期内实力不断提升中看出端倪，猜出了什么。

主要是因为王煊那个时候根本不知道老陈是大宗师，实力强得这么离谱。要是早就知道这一点，王煊早跑了，根本不会去上班。

此时，王煊的脸色阴晴不定，自己竟被老同事"套路"了！老陈这是不惜以自身的性命为饵来"钓鱼"吗？

"算了，我问心无愧，只身仗剑赴会。经此一战，新术超出旧术之上的言论被我一剑破灭，为旧术扭转了局面，应该会有资源倾斜过来……"陈永杰低语道。

王煊捕捉到了他的心声。

老陈是个狠人，从大的方面看，他的确问心无愧。他赴约葱岭，一个人面对新术领域所有高手，剑劈机甲，几乎只身除掉三位大宗师。他让各方看到旧术一旦焕发活力，光芒何其绚烂；他为旧术闯出一条路，迎来重要的转机。从小的方面看，他也确实够狠，不给自身留后路，打败新术领域后也引发了体内的问题，引得王煊救场。

在这种情况下，王煊虽然想暴打他，但也不忍心看他死去。

陈永杰虽然精于算计，但相当有血性，没有多少人能做到这一步。

陈永杰为自身考虑的那些事，始终都没有偏离先为旧术闯出一条路的大方向。他很真实，任何人都不可能是单一色彩的，每个人都很复杂。

"这老头子……"王煊轻叹。

然后王煊靠近陈永杰，看清了他的精神领域，其精神领域确实相当有气象，有白茫茫的云雾围绕着他旋转。

"老陈！"王煊低喝道。在这种特殊的状态下，现实世界中的东西似乎阻挡不了陈永杰。

"小王，是你吗？"陈永杰很激动，其精神领域也跟着起伏，道，"你终于来了，我果然没看错你。"

听到这种话，王煊愤愤地道："老陈，我果然看错你了！"

陈永杰叹道："小王，你要理解，一个热爱旧术胜过爱自己生命的老人，执念已经入骨。如果这辈子我看不到旧术重新活过来，再次焕发光彩，我会死不瞑目。我在这里等你，只是为了见证以及确定你真的找到了正确的路。"

王煊不禁动容，但是很快他又警醒，老陈一直都是"老戏骨"，虽然现在真情流露，但难说没有习惯使然，顺势"套路"他。

"朝闻道，夕可死矣！"陈永杰的话语掷地有声。他的整片精神领域都在激荡，绽放出灿烂的光芒。

王煊叹道："你知道我付出了多大代价吗？为了救你，开启内景地，我燃烧的是自己的生命潜能。"

陈永杰顿时无比感激，道："以后再开启内景地，一定要喊上我，我为你分担。老头子愿意烧掉所有潜能，为你照亮前路！"

"老陈，过了，煽情过头了。"王煊斜睨陈永杰。这老同事，还赖上他了不成？

"会先秦方士的根法吗？"王煊问道。

"练了几十年了！"陈永杰干脆地答道。

王煊没有吃惊，老陈能达到如今这个境界，修为多半不简单。

"行了，别浪费时间，赶紧运转根法进去吧！"王煊说道。事实上，他们以精神感知交流，所有的这些都发生在一刹那。

"在哪儿？怎么进去？"陈永杰有点儿发蒙。

"近在咫尺。你看不到内景地？"王煊狐疑。

"我真的看不到！"陈永杰急了，而后又赶紧解释，"我即便形成精神领域后，在触发'超感'的状态下，也只模糊地看到过一次内景地。内景地很朦胧，我想接近它，可它始终与我保持距离，让我无法踏足。"

王煊讶异，看来自己还是挺特殊的。

"算了，我接引你进去！"

陈永杰闻言，赶紧配合，不言不动，放松自我。

王煊尝试牵引他过去，结果差点儿将自己累死，也不过前行了一半的路程。

"老陈，你自己会不会动？跟着我走！"

"好！"陈永杰赶紧跟上。可是两人瞬间相距很远，内景地就在王煊双脚前，而于陈永杰却越来越模糊，无法接近。

"停！"王煊赶紧喊住他。

这还真是见鬼了，内景地对王煊来说近在咫尺，可对陈永杰来说却像是隔着一片天堑，根本无法靠近。

"你别动了，我接引你过去！"王煊不敢让他乱折腾了，不然到时候累死也进不去。

很快，王煊自己就真的快累死了，精疲力竭，大口喘息。他真想躺在地上不动了，从来没有这么疲倦过。

片刻后，王煊很想将老陈一脚踹开算了。他感觉自己的精神能量都要崩溃了，才堪堪将老陈送到内景地的边缘地带。

"老陈，以后你得喊我'王教祖'！"王煊大口喘息。他终于意识到接人进内景地有多么不易，艰难程度令人难以想象，怪不得古籍上都记载着唯有教祖级人物才能做到。

"小王，教祖！"陈永杰的脸皮何其厚，眼睛都不眨地就喊上了，接着他又道，"我为你'接盘'多次，今天终于换过来了。"

眼看即将进入内景地，陈永杰无比激动，憧憬着美好的未来，他多年的夙愿终于要达成了。

"老陈，进去后什么都不要说，运转先秦方士的根法，直接疗治病体。"王煊叮嘱道。他觉得是时候让老陈去"接盘"了，自己该进去休养下了，提升下金身术。

同时，王煊琢磨着，女剑仙虽然强大，但终究无法干预现实世界，即便千万剑光斩落在老陈身上，应该也只会让他剧痛而已。

况且，老陈早有实战经验了，得到过老苦修士的"洗礼"，这次问题应该也不大。

王煊一副语重心长的样子，道："在葱岭大战时，我看你剑术超凡，连机甲都能劈掉，不走剑仙之路着实可惜。这次你必须得好好地感谢我，我费尽心思为你找了个剑仙师父，回头你谦逊点儿，执弟子之礼，好好学！"

陈永杰闻言，顿时肃然起敬，郑重起来。

王煊用尽最后的力气，将他送进内景地。

当踏足这里时，陈永杰终于看清了景物，不再如同过去那般隔着天堑，这让他热血沸腾。

"我终于进来了，从此'海阔凭鱼跃，天高任鸟飞'，我老陈来了！"

第65章
看见剑就想吐

陈永杰负手而立，意气风发，慷慨激昂。自此之后，他将冲霄而上，欲与前贤比高！

他恨不得仰天长啸，然后他就仰天了，但没有啸出来。漫天的剑光跟瓢泼大雨似的，噼里啪啦地倾泻下来，将他给淹没了。

他头皮发麻，这是什么状况？内景地这么危险吗？刚进来就要被剑劈。无处不是剑光，这还怎么躲避？！

陈永杰竭尽所能，动用大宗师的所有手段，撑开精神领域，阻挡那绚烂的剑光。

轰！轰！轰！

他像是大海中的一叶扁舟，被滔天的大浪打得翻飞，先是飞上云端，而后又掉落并砸向恐怖的漩涡中央。

陈永杰当时就蒙了，内景地太危险了，难道小王提及的消耗自身的生命潜能是真的？

剧痛！

陈永杰觉得自己要散架了，如白雾般环绕他的精神领域现在被消耗得如同一缕缕袅袅而上的炊烟。

这简直就是地狱的开篇，上来就被针对，陈永杰已经有点儿怀疑人生了！

那场景真是有些惨烈，白茫茫的精神领域现在如丝如缕，陈永杰的头顶冒烟了。

陈永杰不是一般的人，虽然痛苦，觉得浑身要崩开了，但在无尽的剑光中依旧活着。他强撑着运转先秦方士的根法，再现大宗师的气度。

他进来是为了变强。第一时间捕捉到神秘因子后，他不顾痛苦，开始疯狂吸收，他要恢复精神领域。

这时，陈永杰抬头看到了那位仙子，的确是位女剑仙，她月白色衣裙飘舞，仗剑横空，风华绝代，身体周围散落着神圣光雨。

这位看起来很年轻的女剑仙符合神话传说中的神仙的样子，白衣凌空，一人独剑断天穹，气质无双。

以陈永杰的心思，对王煊的话自然怀疑，不可能全部当真，但是现在他却惊叹，而后肃然起敬。

这可是一位真正的剑仙，他练剑这么多年，何曾见过这种人？只那凌空而立、发射剑光的手段，他就看得出神了，简直是高深莫测，叹为观止，他一定要学！

"剑仙之道，'一剑霜寒十四州'，气贯长虹，清闲时又可'朝游北海暮苍梧'，我自少年时代就向往啊！"陈永杰感叹。然后，他就又被现实教育了，被狠狠地针对了！

成片的剑光洒落，那位清丽的女剑仙可没他这么感性，抬手之间就是漫天的光束，将他压制住。

内景地边缘，王煊看到这一幕，没敢进去。他一边吸收溢出的神秘因子缓解疲惫，一边学女剑仙挥剑的姿势。

在内景地这么几年来，王煊虽然没有得到仙剑经，但是被劈出经验来了，现在他效仿了一下，觉得有所领悟。

陈永杰被劈得怀疑人生，抬头看到王煊的样子，心里一阵惭愧。小王真的在学剑啊，我身为大宗师有什么理由懈怠？学吧！

然后，陈永杰就开始认真效仿女剑仙，努力学剑！

女剑仙知道陈永杰是黑剑现在的主人，因为在他身上她感应到了那柄剑的气息，看他还敢模仿自己，便攻击得更加猛烈！

那剑光化成江河滚滚而下，连绵不绝，劈得陈永杰有种要崩溃的感觉，他差点儿开始鬼哭狼嚎，就是大宗师也受不了这剑仙的暴击啊！

"怎么不攻击小王？他……没进来？！"陈永杰的眼睛顿时红了，觉得自己这次是被年轻人"套路"了。

王煊看到陈永杰的惨状后，心惊肉跳，但最终他还是决定进去，毕竟机会难得，内景地对走旧术之路的人来说太重要了。

"哪怕背负压下来的苍天，深陷无尽的苦难之中，我也要进去！"王煊咬紧牙关，决定硬闯。就是熬着，他也要在内景地练金身术！

然后他就动了，他颇为艰难地控制肉身，再次摸向那柄黑色的长剑，而后又快速松开，将其塞在陈永杰手里。

这是王煊进入内景地后果断而麻利地完成的第一件事。

一刹那，陈永杰感觉血肉相连般，黑剑出现在他的手中，这是……神话兵器吗？

陈永杰既震惊又感动，这件兵器能带进内景地中？这是看到他遇险，黑剑护主，从而跟着冲了进来？他险些热泪盈眶！

他现在对内景地的了解还少，还未曾仔细感应过外界的情况，不知道这只是黑色的剑光凝聚而成的。

神剑在手，陈永杰豪情万丈，什么痛苦，什么磨难，都不重要了，他要向女剑仙学剑！

这一天，陈永杰遭受了人生最剧烈的痛，也是他现在所能承受的最大的痛，被密密麻麻的剑光斩了无数次，但他百折不挠，硬是坚持学剑。

王煊在远处练金身术，光是看着陈永杰都觉得痛，最后他实在不忍心了，喊道："老陈，不要忘记，你的肉身等着被救呢，赶紧运转先秦方士的根法！"

陈永杰都快被劈傻了，他用力地甩了甩头，赶紧让自己清醒。很快，他就眼神不善，觉得自己被坑了。

为什么小王进来后没有被"教育"，只有自己在被剑光"洗礼"，而且自己越挥剑，就越被打得厉害？

陈永杰躺在地上不动了，他得想清楚是怎么回事，这次自己似乎又"接盘"了，而且此"盘"巨大无比！

他知道，自己对内景地不了解，太容易吃亏，得快速熟悉这里的情况才行。

果然，在他横躺在地上，扔掉黑色长剑不再反抗后，剑光明显稀稀落落的，没那么密集了。

陈永杰运转先秦方士的根法，恢复精神，并且随着时间推移，他模糊地感应到自己在外的肉身、受创的五脏似乎都在缓慢地修复。

"这……"他震撼了。

到了他这个层次，自然懂得更多。觉察到肉身的变化，他立刻意识到这神秘因子到底有多珍贵，这是无价之宝！

所以哪怕在挨打，陈永杰也无所畏惧，只要死不了，他就要不计代价地吸收这种天地奇珍，壮大自身。

他惊叹，这种神秘因子的价值比新术领域的续命手段高了何止一截！

如果让财阀知道，他们必然要发疯，会出动数之不尽的超级战舰，用尽手段也要逼人帮忙开启内景地。

这件事必须保密，不然的话会出大事儿！

陈永杰深刻明白其中的险恶，一个弄不好，练旧术有成的人就都会被控制，被压榨干净所有价值。

当然，财阀的最终目的肯定是要自己掌握这种手段。

陈永杰明白这种法子根本不是那么容易就能掌握的，目前也就王煊掌握了，连他这个大宗师想要进内景地都得靠"王教祖"接引。

然而外人绝不会这么认为，跟他们解释也没用，他们只会用尽手段达到他们的目的。

"小王，这里的秘密就是死都不能说出去……"陈永杰开口。他饱受痛苦，一副心事重重的样子。

王煊在这边练金身术，看老陈被攻击得惨兮兮的，还在为"王教祖"担忧，顿时觉得不落忍了，道："老陈，你应该这样……"

陈永杰赶紧注意倾听，同时腹诽：这小子果然在坑人，知道情况却不告诉我，幸亏我反应不慢，这不，要套出话来了。

王煊虽然觉得不落忍，但是又认为"老戏骨"大概是故意卖惨，所以话说到一半就又收回去了，叹道："老陈，你应该好好地坦白那柄黑剑是怎么来的，是不是师承于邪剑修一脉？"

"什么状况?!"陈永杰大惊，因为女剑仙又盯上了他，这次不仅是剑光，还有羽化雷霆，巨大的闪电交织，不断轰落下来。

很快，陈永杰就知道缘由了，因为剑门在雨夜被灭的场景再次浮现。他顿时倒吸一口凉气，感觉自己跳进黄河也洗不清了。

"从头到尾如实说，讲个明白！"王煊喊道。

"停！我说，这剑不是我的，是我从一片荒芜的山岭中捡到的……"陈永杰痛苦地坦白，说出其中的根由。

王煊不理会陈永杰了，在一边低调而专心地练金身术。他想将金身术提升到第六层境界，到时候估计普通子弹都打不穿他了吧？

不得不说，陈永杰很能说，滔滔不绝，说黑剑是他从一具尸体身边找到的，而他根本不是这一脉的传人。

他口若悬河，从自己出生开始讲，为了证明自己的清白，一口气说了两天。

嗖的一声，女剑仙竟然冲出内景地，消失不见了。

"她怎么离开了？"王煊惊疑地道。

"小王，我和你拼了！"陈永杰回过神来就要和他算账！

王煊赶紧道："机会难得，你现在不修复身体什么时候修复？说不定她一会儿就会回来。"

陈永杰满腔怨言，但最后还是忍住了，赶紧运转先秦方士的根法修复肉身。

数年后，女剑仙再现，估计在外界也就待了几分钟。她出现在内景地，二话不说就开始劈陈永杰。

"为什么又是我？"陈永杰感觉不公。

然后，王煊也惨遭毒打，又一次领略了无穷剑光的威力。

"老陈，你说的得到黑剑的地点是不是有什么问题？赶紧坦白。"王煊边说边躲远了。

"岁月变迁，沧海桑田，估计有些地貌变了，我给你描述当今的地形与古代的地形怎么对应。"陈永杰快速讲述，耗时两天，终于讲遍了旧土各地。

然后，女剑仙果然又走了。

这次她又走了很多年，直到有一天，她落寞地归来，二话不说再次劈向陈永杰！

"为什么？"陈永杰快要抓狂了，觉得自己命太苦，为什么总是找他？！

王煊在远处喊道："老陈，你得设身处地地为仙子着想，多加体谅。黑剑毕竟是落在了你的手中，这么多年过去，元凶不见踪影，你自然得承担部分因果。"

陈永杰只能干瞪眼，忍着剧痛，实在没办法。

他硬挺了两年，最终明悟了，居然开始给女剑仙上起了历史课。他从先秦时期说到了汉唐，又讲解到五代十国的旧术状况，最后更是描述了现代的绚烂科技，谈了旧土与新星，阐释超级战舰是什么，将历史讲解得生动曲折、惊心动魄。

这足足耗去了半年的时间。在此期间，陈永杰一直在被剑光劈，还硬着头皮说古谈今。

他估摸着，应该是因为历史化作烟尘，如今的时代让女剑仙怅然，完全不了解，所以她才会发脾气，找拿黑剑的人算账。于是，他耐着性子给女剑仙讲那些历史。

果然，在彻底了解现在的时代后，女剑仙又走了，很久都没有再回来。

"这位……神通广大啊！被激活没多长时间，竟然已经可以自由出入内景地了。"王煊叹道。他的金身术也渐渐有成，身体都发出淡淡的金光了。

女剑仙再次回来，这次进入内景地后，她攻击了陈永杰足有十年！当然，王煊也没得跑，被一并收拾了。

但两人都强忍着，死活都没有退出去。

直到有一天，女剑仙似乎出够了气，什么都没说，用剑光将王煊与陈永杰干净利落地轰出了内景地。

"老陈，你怎么样？"回归肉身后，王煊第一时间睁开眼睛，询问陈永杰。

看得出，陈永杰的状态有所改善，但肯定还没痊愈。因为在内景地这么多年，他有大半的时间都在被剑光攻击，还时常讲古，无法集中精神吸收神秘因子。

"还差点儿事。"陈永杰虚弱地开口。

青木震惊，差点儿叫出来。

"嘘！"王煊阻止了他，道，"让你师父保持这种状态，近期千万不要走漏风声。"

陈永杰发出微弱的声音："青木……你过来，把这柄剑……给我扔到一边去。"

"啊？"青木震惊，师父这明显不对头，那可是他最心爱的兵器，为什么要扔？

"最近我戒剑了，看到剑就想吐！"陈永杰有气无力地说道，但无比坚决，非要将剑扔到一边去，最起码不能让他看到。

第 66 章
安城圈贵

陈永杰能不想吐吗？在内景地的这么多年，他是怎么过来的？他一直在被密密麻麻的剑光"洗礼"，睁眼闭眼全是剑，被劈了不知多少年！

短期内别说让他练剑，就是看到剑他都会闹心，心理阴影面积无穷大。他暂时……戒剑了！

王煊给陈永杰把脉，结果手刚放上去就被弹开，而且力道非常猛烈，如果是常人可能会受伤。

"老陈，你说差点儿事，是指要突破了吧？"王煊问道。

"终究差了些意思。"陈永杰摇头。

青木感觉难以置信，他师父不久前还处在垂死的境地，现在怎么就要突破了？！

王煊为陈永杰仔细检查过后，发现他的伤确实没有痊愈，不过他已经没有性命之忧了。

王煊有些诧异，道："老陈，你一个大宗师这么多年都在干什么？光想着突破，伤都不顾了？"

陈永杰双目深邃，一副饱经沧桑的样子，道："我在干什么你不知道吗？被剑光劈，被羽化雷霆劈，为女剑仙讲地理，又教她历史，论述上下几千年。最重要的是，我感觉……我替你'背锅'了！"

青木感觉瘆得慌，师父这一把辛酸泪，到底在控诉什么？

王煊拍了拍陈永杰的肩膀，道："这伤恢复得还是有点儿慢。"

"不慢了，你该不会真以为在内景地一待就是很多年吧？"陈永杰有气无力地开口。

王煊一怔，难道不是吗？

陈永杰一副洞悉真相、了然于心的样子，悠悠地开口："很多人无法理解，所以也就只能那样认为了。当然也有人确信，立身空明时光中，外界数分钟，内景地数年，而我个人则倾向于另一种说法。"

他指着自己的身体，道："不要忘记，我们活在现实世界中。在真实的世界里，你看谁的身体伤成这个样子可以在一二十分钟内痊愈？不可能。"

陈永杰说得很有道理，按照他的意思，就是神话再现，给他服食不死仙药，他也很难立刻直接痊愈。

王煊来了兴趣，很想知道陈永杰对内景地是怎么理解的。

"不急，这事儿以后慢慢聊。"说着，陈永杰晃悠悠地站了起来，想去洗澡，因为他身上湿漉漉的，都是汗液。

短时间内，陈永杰的身体好了大半，新陈代谢的速度可谓快得惊人，现在停下来后，他感觉浑身黏得难受。

王煊拦住他，道："不行，你赶紧躺回去，随便让青木给你擦擦算了。一会儿还有很多人来看你，众志成城，为你进行生命的传递。"

陈永杰一脸蒙，什么情况？他有种不好的预感！

刚说到这里，王煊脸上的皮掉了一点儿下来，看得青木眼睛发直，不是吓得，而是羡慕得，这都能行？

他自然知道王煊在修炼金身术，这是又提升了，所以开始蜕皮了？

"可以啊，到第六层了吗？"陈永杰颇有感触，这个年龄段如果将金身术练到第六层，会相当"吓人"。

"还差点儿意思。"王煊说道，然后补充，"主要是因为这位女剑仙太小心眼了，总是用剑光劈我，太让我分心了。"

你不亏心吗？！陈永杰想打他，究竟谁挨劈的时间多？说多了都是泪。

青木听得晕头转向，在他看来，这两人一直都在说黑话！

突然，王煊感觉不对劲，不知不觉间，像是有冰冷的剑锋指向自己，仿佛女剑仙又一次靠近。

他心里有点儿发毛，女剑仙难道真的能轻微地干预现实世界不成？！

王煊立刻无比严肃，道："老陈，我和你说，仙子那是仁义、大度，才没真劈了你。你我都要懂得感恩，尤其是你，是她让你在内景地疗伤，才救了你的命的。"

陈永杰一看他这个架势就知道不对劲，用余光稍微一瞥，立时心惊肉跳。

女剑仙的那块焦黑手骨上的金色光泽居然闪烁了一下，而且那块骨头刚才似乎也轻颤了一下。

王煊身上不禁冒冷汗，这位仙子真能影响现实世界？！

他赶紧开口："老青，这块骨头不要还给有关部门了，一会儿直接供起来，当然，不要给外人看见。"

王煊与陈永杰很默契，不再提这件事。他们都意识到，留下真骨的羽化登仙者神秘莫测。同时，他们猜测，羽化残留的真骨对于昔日的女剑仙来说很重要！

"老陈，你的伤还没好，要不要继续？"王煊问道。

房间中还有一块璞玉以及一块洁白莹润的骨头，两者都蕴含着浓郁的神秘因子，应该能开启内景地。

陈永杰幽幽地开口："先缓缓，我现在看什么都像是剑，连青木向我走来，我都觉得像是一道水桶粗的剑光劈过来了。"

青木张了张嘴：自己明明很苗条，有那么粗吗？！

王煊看着那块莹白的骨头，这又是一块羽化残留的真骨。他心中也有点儿发毛，决定今晚到此为止，他需要缓一缓。

陈永杰看了白骨一眼，脸色微变，他现在都有心理阴影了。

王煊道："老陈，对外最近你都不能宣布身体有所好转，怎么也得躺个一年半载。"

青木点头，认为小王说得对，毕竟这件事太玄乎，一个必死之人居然又好转了，师父现在若真走出去的话肯定要出大事。

陈永杰自然明白其中的轻重，但是看到自己的徒弟和王煊在那里讨论他什么时候垂死，什么时候半死不活，什么时候彻底好转，他还是有种奇怪的感觉。他一阵无语，很想喊一句：还有天理吗？这世道太黑暗了！

"老陈，躺好，一会儿还有很多人会来看望你。"王煊提醒道。说完他准备去睡觉了，此地不宜久留。

"很多人？什么情况？"陈永杰问道。

青木告诉他，葱岭一战，他生命垂危，很多人都跟到了安城，旧术领域、财阀各方人物都有。

陈永杰感觉今晚终于听到了一件舒心的事，他露出笑容，点了点头，道："我的威望与名气还可以啊！"

"是啊！"王煊点头，叹道，"如今可谓，安城圈贵。"

"什么意思？"陈永杰特别敏锐，总觉得这不像是什么好话。

"就是字面意思啊，如今安城的花圈特别贵。"王煊淡定地告诉他。

刚躺下去的陈永杰闻言直接坐了起来，眼神相当不善，问青木到底什么状况。

王煊瞥了陈永杰一眼，道："来了那么多人，你以为干什么来了？自然都是准备参加你的追悼会啊！"

陈永杰："……"

他咬牙切齿，太不像话了，太可耻了！这都是什么人啊，他老陈还没死，就准备开追悼会了？！

王煊解释："主要是因为专家经过会诊后，确定回天乏术，认为你躺个两三天也就差不多了，所以这群人都来了，就等你下葬了。"

陈永杰瞪眼，说不出话来，又一次感叹，这世道太黑暗了！人还没死呢，一大群人就迫不及待地跑过来等着给他开追悼会，还有天理吗？！

王煊也在感叹："老陈，不得不说你的名望确实挺大的，从旧土有关部门的副手，到各大财团的代表，再到旧术领域的各路精英，还有安城本地的重要人物，来了一批又一批。从新星到旧土，全都给你老陈面子，这么多人为你送行，把安城的花圈都快买断货了。"

陈永杰瞪着王煊，又瞪向青木，这叫什么事儿？

青木讪讪，并且有些心虚，因为此前连他都觉得老陈活下来够呛，都要开始准备张罗丧事了。

王煊又道："不过，这里面有个严重的问题，虽然该来的差不多都来了，即便没到的明天也会露头，可是大家都等着老陈你驾鹤西去呢。如果你总是不咽气，这群人估计会不知道怎么办，是不是要再等上几天？"

"你给我闭嘴！"陈永杰受不了了，气得够呛，"我让你们等个地老天荒！都是些什么人啊，太可耻了！"

王煊诡诡然走了，然后去睡觉。由于金身术得到提升，他的内心充满喜悦，这一觉他睡得相当踏实与香甜。

青木再次开始跳巫舞，接待别人。

陈永杰差点儿从床上翻滚到地上，这是谁出的损招？一个又一个人排队进来，像是在瞻仰他的遗容也就算了，居然还在他身上乱摸，真是见鬼的生命传递！

他觉得闹心，浑身都是鸡皮疙瘩，偏偏还得收敛生机装死，他简直无法忍受！

直到后半夜，这一切才结束，青木跳巫舞累得近乎虚脱，陈永杰更是恨不得仰天长啸。

一大清早，王煊就起来了，这一觉他睡得特别踏实。随后，他跑去找青木，让其转告陈永杰晚上进内景地。

"你是说，晚上还要进行生命传递，再来一轮？！"陈永杰想给青木一巴掌。

"小王说了，为了避嫌，他没办法私下来见你，只能借助那种方法。"青木心虚地说道，毕竟他也掺和在其中。

陈永杰气得不行，道："他怎么不早说？要知道是这样的话，我昨天晚上就算是被剑光劈死，也会坚持到底，绝不会等到今晚再来一轮！"

这一天，这座郊外的庄园果然又来了不少人，这些人都是准备为陈永杰"开会"的，来头都不小。

晚间，王煊与陈永杰很有默契，都没有选那块白骨。他们实在是被折腾怕了，决定用那块璞玉开启内景地。

"老陈，你看到内景地了吗？自己可以进去吗？"王煊问道。

陈永杰两眼一抹黑，什么都看不到，果然还是需要"王教祖"接引。

王煊累到虚脱，感觉自己的精神能量都快用光了，才终于艰难地将陈永杰送进了内景地。

这一次，两人都做好了大战的准备，结果内景地中十分祥和，根本无事发生。

内景地中确实有个人，那是一个儒雅的中年男子。他对王煊和陈永杰笑了笑，还举杯示意，然后他就飞走了，直接离开内景地，身影渺然，再也没有回来。

第67章
古今境界层次初对照

就这么飞走了？王煊与陈永杰面面相觑。不管是攻击仙人还是遭仙人攻击，两人早就有心理准备了。

"飘飘乎如遗世独立，羽化而登仙。"

"这才是列仙应有的样子，大气！"

人都飞走了，陈永杰与王煊不吝赞美之词，给予其高度评价。从某种意义上来说，这也是他们的心里话。

列仙都这样的话，他们就不用戒备了，可以从容地在内景地提升实力，不用担心被攻击。

"一点儿也不小心眼，如果每位仙人都这样就好了！"王煊又补了一句。

陈永杰听到王煊这句话后脸皮轻颤，很想去捂他的嘴。这种话不能乱说，因为就在一瞬间，他突然觉得内景地中冷幽幽的，情况相当不对。

王煊刹那间心虚，低声道："老陈，我刚才好像看到内景地入口那里剑光一闪，有个仙子飘过去了。"

陈永杰听到后都想打人了，他赶紧道："'王教祖'，请你慎言，闭嘴！"他是真的怕了，好不容易找到个清静的内景地，万一女剑仙闯进来，将他们两个再乱劈一顿，那就真的没地方说理去了。

王煊不确定自己真的看到了，但他不敢开口了，谁没事儿愿意被劈？他默默地在心中的小本子上为空灵出尘的女剑仙记了一笔：小心眼！

两人对视一眼，都不再提这件事，各自开始修炼。机会宝贵，更难得的是现在这里如此祥和与平静。

王煊继续修炼金身术，他上次确实还差点儿意思，刚刚触及第六层金身术的边缘。

一个月、两个月……

半年后，王煊的身体剧烈地颤动，周身金光大盛。他终于彻底迈出了那一步，踏入金身术第六层领域中。

他感觉浑身上下都是力量，连带着精神也格外旺盛，实质化的精神像是金色火光在跳动。

外界，陈永杰的病房中，青木被吓了一大跳——小王才进去没多久，这脸就又开始蜕皮了。

"年轻人脸皮真厚，掉了一层又一层！"青木羡慕得不得了，这意味着小王的金身术真的越发厉害了，实力再次大幅度提升。

内景地中，王煊长出一口气，金身术修炼到了这个地步，估摸着普通子弹打不穿他的血肉了吧？

他觉得在正常情况下子弹最多也就给他破个皮，让他流点儿血。这要是在冷兵器时代，普通人用一般的手段几乎都难以对付他了。

"老陈，你怎么样，突破了没有？"王煊看向陈永杰。

陈永杰淡定地点头，道："差不多了，稍微沉淀下，磨砺一番，问题不大。"

王煊一听他这么说，就知道他肯定突破了。老同事的话得辩证分析着听，无论说什么都不能全信。

"好啊，突破了就好！"王煊松了一口气。

"我怎么觉得你比我自己还上心，有种如释重负的感觉？"陈永杰狐疑道。

"当然，你不仅好转了，还突破了。有你顶在前面，估计各方的目光都会落在你身上，这样我就没什么压力了，不枉我费尽心力救你。"

可以料想，"躺了几个月的陈永杰再次站起来"，绝对是爆炸性的消息，不说各方瞩目但应该也差不多。

在相当长的时间内，陈永杰必然会被人关注，而且他突破后的实力估计也瞒不住。

"听你这么一说，我怎么觉得未来狂风暴雨全都会向我而来，而你却躲在后面优哉游哉地修炼？"陈永杰可以预想到那些场面。

王煊摇头，道："我要面对的事也不少，有人想把我按在旧土，堵死我去新星的路，还有人干脆想除掉我，到现在我都没找出来谁是元凶。再有，现在一些大组织已经开始盯上我，比如吴成林现在就在挖墙脚，让我加入他们家的探险队。不知道后面还会有什么等着我。"

很难想象，他们昨夜在内景地中还胆战心惊呢，今天却淡定而从容地在这里边修炼边聊天。

现在两人都在运转先秦方士的根法，没什么生存压力，姿势相当"写意"，颇有种泡在神秘因子积淀的澡堂子中的感觉，轻松地聊天。

王煊开口问道："老陈，你现在是什么层次？给我说说旧术的境界，讲一讲后面的路。"

"你说我现在的层次吗？在当世少有对手，至于放在古代……还是不说了。"陈永杰说到最后居然一阵感慨。

"说一说究竟什么状况。"王煊催问，他对旧术在古代的一切很感兴趣。

陈永杰叹道："说太多怕打击你，关键是我对古代那些东西都有点儿将信将疑，它们太神秘且不可思议了。"

王煊催促陈永杰，让他必须得说。

陈永杰问道："你觉得我够强吗？"

"你是很强，毕竟你都能剑劈机甲。现在你又突破了，是不是能劈小型战舰了？"王煊问道。

"想什么呢，战舰若锁定我，一发能量炮就能送我归西。"陈永杰一阵唏嘘。这不是冷兵器时代，他这种超越大宗师的人在科技发达的时代都得低调，不然难逃一死。除非他能走进神话领域，直至再现旧术传说中的那些惊人的超凡气象。

陈永杰很严肃地道："我们以围棋的段位划分来比较吧。在这个时代，我超越了大宗师，段位已经非常高了，但放在旧术璀璨的古代，我也只是业余棋手的最高段位，对真正的职业棋手来说只能算是刚起步的新手。"

王煊真的震惊了，老陈这可是刚突破啊，比在葱岭剑劈机甲时更强大，这水准放在古代却才刚上路？！

"所以，我不想提这些，免得吓到你。"陈永杰叹息。

"并没有吓到我，反而让我惊喜。"王煊眼神火热，道，"这么说来，如果不断变强，到最后战舰也不见得能威胁到肉身？比如老陈你，如果这么发展下去，早晚能剑劈战舰吧？"

陈永杰双目深邃，道："老王，原来你是这样的人！"

王煊撇嘴，道："老陈，你别往我身上扯，现在说的是你。我不干这种事，当然，前提是那个想对付我的人不是出自某个大组织，不然早晚有一天，就是超级能量炮拦在前面，我也要去找他算账！"

"你修炼金身术，该不会是想达到最高层次，有一天去徒手撕战舰吧？"陈永杰漫不经心地问道。

"能吗？"

"够呛！"陈永杰无情地打消了他的念头，但补充了一句，"张仙人的体术没准儿可以。"

"我不是那种人，我不会干那种事，我练旧术是为了强身健体，为了自保！"王煊相当激昂，话语掷地有声。然后他开始问陈永杰关于旧术在古代的各种情况，比如层次等，不同的阶段对应的实力到底有多强。

陈永杰摇头道："那些层次划分我没怎么去了解，因为没什么意义，实力到了自然就懂了。"

王煊不相信他的话，道："老陈，我估计是你自己被那些境界打击到了吧？说多了都是泪，所以你不想再提。"

陈永杰的脸顿时黑了下来，道："我给你说点儿有意义的吧，旧术的秘路不止内景地这一条。"

王煊颇为吃惊，顿时来了精神，道："还有什么？"

陈永杰道："古代那些秘路现在看起来相当复杂，有些东西连我都不怎么相信。比如说'冥想'，你我直接跑到内景地来了。再比如说'寻路'，就是要找到一条真实存在、可以在上面行走，正常人却又看不到的路。还有那'采药'，采的可不是我们肉眼所看到的药，而是'天药'……"

王煊听得痴迷，简直不敢相信旧术这么神秘。虽然老陈说得笼统，让他晕乎乎的，但是挡不住他的遐想，这些都是能提升实力的秘路！

而现在，他刚找到内景地，还有更多的神秘等待着他去探索。

两个像是泡在澡堂子中的旧术研究者一边修炼，一边有一搭没一搭地聊着，真是要多清闲有多清闲。

很可惜，凭借那块璞玉开启的内景地在第四个年头时逐渐变得模糊了，估计再有一年半载两人就得被迫出去了。

两人什么都聊，的确放松得不能再放松了。

"老陈，你说羽化登仙到底是什么状况？到目前为止，就没发现一个能活下来的，全被雷霆劈碎了。这样的话，列仙到底存在吗？比如，那位女剑仙如此强大，也只剩下一块……"

说到这里，王煊赶紧闭嘴，因为他似乎又看到一缕剑光从入口划过，有道美丽的影子飘了过去。

这位仙子太小心眼了，莫非她一直在偷听？！王煊暗中擦冷汗，只敢在心中自语。

还好，陈永杰没有发现女剑仙，也没提及她，估计是心理阴影面积太大，一直有防范。

不过，陈永杰依旧在说羽化登仙的事，让王煊听得很入神。陈永杰接着道："我觉得吧，列仙可能还在我们身边……"

第68章
内景之忧

陈永杰说到这里,直接打住了,盯着王煊看了又看。

王煊被他盯得心中发毛,道:"老陈,你别乱说,列仙怎么会在我们身边?难道你觉得我是列仙中的一员?"

"你肯定不是,我从不信转世那种封建迷信的说法。"陈永杰看着他的脸,道,"但我觉得,你干的这些事以及我现在也在掺和的这件事可能影响深远,不知道是好还是坏。"

王煊心中咯噔一下,老陈的猜测和他早先的想法一致。

陈永杰道:"从女方士到老苦修士,再到那位……绝代倾城、美丽无双、空灵出尘的女剑仙,这几位似乎就是列仙啊!他们从来没有远去,就在我们身边。"

果然,陈永杰说的与王煊想的有六七分相仿。

这时,王煊又看到有人从内景地入口飘过。这位女剑仙除了小心眼,还很臭美,喜欢听人夸她!

陈永杰进一步猜测:"内景地即便是在古代都很神秘,都得教祖亲自出手才能领人深入。这不仅是难度的问题,还因为事关重大,非重要人物不可接触,这意味着内景地中有莫大的秘密!"

"你觉得,我打开内景地或许放进来了什么,也或许放出去了什么,列仙可能会因此回归?"王煊终于说出心中的隐忧。

这些还是无根据的猜测，而如果这些猜测被一一证实，那么说明古代那群人肯定比他们想的更为神秘。照这样发展下去，还不知道以后会怎样呢。

比如，这片内景地中的儒雅男子，当这里被开启的刹那，他居然笑了。他对王煊与陈永杰举杯示意，然后就飞走了。

真的很难猜测那名男子去了哪里，虽然他看起来很文雅、平和，但是他以后究竟要干什么根本无法预料。

"所以啊，老王，这内景地深不可测，越细想，我越感觉恐惧。别看我们待在这里数载，感觉平静祥和，但我内心其实很慌。我觉得吧，以后内景地能不用就不要用了，努力去寻找另外几条秘路，那些似乎比内景地还玄妙。"

王煊瞪他，道："行啊，老陈，用我的时候是'王教祖'，不用我的时候就降格成老王了，下次你别求我！"

"'王教祖'息怒！"陈永杰是典型的复杂型人格，葱岭大战时，他大宗师的光辉形象无比高大，可私下里又这么"接地气"，他低语道，"我今天为什么和你说另外的几条秘路？你既然能找到内景地，我觉得你也有机会发现那些神秘领域，那些法子会更稳妥！"

王煊斜睨他，道："老陈，怪不得你这么热心地给我普及秘路知识，敢情你这是强烈渴望我给你带路呢，对吧？"

"共同促进，彼此成全。"陈永杰居然露出一副憨厚的笑容，把王煊气得不行。

然后王煊话头一转，道："你说得那么不清不楚，没有任何线索，怎么去找？"

知道有这些神秘领域后，王煊自然心动。哪怕知道陈永杰在"钓鱼"，明白他的意图，王煊也忍不住跟着向前走。

"这种东西即便是在古代最强盛的大教中都属于秘篇绝学，一般人根本不知道，而且时至今日，哪怕本土教祖庭还有记载，也没人能找到那些神秘领域了。我年轻时曾意外看过旧术领域的前贤手札，里面提及了天药的事，说有个老道寻天药数年而不成，蓦然回首，却在那人山人海、万丈红尘上的天边晚霞中看到一棵天药。"

王煊听得目瞪口呆,好半天才道:"你要我上天去采药?还真不愧是你!"

"我也不明所以,只能把看到的全部告诉你!"陈永杰有些不好意思地说道。

王煊不想和他谈论这个话题了,陈永杰明显也是一知半解,不过是看到篇杂记而已,什么前贤手札,鬼知道是什么。

"老陈,你有没有觉得羽化后留下真骨的人似乎都很不一般,实力更强一些,而且很看重他们留下的真骨。"这个话题有些敏感,王煊说完马上向内景地入口看了一眼。

"我也觉得是这样,该不会涉及他们未来变得更强的途径吧?"陈永杰低语。

"你要是这样说的话,大兴安岭地下的女方士可是留下了完整的肉身,几千年了,一根寒毛都没少,以后岂不是要逆天?"

王煊提及女方士,每次想到她都会觉得以后会发生什么,主要是因为她太特殊了。

金色的羽化神竹何其珍贵,自古至今也只挖掘出四份金色竹简而已,其中只有两份是完整的,可见这材料多么稀有与贵重。但女方士刻了一艘竹船,肉身躺在当中,哪怕当年发生过羽化大爆炸,雷霆密集,她的肉身都安然无恙。

这是她刻意安排的吗?

半年后,王煊与陈永杰各自回归,迅速苏醒过来。

内景地中的那个儒雅男子飞出去后就再也没有回来,一直到最后都没有再出现。

"内景地深不可测,或许藏着非常恐怖的秘密。这块洁白如玉的骨头很不凡,要不我们暂时还是别动了。"陈永杰郑重地开口,居然退缩了。

"行吧,那就先不用它。"王煊点头。他心中也有些发毛,总觉得如果放出来一堆古人的话,心中有点儿没底。

今夜还早,但王煊不想多待下去,起身就走。至于陈永杰则一脸埋怨之色,躺在床上"挺尸",看着青木跳巫舞。

陈永杰无法离开,他还得等着一大群人排队进来"瞻仰遗容",以及对他摸来摸去。他躺在那里一动不动,满脸的绝望之色,简直生无可恋。

这个夜晚相当不平静,各方代表差不多都来了,人们估摸着陈永杰最多也就能挺到明日晚间,都准备参加他的葬礼呢!

晚间九点多钟,王煊想清净地思考一会儿羽化的问题都不行,有人来找他,而且带着满满的诚意,直接送上一幅名为"紫府"的观想图,这图一看就很不凡。

王煊刚从葱岭回来,就有人盯上他了,而且对方直接找到郊外的这座庄园中。

王煊心中暗叹,果然来了。葱岭一战后,他进入了一些人的视线中,现在那些人开始接触他了。

他带着笑容婉拒。他不可能接触这些人,礼物自然也不会要。

"我心肺受损了,现在需要休养!"当第三批人找上门来时,王煊直接这样说道,不想应付了。

来人带着温和的笑容,一点儿也不介意,并且不慌不忙地送上礼物——居然是一服养心肺的大药。

王煊无语,这是谁啊?他在帕米尔高原说自己心肺受损,被耿直的女医护人员无情地揭开真相时,许多人都看到了。

现在,他找这种烂借口明显是为了表达拒绝之意,结果不提还好,一开口还真有人送上养心肺的大药,太绝了!

接着,来人送上另外两件礼物,一件是名为"菩提冥想法"的记载着极为出名的冥想法的书,还有一件是《大金刚拳》。

毫无疑问,这是大手笔。这才刚见面就送上旧术领域中很出名的典籍,一般人绝对拿不出来!

王煊狐疑,这是哪家?财大气粗得惊人。

来人是个中年男子，但显然不是这家的主人，不过是负责出面拉拢而已，他带着笑容送上一封信。

这年头除非隔着星系实在无法联系上，偶有星际飞船路过时，才可能互通书信，不然纸信真不多见了。还有一种情况就是，为了表示尊重，这是一种礼节，体现出对对方的重视。

王煊展开信，其中的字迹相当娟秀。信中对他大加赞赏，并表示对旧术很看好，描述前路灿烂等，言语细腻丰富，诚恳得不让人反感，最起码读起来是这样，最后才提及希望有机会与他合作。

信中还补充道，礼物只是一份心意而已，即便短期内难以达成合作关系，也无须退回。

王煊还能说什么？大气、讲究、有格局，但是他更不敢要了。谁知道他若真的接受了，对方以后会怎么和他算账。

然后他一看落款——一个秀气的"钟"字。他顿时心中一动，该不会是掌握金色竹简的超级财阀钟家吧？

吴茵神出鬼没，居然出现在这个会客厅中。她凑过来瞥了一眼，道："一看这字丑丑的，就知道是小钟的手笔。"

这话说得就有点儿亏心了，那字其实还是蛮漂亮的。但吴茵与钟家的姑娘向来不对付，看到钟家的人出现，直接就跟过来了，自然是有意针对。

吴茵提醒道："小王，我和你说，小钟的东西可不好拿。别看现在说得好，一旦以后不满足她，那可是吃人不吐骨头的主儿。"

王煊一看这架势，刚捂住胸部，又赶紧改用手抚额头，没说心肺受伤了，改口道："葱岭一战，我受到精神领域的冲击，头疼欲裂，先去休息了。"

反正吴茵只是正好出现，钟家姑娘就是有不满，也得去找吴茵算账，现在暂时跟他没什么关系了，以后的事以后再说。

清晨，安城郊外的庄园中宾客更多了，他们都是为陈永杰"开会"来的，就等大幕拉开了。

而在这个时候，青木悄悄找到王煊，小声道："我师父说，就剩下那一块骨头了，留下它形单影只，怪孤独的，要不……就开了吧。"

王煊就知道，别看老陈谨慎稳重，最后肯定还是忍不住。事实上他自己也是这样，琢磨一宿了，很想看一看这次能放出什么，以及自身实力能提升到什么地步。

第 69 章
最后的宁静时光

"老地点,老时间,不见不散!"王煊很干脆地做出回应。

青木一听,眼皮直跳,相当为难。

因为陈永杰特意强调他今夜打死也不会在病房接受众人"瞻仰遗容"了,绝对不允许再被众人排队乱摸,不然他保证会当场"诈尸",不会再忍下去!

王煊听到青木的如实转告后,叹气道:"老陈啊,大风大浪都走过来了,帕米尔高原的大宗师何其风光,现在却这么羞羞答答、扭扭捏捏,不是他的风格啊,摸几下又不会少块肉。"

听听,这是人话吗?青木也是无语了。老陈连着被人摸了两宿,能不跳脚吗?这事儿搁谁身上也受不了啊!

"行吧,反正时间还早,趁人不备时……另约!"王煊说道。

红日喷薄赤霞,在这个接近初冬的深秋季节,早上郊外缭绕着白蒙蒙的雾气。庄园很大,栽种了很多树木,在红霞与雾气的掩映下,颇有种意境美。

王煊吃过早饭后,闲来无事,拎上陈永杰以前留在这里的钓竿,跑到庄园后面的塘子边去钓鱼。

主要是因为随着红日露出山头,庄园中越来越热闹,来"开会"的人太多了。王煊觉得与其听着嘈杂声,不如替躺在床上装死的老陈钓两竿。

这个塘子不算小,连着不远处的一条河,所以里面有很多野生鱼。塘边长了不少芦苇,还有一些水鸟栖居,它们不时扑棱扑棱拍着翅膀飞起。

王煊找了个好位置，单手持钓竿，另一只手开始用手机拍摄，接着便给青木发了视频过去，暗示他可以给老陈欣赏，不然老同事一个人躺在床上多无聊。

陈永杰一看视频，顿时就受刺激了，王煊会不会钓鱼啊？王煊居然将他那根收藏的钓竿当成长棍，在那儿猛力抽打塘中的鱼，水花四溅。

陈永杰的心都在滴血，恨不得一跃而起，去"教导"王煊怎么尊重钓鱼这项活动。若实在教不会，就直接将人"栽种"到塘子里算了，别折腾他的钓竿。

"快看，我钓上来一条十斤重的大黑鱼！"王煊再次发过去实时情况。

青木默默地给陈永杰看消息。

陈永杰顿时感觉血压飙升，那小子倒持钓竿，利用敏捷的身手，用钓竿尾端在岸边直接戳中一条大鱼，挑起来给他看。

这简直是钓鱼界的耻辱！陈永杰的心肺都在疼，那可是别人送给他的特制钓竿，相当珍贵，现在竟然被王煊当鱼叉用。

陈永杰暗自下定决心，晚上内景地不见不散，教育"王教祖"做个好人！

此时，周围传来动静，有人在刻意接近。王煊叹气，他早就知道以后多半少有安宁了，所以他格外珍惜眼前的时光，钓钓鱼逗逗老陈多有意思。不久后他就要进入深空了，还不知道会面对什么呢。

这些人表现得自然，各自分散，有的在塘子附近散步，有的在给水鸟拍照，还有人居然也找来钓竿，在这里垂钓。

是因为有大人物要过来，所以需要提前"热场"吗？王煊皱眉，这些提前出现的人都是各路人马中的精英，但表现得低调且自然，外人很难看出异常。

钓鱼的人比王煊讲究多了，在那里打窝，准备工作相当到位；拍摄水鸟的人更讲究，拿着几万新星币的相机，非常专业；而散步的人，一看就是养生有道的老行家。

一二十个人先后出现，他们之间看起来没什么关系，但是距离与站位等都非常讲究，方便配合，一旦行动起来会很迅猛。

王煊在这个年龄段将金身术练到第六层境界，说出去会吓死人，不仅提升了他的肉身强度，同时也增强了他的精神力量。

王煊现在实力大幅度提升，连精神领域都要形成了，在这些人接近此地的过程中，所有细节都被他察觉到了。

所以他才皱眉。因为这是一群相当厉害的人物，训练有素，极其不简单。

还好，他没有感应到杀意，这群人似乎只是提前进场，为了接应与保护某些身份不简单的人物。不然的话，他就准备先行下手了！

在王煊觉得终于有人要登场时，却发现又有五六批配合默契的人到了，他们分散到四周，这让他眼皮直跳。

不久后，远处有人出现。在稀薄的晨雾与朝霞中，几道相当美好的身影踩在柔软的草地上，充满青春的气息，着实吸引人的注意。

"是大吴，她在和人吵架？"王煊讶异，一眼就看到了吴茵，居然是她！

看样子是他多想了，那些人并不是为他而来的，因为吴茵与那几人并没有过来，还在争执中。

"也不对，大吴这些年轻人不至于让这么多厉害人物提前'热场'以及接应与保护吧，估计是他们几个意外闯人。"王煊猜测是有大人物要过来，但几位年轻人意外地提前到了。他不理会不关注，继续钓鱼——不，叉鱼，然后发给陈永杰看，锻炼其心理承受能力。

"嗯，大吴过来了。"王煊假装没看见，继续连叉带钓，沉浸在悠闲的时光中。

"小钟，你别过分……"通过吴茵的声音，王煊惊异地觉察到与她争吵的人来头不小，丝毫不怵她。此人既然姓钟，该不会是昨晚送他《菩提冥想法》的钟家人吧？

王煊蹙眉，大吴这是什么意思？与小钟争吵，然后将人引到他这边？按理来说，大吴并不想让钟家拉拢他，不愿双方接触才对，毕竟她昨晚就曾亲临现场搞破坏。

他觉得大吴这是有意的，她除了脾气大、胸襟大外，其实心思也很多。这该不会是想借力让他与小钟意外"折腾"起来，不欢而散吧？或者大吴知道小钟有什么安排，所以提前把她领过来，打乱节奏？

王煊扔下陈永杰收藏的珍贵钓竿不要了，转身就要离开。这地方既有大人物又有"有想法的年轻人"，大家都来凑热闹，他"王教祖"才不想介入呢。

"小王！"这时，吴茵喊王煊，踩着草地来到芦苇塘不远处，向他这边挥手。

王煊叹气，然后坦然地转身走了过去。他带着笑容打招呼，彻底看清了对面走过来的几人，果然都是年轻人。

毫无疑问，这个年龄段的人正处在既有朝气，又开始成熟的时期。几人中，东西方面孔都有，四名男子身形挺拔，有的人虽然长相一般，但气质出众，三名女子皆青春靓丽，很有活力。

吴茵与其中一个女子最为突出，不过两人的风姿、气质是两个风格。

光看表面看不出吴茵脾气大的一面，现在只能看出她美好的一面。

至于另外一个女子，则是素面朝天，模样极其标致，朝气蓬勃，漂亮的大眼十分纯净。这个女子不施粉黛，漂亮得像是新入学的高校校花。她的身高有一米七二左右，长发飘飘，很容易迷倒旁人。

无论是吴茵还是眼前的这个女子，都相当出众，吸引人的眼球。王煊本着欣赏美好事物的眼光在看两人。

他赞叹，两人虽然气质不一样，但并肩站在一起还真是赏心悦目。

如同初入高校的清纯女子微笑着，在阳光下显得很美，她礼貌而温柔地做了自我介绍。果然是小钟。

"钟情"？王煊讶异，这名字……

"一见'钟情'误终生。小王你可千万别被她的外表骗了，小钟向来吃人不吐骨头。"吴茵笑盈盈的，上来就拆台。

"钟晴。"小钟纠正是"晴天"的"晴"，她亭亭玉立，笑着道，"大茵茵最喜欢乱说话，平日还爱戏弄人。她脾气大，我怕她。"

王煊心有感触，小钟看起来还像个学生，但是话里话外都体现出非凡的战斗力，大茵茵，脾气大，各种大，乱说与戏弄人，都给点出来了。

吴茵扬着雪白的下巴，拢了拢碎发，瞥了钟晴一眼，道："别看小钟面孔清纯，也不知道骗了多少人。"

"小王，我告诉你，就在不久前，小钟还在算计你。她心思太深沉，这完全是受他们家老钟的熏陶。"吴茵噼里啪啦地快速揭露了一些事。

此时，为了阻止钟晴插嘴，吴茵的语速很快。这一招可谓简单粗暴，直接有效，她说道："钟家的姑娘刚才正在与人商量找高手检测你真正的实力，却还想将自己择得干干净净。最后，她会在这个明媚的清晨出场，和你来一场不经意间的美丽相遇。不用怀疑，她肯定会表现得大方得体，清纯真诚，给你留下一个美丽灿烂的好印象后，挥一挥手，飘然离去。其实呢，她就是想让你以后替她卖命而已，这很像小钟的风格！"

王煊被惊到了，他不是怕被钟晴算计，而是觉得今天吴茵的战斗力极强，遇上钟晴后竟然无比好战好斗。

第 70 章
邀请

钟晴不慌不忙，眼神清澈，心绪平静，道："大茵茵对我有成见，每次都针对我，这次更是曲解我的意思。我确实想接触下王先生。事情是这样的，我代表一个年轻的组织想请你加入，但在此之前需要评估你的实力，这没有什么例外，每个会员初入组织时都要参加评估。"

钟晴简单而快速地介绍，这个组织名为新星，名字与深空中的那颗新星一样，预示着会员的灿烂前程。组织吸收的都是超级天才或者一个领域的翘楚，而且会员绝对年轻化。

王煊听着没说话，他想到了数百年前的旧土曾有个门萨俱乐部，两者性质有点儿相似。但他一点儿都不感兴趣，管它是"新星"还是什么，他根本就不想加入。

想都不用想，新星组织里如果都是超级天才，肯定会被各大组织与财阀盯上，其中的利益纠纷与麻烦不会少。

如果是其他新人被邀请加入新星组织，他们自然愿意，因为这是难得的出头机会，但是王煊现在躲还来不及呢，他最不想要的就是出名。为此，他更愿意当老陈的护道人，先将其推出去挡一段时间。

王煊委婉地拒绝了，但依旧对钟晴表达了谢意。他坦然相告自己在旧术领域实力还很不足，需要潜心修行，不想为名所累。

"王先生是一个纯粹的修行者，我理解，同时更佩服、欣赏。我已经预感到不久的将来会有一位大宗师迅速崛起。"钟晴点头，并不勉强，而且对王煊的评价相当高。

这种话听听就算了，王煊自然不会放在心上。

吴茵数次要开口，都被钟晴打断。钟晴继续道："按照惯例，无论是否能加入组织，被邀请的人都会在接受评估后得到一份贵重的礼物，这次我们为王先生准备的是《蛇鹤八散手》。"

王煊腹诽，这名字一听就不像是什么珍稀的秘籍，小钟有点儿瞧不起"王教祖"啊！他直接摇头拒绝了。

最近王煊都在研究金身术，没时间理会其他。他觉得有时间得向老陈索要一些经书，涉猎要更广一些才行。他身为护道人出了这么大的力，得了解下"被保护者"在修行什么，是否走了"歪路"。

当然，这些他也就自己想想罢了，不好直说，怕伤了老陈的自尊。若是老陈最后找他"切磋"，到时候结果可能会有点儿惨烈。

吴茵相当满意，没有想到王煊当面婉拒了钟晴，顿时笑了，她就喜欢看几乎从来不失手的钟晴被人拒绝的场面。

"这是本土教很有名的体术，想不到王先生一点儿都不感兴趣。"钟晴确实非常意外。

王煊转过身去，直接给青木发消息问他知不知道蛇鹤八散手，想了解这到底是什么层次的体术。

青木是行家，自然听说过这门体术，因为它非常有名气，他直接告诉王煊，连老陈都没得到过这门体术。

陈永杰在一旁听到这件事后，很意外，道："当初，张仙人在鹤鸣山看到一条蛟龙与一只神鹤激斗，一时有感，便创下龙鹤八散手，后来将'龙'字改成了'蛇'字，皆因本土教讲究返璞归真。"

鹤鸣山是本土教公认的祖庭之一，甚至被认为是发源地，张仙人在此创下本土教，留下了太多的足迹。

陈永杰道："你告诉他，最好拿到这本书，练了蛇鹤八散手再去研究他的五页金书，应该会容易一些。"

王煊通过青木接到陈永杰的转告后，顿时停下脚步，转身又回来了。

那五页金书对他非常重要，到现在他都才练成一个起手式，如果能够通过研究《蛇鹤八散手》进一步领悟五页金书，这个评估绝对值得他在这里做。

吴茵见他转身回来，做出一副痛心疾首的样子，不知道是演戏还是真不满了。

"这门体术对我很重要。"王煊看向钟晴笑了笑，简单地解释道，"老陈活着的时候——不，老陈身体康健的时候，也曾对这门体术赞誉有加，恨不能一观，我想满足他的心愿。"

钟晴微笑，表示理解，然后看向身边的一个女子。

那是一个金发碧眼的女子，她的样貌虽然不如钟晴与吴茵那样惊艳，但也很漂亮。

"王先生在葱岭的那一战让人印象深刻。"这个女子开口，说着一口流利的东方语言，她自我介绍说名叫"洛莲娜"。

王煊想了想，自己在葱岭一战中，似乎最出名的就是那一脚，踹死了大宗师夏青，洛莲娜这是话里有话啊！

洛莲娜倒是很热情，直接来了个西式见面礼，与王煊抱了抱，道："一会儿将由我评估王先生的实力。"

她刚说到这里，王煊就意识到不对了，因为洛莲娜的四肢像是钢筋般要勒进他的血肉中，如果换个旧术高手，直接就被放倒了。

这是结合了柔术、摔跤、拆关节等各种分支体术的手段，要将王煊瞬间拿下。

洛莲娜抱住王煊肩膀的手甚至想在第一时间攻击他，所谓评估现在就开始了？

王煊练成金身术自然无惧，但下一刻他脸色微变。洛莲娜额头发光，竟是精神攻击，看来她精通旧术，也练了新术。

在两人进行拥抱这种简单的见面礼时，较量就开始了。王煊没怎么犹豫，双臂猛然发力，用比对方还大的力量回击。

而精神攻击也对王煊无效，因为他现在都快形成精神领域了。

"嗷——"洛莲娜痛叫。敢和金身术达到第六层的人近距离较量，她确实不太了解王煊的情况，严重误判。

在发现精神攻击都无用后，洛莲娜恐惧了。

噗！

所有人都听到了碎裂的声音以及洛莲娜更为凄惨的叫声。

"快松手！"一些人惊呼，脸色全都变了。

洛莲娜在翻白眼，明显情况不对，再加上那种声响，有些瘆人。

王煊身体一僵，怀中勒着的人似乎真的出了问题，他都有点儿不敢松手，怕见到难以想象的画面。

他已经在葱岭一脚踹死了一位大宗师，现在如果再这样重创一个高手，以后会不会有什么不好的名声？王煊很担心。

这与他行拥抱礼的女子到底什么情况了？他终于还是慢慢松手，还好他担心的画面没有出现。不过，这女子怎么晕过去了？

王煊赶紧松手，任洛莲娜倒在地上。

随后，王煊面无表情，走到钟晴近前。

钟晴下意识地退后两步，想了想不对，止住脚步。她也是心里没底，这位上次踹死夏青，今天又勒晕一个，确实有点儿凶猛。

钟晴微笑着道："其实，我们今天准备让人穿上初步研究出来的超物质甲胄与王先生切磋，以此进行评估，但既然洛莲娜提前出手，就算王先生通过了。"

然后，钟晴递给王煊一本书，这本书看着像是一件古物，封面上面写着：蛇鹤八散手。

"多谢！"王煊转身就走，不想再待下去了。

随后，王煊远远地就看到了有关部门的副手，居然是他要来这边，难怪会有不少人先过来确保安全。

同时，王煊也看到三位老者走来，这明显是要谈要事。

王煊迅速离去，因为有关部门的那位副手还有那三位老者明显都在看他，他这是被盯上了吗？

王煊心想，他得和老陈商量下，得确保自己不被人过于重视才行。

人们等了一天，结果陈永杰就是不咽气，但众人预感到陈永杰应该熬不过这个晚上，所以相继有大人物来看他最后一眼。

等到晚间，该来的人都差不多来齐了，就等明天"参会"了。然后王煊来了，他装模作样地来送陈永杰最后一程。

很快，两人就凑到一起，拎起黑剑，将那块洁白如玉的骨头切开一道细微的缝隙。

一刹那，浓郁的神秘因子冒出，很快就贯穿前方的内景地。

"老陈，这可是镇压在苦修门祖庭下的神秘骨头，我现在有点儿慌。"王煊低语道。

"那你也不能把我一个人往里推啊！"陈永杰觉得后背冒凉气，却发现王煊直接将他给送进来了，自己站在外面没动。

这次王煊同样累得差点儿吐血，疲惫不堪。他大口喘息，盯着内景地中，觉得确实很不对劲，但里面不是想象中妖魔横行的状况。

在内景地中，小桥流水，古镇若隐若现，烟雨迷蒙，呈现出一幅古代江南水乡的美丽景象。

王煊更是在匆匆一瞥间看到一个绝世的妖娆丽人，她穿着一身红衣，撑着一把油纸伞，身段婀娜，在淡雾缭绕的小雨中漫步。此人此情此景，相当唯美，很有意境。

第 71 章
老陈被猫叼走了

烟雨迷蒙,那女子行走在青石路上,在古镇中穿行。最后随着幽幽一声叹息,她在通天的恐怖雷霆中直接炸开,化成点点的红光,逐渐散开。

"死了?!"

"你听到了吗?好像有人在叹气。"

王煊与陈永杰都既吃惊又震撼,以前遇上的生灵不管有什么动作,实力多么强大,在内景地都不开口说话,今天竟遇上一个特殊的。

两人等了好久,也不见那女子再出现。她的确消失了,炸开后就融入雨幕中,连红光都消散了。

等了这么久,待见到后来者开启内景地,她却直接就此消亡,她坚持到现在只为看一眼后世吗?

此时,一只小花猫在不远处张了张嘴,感觉像是在叫,但听不到声音。它从雨幕中跑来,双目流泪,一只猫居然这么忧伤。

王煊与陈永杰不敢小觑这只小花猫,内景地出现的生灵就没有简单的,谁知道它有什么来头。

一个内景地出现两个生灵还是有些异常,与以往都不太一样,尤其是那女子的叹息声传来时,仿佛就在耳畔。

小花猫扑在被雷霆劈碎的古镇废墟中,无声地叫着,眼泪就没断过。

陈永杰唏嘘,道:"这是那个女子养的猫吗?她自身羽化登仙时在雷霆中消散，留下的猫都近乎成仙了？看来红衣女子极其强大，轰击她的雷霆很异常，格外厉害。"

"老陈，你去安慰下那只小猫咪，太可怜了。"王煊说道。

陈永杰回头看他，道："你先进来！"

"你先去看看那只猫是什么状况，'人非草木，孰能无情'，就算它是妖，你也不能心肠冷硬地不管。"王煊道。

"你是拿我当探路石吧？"陈永杰说道。

在两人低语时，那只猫居然过来了，它依旧在无声地叫，不断落泪。当来到陈永杰近前时，它脸上充满迷惑不解，一副懵懂的样子。

陈永杰握着剑一语不发，王煊站在内景地外也闭口不言，两人一猫就这么相互观察、对峙。

这只奇怪的猫像在叫，无声却有能量波动，陈永杰差点儿一剑劈过去，还好他控制住了自己。随后，小猫主动退后，有些怯怯地望着他们。

"你该不会在这里待了无尽岁月吧？"陈永杰开口。

小猫依旧是一副懵懂的样子，好长时间才呆头呆脑地点了点头，然后用爪子指向外界，像在询问什么。

"外面啊，沧海桑田，肯定与你们那个时代不一样了。"陈永杰又一次开始讲古。

王煊迈步走了进来，是练金身术还是练五页金书？现在有了《蛇鹤八散手》，似乎可以继续领悟五页金书了。

陈永杰悠悠地开口道："我觉得这次你练老张的东西比较靠谱，想一下他后来的威名。"

"嗯！"王煊点头。

《蛇鹤八散手》他早已熟记在脑中，在内景地可以随意回想，翻阅过去的记忆。这个地方处处透着神秘，说不定有助于他领悟。

陈永杰边讲古，边调整姿势，开始练自己的东西。

六年悠悠而过，王煊将《蛇鹤八散手》研究透彻，这不是五页金书上那种让列仙都忌惮的恐怖体术,的确只是张仙人当时有感而发,即兴创作的东西。

蛇鹤八散手威力强大,能比得上大金刚拳,补足了王煊没有常规攻击术的短板。

毕竟,金身术主要提升的是王煊的身体素质,包括血肉与四肢百骸,主防守,在攻击上则显得不够凌厉。现在有了蛇鹤八散手,他觉得自己在常规攻击方面没问题了。

陈永杰一直在琢磨老苦修士的拳法,那拳法看着像大金刚拳,但绝对不是,而是超越了大金刚拳。

陈永杰私下告诉过王煊,这很有可能是传说中的圣苦修士拳。圣苦修士拳是苦修门的顶级绝学,威能奇大无比。

关键是,陈永杰认为圣苦修士拳与他的气质相符,学起来很受用,没有伤到五脏。

王煊腹诽:老陈也真好意思这么说,他哪里像慈悲的圣苦修士?这简直是对前贤的亵渎。

时光匆匆,前后共二十年过去。内景地很奇异,王煊在这里并未感觉到自己衰老了,当他精神疲惫时,只要得到神秘因子的滋养,便会再次精神奕奕。

这是一段难得的宁静期,而且时间持续这么长,王煊艰难地将五页金书中的第二幅刻图上的招式练成了。

在此过程中,王煊的五脏不断负伤,但由于在内景地中得到神秘因子的滋养,他受伤的身体又不断被修复。他是生生熬过来的,最终练成了金书中的第二式。

今时不同往日,王煊的境界比以前高,可以更深入地领悟金书上记载的东西,所以才练成了第二式。

陈永杰不时讲古,偶尔会撸一下那只猫,过得倒也潇洒。他也将圣苦修士拳练到了一定的火候。

"老陈,按照你的理解,这里的时光流速其实与外界的一样?"王煊问道,然后走过去,使劲揉了揉小花猫的头。

那只猫像在叫，但依旧无声，这么多年来它一直在听陈永杰讲古。

不过这次陈永杰讲得慢，修行一段时间后才会给它讲一段，等说到现代战舰，实在没什么好说的后，他开始编造未来的故事。

陈永杰道："不是时光流速的问题。我们其实没有待那么多年，我觉得是我们的思维感知与肉身处在一种最为活跃和特殊的状态中。我们的精神、肉身在这种极度活跃的状况下，随着我们的修行在迅猛地变异。是我们的思维感知等变得很快了，所以以为时间变慢了。"

他接着道："就如同人类能在万灵竞逐中胜出一样。人类原本与猛兽为伍为敌时，并未高明出多少，但是在特殊时刻到来后，有些人类变异，所以胜出了其他种群。人类在某个历史时期突然崛起，而在历史中却找不到中间的过渡阶段，就是如此。"

王煊点头，道："有道理，但是如果以外界一分钟，内景地数年来解释，也一样说得通，两种解释没有什么冲突。我们之所以精神不老，是因为神秘因子在滋养我们。而且，人在这里精神会处在极度的冷静中，除了既定的修行目标外，其他思绪都会被慢慢扫除，如赤子般练先秦方士的根法、体术等增强自身实力，再得秘药滋养，自然不衰不老。"

陈永杰也点头，两种说法都解释得通。

"小猫咪，你认为是哪种？"王煊又撸了小花猫一把。

小花猫龇牙，探爪，凶巴巴的。

王煊拍了拍它的头，直接远离了一些，又道："老陈，有关部门的副手与三个老头子碰头，该不会在考虑你死后的问题吧？还有，我似乎被盯上了，这次出去后你帮我妥善安排下。"

陈永杰道："目前，你的身份还不会暴露。青木很谨慎，在你顶着王霄的名字去葱岭时，就找人戴上你的仿真面具在安城待着。"

王煊叹道："老青是个好人，比你好多了！"

然后，他想了想，道："连你都进来了，我没理由不照顾老青一把。"

王煊转身就向外面走去。

"快去快回。"陈永杰有些紧张。

青木一脸蒙,当他真正看到内景地时,简直不敢相信自己的眼睛,现实世界之外居然真的还有一个世界?现在他才渐渐理解老陈与王煊的各种黑话好像并不是那么离谱。

这次,王煊是真的差点儿累死,不是夸张,他觉得送两个人进同一个内景地是他的极限。他趴在内景地中大口地呼吸,贪婪地吸收神秘因子,补充疲惫得要崩溃的精神。

"我师父呢?"青木问道。然后他就震惊了,那是什么东西,居然躲在废墟中撕咬他师父?

"天啊,这就是内景地?我想回去了——不,先去救我师父!"青木大喝,向前冲去。

"老陈……让猫叼走了?!"王煊稍微恢复后,赶紧追了过去。

与此同时,王煊感觉到了不同寻常的能量波动。内景地深处有一个红衣身影朦胧可见,像是有一层大幕覆盖在那里,把这里隔成了两个世界,她无法过来,只能静静地看着这边。

王煊一阵头大,这次真的与以往都不同!

"洁白的骨头是白虎大妖魔的骨,是一把钥匙,可以开启这处内景地,但白虎大妖魔似乎也只是某个'存在'养的宠物!"在狂奔去救陈永杰的路上,王煊瞬间想到了很多。

第72章
圣苦修士跑了

这哪里还是什么小猫咪，分明是一只白虎，它戾气冲天，一口牙像是匕首般锋锐，猛烈地撕咬陈永杰。

王煊看到这一幕，心顿时沉了下去。老陈这是被重创了！在内景地中流血，老陈肯定受伤不轻，或许真的会危及性命，毕竟这一次很异常，这个内景地也与众不同。

王煊狂奔而去，在路上超过青木，捡起陈永杰掉落在地上的黑剑。靠近凶物后，他双手抱剑凌空跃起，剑光闪烁，像是一道璀璨的匹练，猛然对着猫屁股就刺了过去！

噗的一声，黑剑缭绕着绚烂的光束，直接戳入猫屁股中。或许该称它为白虎了，这种生物的屁股是绝对摸不得的。

虽然听不到声音，但是当那只凶物咆哮时，有某种恐怖的能量荡漾开来。

它冷冷地回头，看着刺在屁股上的黑色长剑，又看到双手握着剑柄、挂在那里的王煊，它的那种眼神……

白虎简直要疯了——它的屁股突然被人刺中了！

白虎的眼神早先像是寒潭般冰冷刺骨，现在瞬间仿佛在喷薄光焰，它怒不可遏，直接一个猛甩，将黑剑震了出去。

然后它探出大爪子就向王煊拍去，虎目中喷火，愤怒到了极点！

"病猫，再喊两嗓子给我唱个小曲儿。"王煊快速躲避，同时挑衅白虎。

他希望这只白虎咆哮时能将老陈给吐出来，不然的话，老陈就真的没命了。

"嗷——"白虎张嘴发出能量浪涛，冲击得内景地都在晃动。

它并不是想配合，而是真的气，曾经的白虎大妖被人在屁股上插"钉子"，实在是耻辱！

白虎啸天，大爪子寒光闪烁，数次拍落，将内景地的东西打得四处飞溅。

王煊扭头就跑，连超越大宗师的老陈都是喂猫的料，"王教祖"要是被那大爪子按住，估计也不会好到哪里去。

陈永杰双腿乱踢，终于从白虎的牙缝中挣扎着掉了出来，看起来像随时会断气。

不过这里是内景地，神秘因子十分浓郁，只要人不死，一切就都还有救。

陈永杰也是急了，挣脱出来后就施展圣苦修士拳，对着白虎的眼睛哐哐来了两拳。

白虎伸出大爪子去扒拉陈永杰，准备将他塞回嘴里。

砰！砰！

王煊又跑回来了，对着白虎就是一顿捶，结果发现根本打不动。然后他开始扯虎毛，连拔带拽也没扯掉几根，不过却成功激怒了白虎。

关键时刻，青木不声不响地立了奇功——他捡起那柄黑剑，用尽全身力气戳进白虎的屁股中。

"嗷——"白虎愤怒地咆哮，扭头看向青木。

陈永杰与王煊虽然逃离了虎口，但是不能看着青木遭劫，于是再次挑衅白虎。

陈永杰叫板道："病猫，真以为我不知道你是妖魔吗？我早就看出来了，所以才有事没事就撸你！"

白虎一听这话，眼神顿时就冷厉到了极点。它装傻听古这么多年，只是为了解外面沧海桑田的变迁，可它没想到这可恶可恨的人类居然也在装傻，故意撸它!

"就知道你是大妖魔,所以我们提前过过手瘾!"王煊进一步挑衅,说着还看了看自己的手掌,"和撸普通的小猫咪没什么两样,大妖魔也就这么回事儿吧,手感不好不坏,只能说还行。"

这倒不是假话,自从他进来这内景地第一天,就一直在防备着,怕这只猫闹妖,偶尔去摸它的头也是因为好玩。

至于陈永杰,别看他平日镇静,其实内心慌得厉害,所以他时常"撸猫"减压,并且慢吞吞地讲古,一切都是为了拖延时间来修行。

王煊与陈永杰都没有忘记那块骨头曾被镇压在苦修门祖庭地下,如无意外,必然是来自绝世大凶物。

王煊练张仙人的体术,陈永杰练圣苦修士拳,都是为镇妖做准备,毕竟传说这两教的东西都很适合降妖除魔。

但现在看来,他们远远低估了白虎的层次,别说作为对手,连能成功逃跑都够呛,现在他们都是"喂猫的料"。

白虎任由三人会合,没有阻止。它慢慢踱步,缓缓逼近,早就想将陈永杰当成早餐了,听他讲古拖延到现在,都成了晚晚晚晚……晚餐。

王煊叹道:"老陈,看来明天真要为你开追悼会了,冥冥之中早有注定。即便我救了你,也无法改变大势。"

"闭嘴,我还没有手撕战舰过把瘾呢!"陈永杰不爱听这话。

青木是最崩溃的,第一次进来就遇上这种大妖魔,神话传说呈现在眼前,他受到的冲击太大了!

砰砰砰!

三人虽竭力反抗,但全都被白虎的大爪子拍飞出去。即便陈永杰与王煊拼命进攻,也远不是它的对手。

"穿红衣服的姑娘,你家走丢的猫在这里,赶紧带走!"王煊喊话。

一刹那,银铃般的笑声传来,虽动听却很冷。内景地深处,一个红衣女子撑着油纸伞,在迷蒙的烟雨中朝这边笑。

这一刻，王煊与陈永杰的头皮都要炸开了，那声音太清晰，响在耳畔。两人霎时间感觉到了死亡的威胁，这是遇上"超级大个儿"了！

陈永杰低声斥责："'王教祖'，请你闭嘴，别惹她了，我们连她的猫都对付不了！"

白虎看到那个女子后，尾巴都摇起来了，仿佛化成了一只白狗，要多乖顺有多乖顺。然后它转身扑过去，叼住青木就向红衣女子那里跑。

可以想象青木何等崩溃，第一次进来就体验了地狱级的开场。

王煊与陈永杰狂追，但是根本打不动白虎。

还好白虎没有吞食青木，只是将他放在那层大幕前。这是想献给红衣女子，但是隔着大幕没法儿送过去？

"果然啊，苦修门祖庭下镇压的东西不能碰。白虎的那块骨头似乎是开启这片内景地的钥匙，而绝世白虎大妖魔是那个红衣女子养的宠物！"陈永杰满头大汗，小腿肚子都在打战。

王煊低声道："老陈，你看到没有，那红衣女子似乎出不来。"

陈永杰回头观看，红衣女子立在朦胧之地，雨淅淅沥沥的，隔着一层大幕，似乎距离这里极其遥远。

王煊道："最开始我们进来时曾看到她在雷霆中消散，那应该是幻觉，真正的她在远方，无法跨越过来。"

这种感觉就像是老苦修士在梦中与他相见时演绎圣苦修士拳法，宛若隔着大幕，立在无尽遥远处，而时间长了身影就会散掉。

陈永杰头皮发麻，道："内景地果然有太多的秘密，水太深了。她与内景地隔着一层大幕，到底立在何处？！"

王煊两人不断倒退，离出口不远了。这时，白虎进逼，跟了过来。

王煊严肃地说道："老陈，你坚持住，我去请人灭了这个白虎大妖魔。总觉得不把它干掉的话，会对那个'超级大个儿'非常有利。"

"你去请谁？"陈永杰急了，他与青木怎么挡得住？

"我去请老苦修士！"王煊道。

"原来是请他啊，快去！"陈永杰叫道。

容不得多想，王煊赶紧跑出去，在陈永杰肉身边上呼唤："苦修士，速速去降妖除魔！你教祖庭镇压的大妖出来作乱，赶紧去镇压！"

王煊很惊喜，老苦修士真被喊出来了，并且跟着他直接冲向内景地。进入内景地后，老苦修士二话不说，狂揍白虎！

白虎直接蒙了！这个狠人是谁？打得它眼冒金星。

老苦修士太猛了，金光普照，圣苦修士拳带动内景地的神秘因子，宛若浪涛起伏，将白虎捶得毫无反击之力。

青木连滚带爬，赶紧逃了回来。

陈永杰震惊不已，早知道的话，就带上老苦修士一块儿进来修行，安全绝对有保障。

老苦修士身上也像是有一层光幕，将他与内景地略微隔开，但是他依旧神勇，骑坐在白虎身上，朝它一顿暴揍！

老苦修士相当厉害，非常恐怖，隔着光幕都能将白虎震伤。

"太强了！"王煊惊叹。

"您该不会是……伏虎苦修士吧？不，是伏虎圣苦修士！"陈永杰给予老苦修士高度评价，又为老苦修士升格，加了尊号。

清冷的笑声传来，真实地响在每一个人的耳畔，红衣女子撑着油纸伞，隔着大幕看着老苦修士。

老苦修士的脸色当即就变了，回头看到红衣女子的刹那，他依旧是二话不说，转头就跑了！

老苦修士直接消失在内景地的入口。

"老苦修士，你怎么逃了?!"陈永杰大喊，彻底急眼了。

白虎当即就扑了过来，这次它真的是戾气冲天，要扑杀他们！

关键时刻，内景地的入口飘进来一道朦胧的身影。

一道璀璨的剑光划过，将白虎的一只大爪子斩中，痛得它无声地惨叫，瘸着腿向后逃。

"剑仙子……大气，绝代无双！"王煊喊道，感动得差点儿热泪盈眶。

在王煊看来，女剑仙比老苦修士靠谱多了，都不用他呼唤，自己就来了。

女剑仙扬着雪白的下巴，一脸嫌弃他的神色，凌空飞了过去。她仗剑横空，月白色衣裙飘舞，空灵出尘，隔着大幕看着红衣女子。

第 73 章
强势女妖仙

陈永杰低眉顺眼,轻声低语:"绝代剑仙超尘拔俗,我辈凡夫俗子只能仰望,前不见仙道之巅,后不见来者,唯有此时剑气横压千古!"

他一边说着,一边擦冷汗,将黑剑给扔了。

青木看得眼睛发直,如果他师父不扔剑,他还真信了那些话,可现在看怎么像是求生欲十足的样子。

很快青木就明白了,这应该就是将他师父劈得生不如死,以至于看到剑就想吐的那位仙人吧,这次仙人又登场,吓到他师父了。

王煊不满,看向陈永杰:这么一大把年纪了,都在说些什么?将他想说的话都给一口气说光了!

王煊提醒道:"老陈,稳重点儿,没事别乱插话。"

陈永杰没搭理王煊,赶紧一脚将黑剑踢得没影儿了,这才长出一口气。上一次他虽然被毒打,心理阴影面积无穷大,但是从今天的情况来看,女剑仙真的手下留情了,也就是拿他与王煊出气,根本没下狠手。

内景地深处,女剑仙月白色衣裙飘动,有种不染尘埃的空灵气质,最终她落在地上,无限接近那层大幕。

王煊、陈永杰、青木都闭嘴了,相当紧张,盯着那里看。

在他们最为直观的感受中,那个红衣女子神秘而慑人,别看她身段婀娜,红衣艳丽,可连想都不用想,她肯定是一个妖仙,而且绝对恐怖至极。

试想，连她养的宠物都曾羽化登仙，经历过漫天雷霆的轰击，她自身会如何？

内景地深处，大量的神秘因子飘落，不知道从何地接引而来，现在没有人运转根法，它们就自动洒落。

大幕后面，江南水乡依旧，那个红衣女子带着淡淡的笑容向前走来，竟然直接朝女剑仙的脸摸去。

虽然隔着一层大幕，但这种突兀的举动还是吓人一跳，而且她的这种表现有些轻佻。

哧！

女剑仙站着没动，手中雪亮的长剑绽放光华，直接就刺了过去，如星河般发起冲击。

轰的一声，整片内景地都在颤动，神秘因子汹涌，那层大幕如同涟漪般在荡漾，但没有碎裂。

女剑仙手中的银白长剑与红衣女子的雪白手掌隔着大幕撞在一起，引发了这种大动荡。

红衣女子一只手撑着油纸伞，在淅淅沥沥的小雨中相当从容。她收回拍击出去的手掌，拢了拢莹白额头前的秀发，笑盈盈的，然后说了一句话。

虽然红衣女子的声音很好听，但是王煊根本听不懂她说的是什么语言。

陈永杰蹙眉，道："这是数千年前的江南古语。"

青木倒是不奇怪，老陈同志没事儿就研究古代的一些东西，懂得很多。

红衣女子微笑着，声音婉转。王煊虽然听不懂，但觉得确实好听，没想到竟然是数千年前的吴侬软语。

"她的大意是在说，小姑娘，你听过我的传说？很骄傲呀。"陈永杰现场翻译，声音压得很低，担心某些话语不敬，会被人揍。

王煊心惊，红衣女子果然来头甚大，看到这么超然绝世的女剑仙居然还敢调侃，喊她"小姑娘"！

这时，不食人间烟火的"小姑娘"生气了，她扬起雪白的下巴，手中长剑刺向前方。璀璨的剑光绽放，将大幕都撑得向前突出部分，雪亮的剑尖直指红衣女子的眉心。

可惜，有大幕隔着，即便产生剧烈的动荡，剑光也无法穿透过去。

红衣女子脸上露出冷意，醉人的眸子中浮现出冰寒之意，似乎觉得不该有人敢这样对她不敬。

她敛去笑意后，非常强势，扬起雪白的右掌，直接迎向雪亮的长剑，对着内景地这边拍击而来。

咚！

内景地仿佛被打穿了，神秘因子沸腾，整片幽寂之地都在起伏，场面相当骇人。王煊、陈永杰、青木如同坐在被浪涛拍击的竹舟上，顿时颠簸起来。

"这真是……超级大个儿的！"青木有些结巴。今天他经历了各种"第一次"，见识到了内景地恐怖的一面。

女剑仙横剑在身前，用长剑的侧面挡住那一掌。她很骄傲，没有退却，所在之处爆发出无量剑光。

尽管红衣女子洁白的手掌几乎穿透光幕，将大幕生生向前压过来一段距离，砸在剑身上，但终究还是被大幕挡住了。

惊人的能量在动荡，神秘因子如惊涛拍岸，让女剑仙的月白衣裙猎猎作响，满头长发向身后舞动而去。她身段修长，牢牢地站在原地没有动。

女剑仙很强！

红衣女子冷笑，依旧一只手撑着油纸伞，另一只手拍击，相当自信、从容。她竟一只手推着大幕向前走，不断靠近女剑仙，向其面部轰去！

内景地发生了大动荡，如大海起伏，将人都给抛了起来，这让王煊第一次意识到随意进入情况不明的内景地实在太危险了。

还好这里是白虎的内景地，不属于红衣女子，她的状态非常特殊，似乎与正常的羽化登仙者不太一样。

红衣女子强得实在让人难以置信，她究竟立在什么地方？王煊很想知道。

女剑仙虽然有性格，但是不钻牛角尖，看到红衣女子进逼，她凌空而起，飘浮在内景地的半空，与红衣女子拉开一段距离。她扬着下巴，依旧骄傲，看着红衣女子挥掌，她虽挑衅，却不上前。

"这是真正的妖仙吗？"青木咕哝道。养白虎为宠物，他觉得红衣女子是个盖世大妖仙！

王煊低语："老陈，她是数千年前的人，那个时期的厉害人物不算少，先秦方士也还璀璨，有没有什么出名的女子能与她对上？"

"如果是人，回头可以去查；如果是妖，那就不是我能了解的领域了。"陈永杰说道。

无论怎么看，红衣女妖仙都相当恐怖，连圣苦修士都对她忌惮不已，看来不是没有道理的。

红衣女子脸色冷淡，还是单只拳头开路。她的拳头洁白如玉，每次爆发都砸得内景地动荡不止，差点儿将青木震飞出去。

红衣女子一步一步推着大幕向前走，不断接近女剑仙。这一幕相当恐怖，本是两个隔开的地界，此时她居然生生抵着大幕，缓慢地向这边而来。

女剑仙展现出她的另一面，笑嘻嘻的，抱着剑凌空倒退。看着红衣女子发威，她毫不在意，不再显露神威。

当王煊与陈永杰露出异样的神色，悄悄看向女剑仙时，她立刻又扬起下巴，板起脸，变得冷淡出尘，不给他们看那种表情，接着又继续挑衅红衣女子。

红衣女子并不在意，脸上挂着淡淡的冷笑，在烟雨中，她依旧一只手撑伞，一只手轰击大幕。

"她不会是想打穿大幕，真的过来吧？"陈永杰提及这个可能时，一阵毛骨悚然。

咚！

天崩地裂的声响传来，那大幕上居然出现了一道裂痕！红衣女子太恐怖了，似乎随时都有可能打穿那里！

"这是什么人啊？"陈永杰平日很稳重，但现在头皮都绷紧了，感到强烈的不安。

此刻,连女剑仙都神色郑重,持仙剑而立,变得无比严肃。她当年听过红衣女子的传说,现在看来对方比传闻中更恐怖!

咚!

大幕颤抖,再次浮现一道裂痕,蔓延出去,实在吓人。红衣女子真要过来的话,还不知道会发生什么呢。

王煊开口:"老青,要不我送你出去,赶紧乘坐飞船去大兴安岭地下将女方士请过来。她毕竟是数千年前的人,说不定与红衣女子认识,让她们聊聊,劝红衣女子别这么执拗。"

"老王,别添乱!"青木打死都不想去,再来一个人,真不知道这里会怎样。古代的仙、妖、神苦修士、方士聚首,究竟是融洽交谈,还是终极对决,很难说清,但他估计情况不会乐观。

"怕什么,我觉得女方士会站在我们这一边!"王煊倒是有些信心,想请那位数千年前的女方士来这里帮忙。

第 74 章
大猫再次来袭

陈永杰心情沉重，道："来不及了，等青木搬来救兵，这里都落幕了。"

王煊蹙眉，他确实疏忽了。他们立于空明时光中，状态非常特殊，等青木回来一切都晚了。

那个时候，红衣女子应该早已打穿大幕。她若是踏足这里，可能会针对他们这些人。

咚！

大幕又多了一道裂痕，整片内景地都被影响了，这让人心头压抑。

数千年前的红衣女子的身份和来历大概相当惊人，不然也不会自负地认为后世的女剑仙听闻过她的传说。

此时，被斩断一只爪子的白虎重新站了起来。看到红衣女子这么坚定不移地开路前行，它顿时来了精神，无声无息地向王煊他们走去。

"大猫又来了！"青木身体发僵，他身上有好几道伤口。也就是因为这里是内景地，所以他才没死，若是换个地方被白虎叼着跑几圈，恐怕他早已成为尸体。

陈永杰也是恨得不行，他刚刚超越大宗师没多久，就被一个大妖魔攻击，小半边身子都被咬了。

白虎咧开大嘴，居然在笑，它身体四周缭绕着戾气，凶狂中带着戏谑与强烈的恶意。它的主人就要攻过来了，它现在有点儿克制不住了。

105

"你是不是还想吃一剑？"陈永杰喊话。

王煊也开口道："被撸了很多年的小猫咪，你这么不听话，屁股还想再被戳一剑吧？"

青木附和道："谁说老虎的屁股摸不得？第二剑是我砍的，可惜这大猫皮糙肉厚，只刺进去半截剑。"

白虎有点儿蒙，这三人是在和它说话吗？居然赤裸裸地挑衅，活腻了吧！

它看了一眼大幕后面那个撑油纸伞的女子，仿佛再次回到当年，纵横天下无敌手，凡目光所至，各路顶尖强者莫不俯首！所以它开始有点儿飘飘然了，迈着优雅的步子向三人走去。

王煊决定向女剑仙那边喊话。他们三个之所以挑衅白虎，就是因为想让女剑仙出手，可白虎都迈着优雅的"猫步"过来了，她还是没动。

"剑仙子，这个妖魔冒犯了你，它居然不老老实实地趴在地上聆听你的教训，还站起来了。"

白虎一听，身体微僵，更愤怒了。这是什么混账话，趴在地上才算正常，站起来就是冒犯？另外，它觉得这三人狐假虎威，其心可诛！

一时间，它虎目圆睁，昂首张开血盆大口，对着三人露出雪白的牙。

女剑仙向这边淡淡地瞥了一眼，白虎很果断，立刻就趴在了地上，低眉顺眼，耷拉着眼皮，一动不动了。

"这只大猫很不要脸啊！"陈永杰惊叹。

王煊点头，道："这只大猫如果懂得羞耻，也不会让你我撸那么多年。"

白虎不为所动，低着头数自己的大爪子上究竟长了多少根毛。

咚！

恐怖的声音传来，大幕中六道裂痕一起绽放，像是晶莹的水晶裂开，承受不住可怕的外力。

现在的红衣女子从容而强大，仅动用右手，她洁白晶莹的手掌力量大到无边，要以肉身掌印贯穿两片天地！

女剑仙动了，不过不是正面对抗红衣女子，而是对着白虎的眉心刺了一剑。

白虎趴在地上猛力地甩头，不过它没死，只是一下子萎靡了不少，并且身体变小了许多。

瞬间，红衣女子竟然凭空不见了，大幕上的裂痕渐渐消失，很远处浮现出一道模糊的红衣身影。

她缓缓迈步，重新走来，目光非常冷厉，盯着女剑仙。

女剑仙不以为意，持剑又戳了一下白虎的头部。白虎再次变小，而后红衣女子再次变得朦胧，站在了更远的地方。

王煊、陈永杰、青木都十分惊疑，很快，他们意识到了问题的本质：白虎的那块骨头果真就是钥匙，在开启这处内景地后，复苏的白虎成为红衣女子接近现实世界的桥梁。

红衣女子美目深邃，这次走近后她没有再出手，只是冷冷地看着这边。

女剑仙持剑与她对峙，昂首挺胸，斜睨传说中的绝代妖仙，一点儿也不怵。

就在这时，老苦修士又出现了。他在内景地入口那里探头，看了片刻，而后大步流星地冲了过来。他依旧是二话不说，拖着趴在地上的白虎就走，不知道要将它带到什么地方去。

老苦修士实在太会审时度势了，看女剑仙与传说中的红衣女妖仙对峙，根本没什么要帮忙的，他也来凑热闹。

白虎顿时恼火了，这老苦修士要带它去哪里？它剧烈地挣扎，死活都不肯走，它当年可吃过那群苦修士的苦头，再也不想进入他们的地盘。

白虎奋力挣扎，而后撕咬、反抗，要与老苦修士搏斗。

老苦修士相当神勇，最起码对付白虎他是信心满满，按住白虎就是一顿揍。

白虎怒极，很想大吼：关你什么事？！然而它挣脱不了，被老苦修士骑坐在身下暴打个不停。

王煊都不知道说什么好了。

陈永杰也相当无语。这位苦修士还真是不死板，懂得看大势，谨慎观察后，居然就这么大模大样地回来了，继续出力。

女剑仙看了一眼老苦修士，似乎很嫌弃。她舒展柔美修长的身体飘了过来，然后一言不发，哧的一声，一剑击中白虎的一条后腿。

老苦修士的身体顿时微僵，快速蔓延出金光。

红衣女子的脸色变得极其冰冷，这一次她双手持油纸伞，猛然朝大幕砸去，油纸伞爆发出刺目的红光，如同滔天的波浪般将大幕淹没。咚的一声，无数裂痕出现，大幕差点儿炸开。

哧！

女剑仙一剑扫出，白虎大妖魔头部又多了一道剑痕，身体再次变小。红衣女子见状无奈而又愤懑，她与这边的联系越来越弱，被莫名的力量隔绝，再次远去。

王煊语气沉重，道："白虎大妖魔很有可能是红衣女子与现实世界联系的纽带之一，能让她在极其遥远的地方感应到这里的一切，从而踏足过来。"

陈永杰郑重地点头，发狠说道："今天必须除掉白虎！"

"没错！"王煊也无比严肃。

然后，青木就看到王煊与陈永杰对视，无比默契地想到一块儿去了。他们嗖嗖地跑过去，开始吸收白虎身上的神秘因子。

青木看得发蒙。不是要斩妖除魔，干掉白虎吗？你们这是在干什么？

"青木，赶紧过来，这是神秘因子的精华！"陈永杰招呼自己的徒弟。

青木明白真相后，二话不说，直接冲了过去。

白虎怒吼，震动了整片内景地，无比悲愤，但它被老苦修士压制着，动弹不得。

不久后，陈永杰与青木的伤竟然痊愈了，神秘因子效果惊人！

王煊起身，快速去练五页金书中的第三式。他觉得身体状态极好，补得有点儿过头了，必须得消耗一下。

王煊的五脏不断受损，又不断被体内自动涌现的神秘因子修补好，也不知道过了多久，他居然练成了！

陈永杰走过来拍了拍王煊的肩膀，道："别发呆，该走了。你练老张的体术时,未曾觉察到时光流逝,现在又过去了很多年。"

然后他又小声说道:"我们多半也该离去了。"

陈永杰示意王煊看另一边,女剑仙从内景地的大幕那里飘了过来,看了一眼王煊,而后一剑劈中了白虎。

接着,内景地就开始剧烈地震荡,即将消失。

红衣女子冷酷的笑声传来,内景地中的白虎被杀,让她杀气腾腾。她转身向大幕隔开的世界深处走去,前方可见神庙倒塌,圣苦修士金身塑像破碎……

让人吃惊的是,在红衣女子的身边跟着一只尺许长的小白虎,它回过身来,冲着王煊、陈永杰咧嘴冷笑,又挥动了几下爪子。

王煊神色凝重,道:"难道白虎大妖魔当年羽化登仙成功了?或者说它被雷霆轰中也未死,反被女妖仙救走,在渡劫之地留下一块残骨,成为与现实世界联系的纽带?"

老苦修士双手合十,发出无声的叹息,冲出内景地。

女剑仙也飘了出去,剑光一闪,便消失不见了。

王煊盯着两人离去的方向,道:"老陈,你说的可能有道理,内外时间流速一致。女剑仙和老苦修士出去时速度不减,与在内景地时一样。而我看你出去时,速度极缓慢,这应该是实力的问题。"

"这些问题以后再研究吧。"陈永杰站在内景地外的边缘区域,催促王煊赶紧出来。

很快,三人回归,都得到了很大的好处。

青木醒来后,第一时间做笔记:我曾与绝代剑仙同在一处,我曾看到女剑仙与两千多年前的绝世妖仙大战,我们在有古代列仙的内景地中干掉了一个白虎大妖魔!

王煊起初想笑,但是很快又怅然。这些经历都是在内景地发生的,它似真似幻,一旦来到外界,一切都不可见。

那些仙、妖以及神苦修士都是古人,早已逝去了。他们的躯体被雷霆轰中,残留的精神力量在今世显化,是否有一天能够真正地见到他们,看到那片瑰丽的古代列仙世界？

王煊忍不住叹息，如果老苦修士早已逝去，只剩下执念要去深空，那如今的一切不过是他残留的念头在共振；如果女剑仙在古代被雷霆击中后，只有精神残留在焦黑的骨头中，她以后也只能在内景地偶尔出现，彼此相遇恍若一场梦境；如果红衣女子真的很特殊，她反倒有可能在未来的某一天再出现，那一切就真的太不美妙了。

王煊希望老苦修士还在，更希望女剑仙活着重归人间，但不想看到红衣女妖仙这样的恐怖生灵走出来。

王煊抬头看向窗外，月光皎洁，星斗满天，有星际飞船远去，也有银色战舰划过天边，瞬间他又有了斗志，来了精神。

这才是真实的世界，一个科技发达的时代。他在这种大背景下探索旧术之路，不断变强，未来一切都有可能！

第 75 章
小王立威

王煊有些认可陈永杰的观点了，或许内景地的时间流速真的与外界一致，只是精神思维超越极限，处在特殊的空明状态。

走出内景地后，王煊精神奕奕，没有一点儿历经过岁月冲击的沧桑感，相反心神越发空明、宁静。纵然是因为有神秘因子滋养，可如果真的多活了数十年，他的精神应该也不可避免地会有衰老的迹象。

郊外的庄园很大，王煊在月夜下漫步。看着芦苇丛生的塘子倒映星月，再看向更远方灯火通明的城市，他越发感觉到世界的真实，觉得自己不应沉浸在关于内景地的思绪中，应把握住现实世界的机会。

无论是风姿动人、实力恐怖的红衣女妖仙，还是不食人间烟火而又骄傲的女剑仙，似乎都想接近现实世界。

王煊能感觉到她们的情绪。列仙都如此，而他就活在现实世界中，有什么理由不抓牢现有的一切？他要在现实世界之中沿着旧术之路探索。

回到房间后，王煊很快就陷入深层次的睡眠中。

然而这一夜却有许多人睡意不足，因为他们估摸着陈永杰熬不过这个夜晚，算一算时间也差不多了。

清晨，人们早早地起床，很有默契地都穿着深色的衣服，以黑色为主，脸色严肃，表情深沉。

许多人觉得从陈永杰的病情来看，时间真的差不多了，应该要出讣告了。

也就王煊有心情去餐厅吃自助早餐，而且专心致志，胃口大开。其他人都心不在焉，暗自低语。

一早上，王煊看到的人全都不苟言笑，表情严肃。他一阵无语，这都已经提前进入状态，准备"开会"了。

其间，王煊看到了吴茵，她果然也是一身黑，这黑色的装束越发显得她肤色白皙。

吴成林也来了，不断叹气。在看到青木后，吴成林走过去无声地拍了拍他的肩膀，但总算没提前说出"节哀"两个字。

青木一脸木然，他真不知道说什么，但在外人看来，这是心有哀意，面若死灰。

吴成林幽幽地说道："我提前联系了安城外那座千年古刹中的苦修士，派车去接他了，估计一会儿就会到，随时在庄园外待命。"

他表示要尽一份力，连苦修士都请好了，回头来这里做法事，给陈永杰超度。

青木听到后，被自己刚喝的水呛住了，剧烈地咳嗽，眼泪都快出来了。他还能说什么？赶紧再喝口水压压惊吧。

上午，陈永杰的病房中传来惊呼声，因为他一度蹬腿，脉搏虚弱甚至消失，引得医护人员手忙脚乱。同时，医护人员暗中对外发布消息称，病人快不行了。

一时间，各方的代表迅速赶来。庄园外停满了车，停机坪上有许多小型飞船，不少有头有脸的人物都到了。

有关部门的二号人物亲自赶到此地，一些地位很高的老头子也匆匆出现，都进入了陈永杰的房间。

至于其他人，都穿着黑衣，站在院中与院外。男男女女，老老少少，全都面带悲伤，因为有人在摄像，记录下这一幕后，会对外发新闻。

王煊腹诽，老陈太损了，这是赤裸裸的报复。自从得知一群人提前赶来为他"开会"，他就准备"报复社会"了，这些熟人有一个算一个，都被他记在了小本本上。

果然，让一群大人物等了一上午，陈永杰自己却呼呼地睡着了。

有些地位很高而年岁很大的老头子熬了一上午后，腰疼得厉害，最后是被人扶出病房的。

至于站在外面的人，腿都站酸了，不断向里面张望。医生早上不是说人不行了吗，怎么等了一上午还是没什么情况？

中午，人们面无表情，有序退场。

晚上九点多，睡了一天的陈永杰实在睡不着了，开始蹬腿。他一度咽气五分钟，没了呼吸，抢救回来后也是气若游丝，呼吸时断时续，脸色如同蜡纸般，看着已经算是半个死人了。

医护人员赶紧通知各方，觉得这次应该没问题了，想看最后一面的赶紧来吧。

呼啦啦一群人来了，然后等到凌晨一点钟，他们又都面无表情地走了。

次日，天还没亮，医护人员看到陈永杰又蹬腿了，但这次他们没敢发消息，一番抢救无效，这才赶紧发通知。一夜没睡好的人一大早又匆匆赶来了。

上午九点多钟，一些小型飞船先后远去，离开庄园，送走的都是一些身份很高、来头不简单的老头子。

他们熬不住了，这不分白天与黑夜地折腾，一宿都没睡着，天不亮就又跑来，结果陈永杰还是没死，这谁受得了啊！

"青木啊，有什么事通知我，老头子先回去养病了。"一位老者被人搀扶着上了飞船。

陈永杰没死成，却将一些老头子折腾得精神不济，快熬出病来了，各方无语。

不少人默默收拾行李，踏上回程，实在等不下去了，没见过这么能折腾的。

"老陈命硬啊，他对这个世界充满眷恋，依依不舍，不分白天与黑夜都在与死神对抗，几次都挺过来了！"

一些人感慨，彻底服气了。

也有不少人还没有离去，在此期间发生了一些事，旧术领域有人相互切磋，印证所学，引来人们围观。

不少人赞叹与感慨，陈永杰是旧术大宗师，练旧术的人在庄园中交流经验，印证所学，这是对陈永杰另一种形式的送行。

"有人要搞事情。"病房中，陈永杰得到消息后，很敏锐地做出了判断。不过他并不在意，他现在的实力超越了大宗师，有足够的底气。就是新术领域的最强人物潜入庄园，他也无惧，反而很期待。

陈永杰这次要躺几个月，就是想干一些大事，想看一看是否会有什么人出来搅局，更想看一看哪些人靠得住，哪些人是白眼狼。不过，他最期待的还是新术领域的头号人物，不知道对方是否会来旧土。如果对方出现且对他有敌意，他不介意直接出手。

只是，他没有想到这么快就出现了迹象。

"如果有什么事，小王你就去应付下，你现在的实力很可观！"陈永杰评价道。将五页金书上的第三式练成的王煊，攻击力绝对很强。

现阶段王煊不想出名，自然不愿意动手，况且这还是脏活、累活，一个弄不好，又会是一场风波。

毕竟，各方的代表留下了不少。

不是所有人都走了，还有很多人坚信陈永杰马上就要离世了，等着为他送行，没有离开。

比如吴成林，花圈已经预订好几天了，苦修士也请了一堆，结果一直没用上，被吴茵鄙视了数次。

陈永杰悠悠地开口："你不是要去深空了吗？最后发挥下余热吧。再有，你不是觉得顶着王霄这个名字，现在的战绩过于高调了吗？那就暂时冻结这个身份。

"在落幕前，你也不需要在意了，随意发挥，该怎么出手就怎么出手，正好检验一下你的实力。即便不久的将来你的真身被查到，我觉得那时的你也不会在乎这种战绩了，以你的修行速度，你应该已经站在更高的领域中了。再说，不是还有老头子我吗？反过来保护下护道人也是应该的。"

"我觉得吧，等我身份暴露或者过段时间再见面，我就成为你真正的护道人了。"王煊道。

"可以啊，老王，这么自信！"陈永杰瞥了王煊一眼，心想，"王教祖"最近有点儿飘飘然，要不要趁现在提前教育一下他？别以后真没机会了。

王煊在想进入深空的事，也在琢磨以后万一身份被揭穿会有什么影响，估计吴茵会第一个跳脚。

然后他又皱眉，那个想将他按在旧土、堵住他前往新星之路的人估计该不开心了，会不会再次使出手段？

还有，那个想杀死他的人到底是谁？是否会变本加厉？

所以王煊想了想，婉拒了陈永杰，觉得还是低调点儿好。

"你的那些问题，我这次都会帮你解决。"陈永杰很平静地开口。实力超越大宗师后，他越来越有底气了。

"很快，我会去与有关部门的人密谈，你的那些问题都不是事儿。"说到这里，陈永杰笑了笑，道，"你不是想知道古代旧术之路的一些层次吗？这件事过后，我和你讲一讲，我现在都快能给人托梦了。"

王煊顿时瞪大了眼睛，道："老陈，我们刚干掉一只白虎大妖，你自己要闹妖了？！"

陈永杰道："乱想什么，这只是旧术领域的一个小手段而已，我最近正在琢磨，看能不能将之练成。"

不久后，青木进来了，他脸色铁青，胸膛剧烈地起伏。

陈永杰直接起身，在青木的胸部轻轻地按了一掌，他噗的一声吐出一口血。

"怎么回事？"陈永杰沉声问道。

王煊也走了过来，查看青木的伤势。现在的青木实力很强，居然被人重创了！

"常年和我一起执行探险任务的黑虎、风筝与人切磋时被打伤了，我过去领人，被人设局了……"

青木自然经验丰富，想着将人带走就算了，可有人早就安排好了，当着所有人的面和他轻飘飘对了几掌。看起来是简单切磋，无伤大雅，可是回来后他就觉得不对劲了，应该是遇上了高手。对方的旧术很厉害，那轻飘飘的几掌当时没让他觉得有事，现在竟让他感觉无比难受。

陈永杰冷冷地说道："通幽掌，练成后会形成一种带有腐蚀性的力量，中招后外表看不出什么，身体内却会发黑，如果不早些根治很容易出事。"

说到最后，他的声音无比冰冷："还真是等不及了，我还没死就来对付我徒弟。以青木的身份，自然会得到救治，短时间死不了，但这是慢性伤，最终身体状况肯定堪忧。"

"欺人太甚！我老陈如果死了也就算了，可我没死，还突破了！"陈永杰怒火中烧。他知道，既然别人动手了，那么打伤青木就只是个引子，后面肯定还有各种招数。

王煊道："这样对老青下手，有多种可能，不好判断。"

因为现在情况很复杂，可能是利益之争，也可能是私人恩怨。

比如有可能是老对手落井下石，欺负这一脉无人了，也有可能是探险组织内部有人想争权，此外，还有可能是有人投石问路，先看看各方会有什么反应。

王煊摇头，道："实在不好猜测，因为可能性太多了。甚至有可能是新术领域的头号人物出现了，他怀疑老陈你无恙，让人打老青一巴掌，令其半死不活，看你是否会跳出来。"

陈永杰的脸色无比阴沉，他自然也能想到这些，越这样琢磨，心中越不忿。这次他万一没活过来，岂不是有人会出于某种目的，很随意地就要废了青木？

"小王，我现在不方便走出去，还得躺一段时间。这次你来出手，不要手下留情。不管是谁，你尽可放手一搏，出了事我帮你揽着，天捅破了都没问题！"

陈永杰将这种话都说出来了，可见他确实动怒了。

王煊叹道："老青都这个样子了，你又在'挺尸'，那只能我去走一趟了。"

陈永杰既然发现了青木的状况，自然不会让他有事。

陈永杰在青木身上推拿，而后又接连拍了几掌，便差不多解决了问题。实力超越大宗师的人出手，结果可想而知。

陈永杰很强势，道："我这段时间无法走出去，也确实需要有人为旧术立威，告诉外面的人：这条路上的天才与强者是层出不穷的，谁都阻止不了。小王，你今天尽管立威！"

王煊与青木一起走了出去，目的地正是庄园后面的芦苇塘。芦苇塘附近的草地很大，有许多人在围观旧术领域的人切磋。

"青木兄又来了，是不是想和我正式切磋下？"一个中年男子微笑着开口。

早先两人只是随意地对了几掌，谁都没有看出异常。

"我还是算了，身体状态不佳，你可以和小王切磋下。"青木平静地开口。

王煊到来后，引起了很多人的注意，不少人的目光都向他投过来。

王煊顿时心头一动，不久前他想到了种种可能，却将自己忽略了，他怀疑对方原本就是想将他钓出来。

既然来了，反正王霄这个身份暂时要冻结了，他也没什么好在意的。王煊直接向前走去，简单客套了几句，便与那个中年男子交手了。

"通幽掌！"在交手过程中，王煊直接点出这个人使用的秘篇旧术，让许多人都大吃一惊。这可是传说中极其毒辣的体术，人们看向中年男子的眼神顿时变了。

王煊与他简单碰撞了六七次，暗自点头。这个人确实厉害，通幽掌带动出的力量很惊人，相当不凡。

"小王出手了，过去看看！"吴茵正在芦苇塘边上陪着吴成林一起看人切磋，吴家想找练旧术的人帮忙，自然不会错过这种机会。

王煊与中年男子对了几掌后，没有再犹豫，凌空一脚扫出，快如闪电，将这个男子踢飞出去！

远处，钟晴素面朝天，清秀绝伦，她看到这一脚后很吃惊，回头看向身边的一个老者，似乎在以目光在询问与确定着什么。

"《蛇鹤八散手》中的体术——龙蛇摆尾。他才拿到秘籍，这么快就练成了？他的天赋实在惊人，比当年的老陈还厉害！"老者低语。他看出了这一脚的威力，足以踢碎几吨重的巨石。这个年轻人将力道控制得极好，杀伤力恐怖，且巧妙至极。

"他这么快就练成了一式？"钟晴得到确定的答案后，顿时被惊到了。而后，她迈着轻盈的脚步走了过去。

王煊眯起眼睛，他觉察到有人带着敌意在靠近，今天多半真要尽情出手一次了。

第 76 章
心有热血

在心态转变，决定全力以赴出手后，王煊感觉完全不一样了，他的眼神变得冷厉起来，练旧术的人心中怎能没有热血？！

在这个科技发达的时代，他一直以来的低调只是为了自保。可是他接二连三地被人袭击，差点儿没命。

今天他又一次感觉到浓烈的敌意。他即将形成精神领域，感知极敏锐，觉察到有人想除掉自己！

到了这一刻，王煊不想再忍。既然老陈说了，出了事儿会替他揽着，他决定放手去战！

"朋友，你这样太过分了，出手就伤人，一脚将人踢出去，你怎么会这样狠！"有人走来，为伤者鸣不平。

而且不止他一个，一下子就跟上来四五个人。他们情绪激动，将王煊给围住了，甚至直接上来推搡。

王煊脸色冰冷，道："你们不要动我，都离我远一点儿。"

"当众行凶还不让人说？练旧术要有一腔正气，而不是好勇斗狠。"一个三十几岁的男子说道，抬手推了过来。

"我为什么伤人？那个人所做的，正如眼前你们的所为。"王煊目光冷厉，寒声道，"练成通幽掌，假意接近，上前推搡，轻飘飘地拍掌，这就是你们的一腔正气？！"

咚！

几乎是同时，王煊右腿猛力踢出，将一个假意再次向他胸前推搡过来，实则拍出通幽掌的人踢飞了！

毫无疑问，这一次，此人受伤更重。

王煊依旧算是控制了力道，不然的话以他现在的实力，就是一块数吨重的坚硬岩石都能一脚踢碎，别说是一个人。

但这个人算是废了，不可能再练旧术。王煊觉得自己一向遵纪守法，刚才不过是正当防卫。

如果让人知道王煊的心思——不忍对杀手下狠手、担心青木没给他缴税、出手时想着正当防卫，恐怕所有人都会感叹，这真是一个遵纪守法的好青年！

另外几人见到王煊这么果断，也没有任何犹豫，直接下狠手，这是一群狠辣的人。

几人练的都是通幽掌，他们从四面八方向王煊拍击过去，歹毒而迅猛。

王煊很镇定，伸手去挡。他还真不怕所谓通幽掌，练成金身术后连子弹都很难打穿他，更不要说这几人了，他们又不是什么顶尖人物。

王煊克制很久了，此时他一腔热血被激起，眼睛越来越亮，没有手软。

在砰砰声中，王煊将四人踢飞，依旧是飞出去几米远。四人全都身受重伤，倒地不起。

速度实在是太快了，只是与王煊简单地接触之后，这些人就飞出去了。通幽掌虽然可怕，但是根本打不动练到金身术第六层的人，王煊根本无惧通幽掌。

现场一下子寂静了下来。所有人都很吃惊，看着王煊的脚，心想，不愧是在帕米尔高原踢死大宗师的人。

从过去到现在，在人们的印象与认知中，这位最厉害的果然……还是他的脚！

"你……"趴在地上的几人全都羞愤不已，剧痛难忍。

王煊的目光渐渐归于正常，道："如果不是你们对青木下手，并且手段很下作，欺负他不懂通幽掌，我也不会找你们的麻烦。我们只是被动反击。"

地上的几人挣扎着要起来，眼中喷火，他们自己也意识到这次可能被废了，再也无法动用旧术。

王煊警告道："我劝你们都趴在地上不要动，你们的伤势很严重，现在千万不要起杀心，看向我时最好心平气和。这种伤不能动怒，必须保持平和的心态。"

同时，他强调自己已经脚下留情了。

很多人都一阵无语，这位的手段真不一般，让躺在地上的几人看到他时保持心平气和，这实在是考验人的心性啊！

王煊没有说假话，几人的五脏受损，绝对不能大动肝火，不然的话性命都难保。

吴茵点头，道："以小王的身手，要除掉这几人并不难，但他还是克制了，可见他本心良善，十分厚道。"

"如果这几人真的如此下作，那是活该。"此时，有人走了出来。这是一个四十岁左右的中年人，他脚步很稳，脸色平静，十分镇定。

王煊诧异地看了他一眼，道："如果正面对决，这几人都不可能是青木的对手，他们动用的手段令人不齿。"

中年男子开口："话虽如此，但小兄弟出手还是重了。即使要惩戒，也还是有点儿过了。"

"是啊！"有人附和并点头。

王煊冷淡地扫了他们一眼，道："我看你与附近的一些人都有些面生，你们是谁？这里练旧术的熟悉面孔大多去过葱岭，曾与陈大宗师一起冲击，同新术阵营的人争锋。

"帕米尔高原大战时没有见到你们，现在你们却来这里指指点点。你们的人先是打伤青木，现在又说我下手重，怎么不提起因在你们？陈大宗师为旧术闯出一条灿烂的前路后，自身生命垂危，你们却想害死他的弟子。这是多大的仇才能干出这种恶事？你们的心思何其歹毒！"

虽然没有什么证据，但是王煊发现这些人以眼神交流，很有可能是一伙的，所以他也就不客气地先给他们扣上帽子。

中年人神情微僵，没有想到这个年轻人这么难缠，二话不说就先将他们给"挂"起来了，说他们这些人居心叵测。

在场许多人的眼神都变了，他们的确没见过这群人，而这群陌生的人却跑到旧术阵营中，这分明是要挑事啊！

中年男子摇头，叹道："练旧术的人不算少，什么样的人都有。这次听闻陈大宗师在葱岭的光辉战绩后，我等备受鼓舞，呼朋唤友，纷纷出山，想为旧术尽一份力，所以赶到这里。不过，我们彼此并不认识，你不能这样将我们同练通幽掌的人联系到一起，认为我们都怀有恶意而来。"

"你们要怎样尽力？"王煊问道。

"切磋交流，交朋友，将练旧术的人都聚到一起，形成一股强大的力量，让旧术更璀璨。"中年男子平静地说道。

王煊寒声道："你们看陈大宗师性命垂危，这是挖他的后院来了？你们不仅要害死他的弟子，还要将这里练旧术的人都纳入你们的组织，并入你们背后的势力，想得挺远啊，但是不是太过一厢情愿了？"

中年男子脸色微变，觉得这个年轻人太敏锐了，他们确实有这样的心思，但不可能立刻这样做，结果就先被人"扒皮"了。他冷冷地道："你想多了，我们是为切磋、交朋友而来！"

王煊扫视那些陌生的面孔，目光如出鞘的神剑般锋利，道："那就不要废话了，你，还有你们，一起上吧。我与你们所有人切磋！"

他向前走去，只身面对一群人。

王煊很清楚这场风波才刚开始，有的人势头很大，鼓动了一群练旧术的人来这里下黑手，后面的招数肯定远不止这些。同时，他心中暗叹，又被老陈"套路"了，这老头子估计也在等着大风暴来临呢，这是让他提前下场了。

"年轻人，你真是狂妄得不得了，不要给我们乱扣帽子。"中年人不承认王煊所说的那些话。

中年人寒声道："你是不是觉得自己曾踢死濒死的大宗师，就名动天下，实力超群了？敢一个人挑衅我们这群有意出山为旧术尽一份力的前辈，你太过分了吧！"

王煊睥睨他们，道："最起码我去过葱岭，敢与新术阵营决战。我心有一腔热血，敢为旧术而战！而你们这群人那时还不知道躲在哪里，现在却为了利益出来搅局，不嫌丢人吗?!"

接着，他大声道："废话少说！你们是什么东西自己清楚，不过是别人手里的一把破刀而已，连利刃都算不上！今天我就站在这里，你们有一个算一个，有一群算一群，都滚过来吧，我一个人全接了！"

"你嚣张得过分了！"那些人大怒，全都叫了起来。

王煊没有理他们，看向更远处，道："练新术的人、背后的搅局者以及其他人，不服的都可以过来，我全接下了！"

青木头皮发麻，今天的小王与以往完全不同，这是要动真格了啊！

第 77 章
只身打败所有阵营

草地很开阔,紧邻着芦苇塘,现在围满了人。躺在地上的几人被抬走救治去了,现场充满肃杀之气。

王煊向前迈步,一个人面对一群人,他依然无惧,看过去的目光让人感觉刺痛。

这是王煊精神力极其旺盛的体现,导致许多人都不敢与他对视,心神承受着很大的压力。

现场寂静无声,没有人开口说话。

王煊并未刻意放轻脚步,相反落脚沉重,起初还算正常,到了后面像是鼓声大响,有了某种韵律。那是一种特殊的节奏,让草坪都颤动起来。

"龙蛇并起!"钟晴身边的老人低语。他看出王煊在蓄势,不爆发则已,一旦出手将有雷霆万钧之力,如龙蛇并起,横击长天!

钟晴身段修长,亭亭玉立,不施脂粉,漂亮的脸蛋上写满惊疑,小声请教:"为什么那个男子可以在这么短的时间内练成两式散手?"

"古代有这种奇才,近代罕有传闻,连老陈都不见得能做到。"老者以严肃且极低的声音说道。他也练蛇鹤八散手,深知其中涉及的发力、五脏共振等有多难,练到高深层次的人更是了不得,传说张仙人的弟子可踢断山峰。

"那还真是练旧术的奇才,将他拉入我的组织中。我不看过程,只看结果。"钟晴说完,就不再说话。

一群人被王煊一个人压制,感觉格外压抑。待看到他脚下的草地出现很多条大裂缝后,一些人心颤了。

"不过一个毛头小子,也敢这么张狂!"

"没什么可忌惮的,既然他说要一个人与我们一群人切磋,那就教训一下他!"

有人带头,大声呼喝起来。再这么下去,他们觉得自己会渐渐失去斗志,这太耻辱了,竟被一个年轻人压制到这种程度。

轰!

一个练铁砂掌的人第一个发动攻击。这是一个四十六七岁的中年男子,其铁砂掌练到了极其高的层次,双手漆黑如墨,手背厚得像大锤,无比粗糙,甚至形成了特殊的角质层。

他的手掌像是黑色的闪电,让这里的空气剧烈地震荡,气流汹涌,附近的芦苇被折断,景象惊人。

这是一个真正的高手,旧术练到这种程度,在这个时代已经算是非常少见的了。

咔嚓!

然而王煊一巴掌拍出时,那漆黑如墨的铁砂掌竟被直接挡住了。

砰!

王煊第二掌拍出,这个中年男子横飞出去十米远,摔进芦苇中。

这一结果让许多人心惊不已,但既然动手了,就不可能再后退。

一群人冲了上去,有些人的确是高手。一人手掌发出淡淡的光辉,向前劈掌时,体内有雷声隐隐地传出。这明显是将体术练到一定层次的人物,他动用的菩提掌相当厉害,威力奇大,隐约间竟带着淡淡的光芒。

另一边出手的人练的体术较为特殊,在胸膛起伏间,他口中喷吐出一道白光,像是飞剑般向王煊劈去,空气爆鸣,宛若发生了大爆炸。

而古代练这种体术的强者在夜晚张嘴呼啸时,白光能直冲夜空上百米高,如一片星河,威能惊人。

周围许多人一阵心惊，这群人果然厉害，其中一些高手着实了得，让人敬畏。

然而王煊在看到这些人各展手段后，依旧无惧。他动用蛇鹤八散手中的龙蛇并起，手掌拍击在袭来的菩提掌上，咔嚓一声，那人的手掌当即受伤了，可见王煊这一掌有多么恐怖。

同一时间，王煊避开了那道白光。他不是不敢挡，而是有些介意，因为那是从对方嘴里喷出来的，他不愿沾染。

王煊身在半空，并不落地，以脚踏飞四位高手时，顺势借力在空中转向，再次踏向其他人。

龙蛇并起，王煊的双脚像大蛇化龙，腾空而上，就此要遨游九重天，带着猛烈的罡风。

王煊自跃起后，就没有再落在地上。他在半空不断转向，出脚将一些高手踏飞出去。

这完全是借势，王煊整个人像是翱翔在这些人的头顶上方。

片刻间，十几人都遭受重创，纷纷横飞出去，不是废了，就是需要紧急接受救治，不然性命难保。

呼啦一声，这群人刹那间散开。这简直像是遇上一条人形蛟龙，对方凌空扑杀他们，一直都没有落地，太恐怖了！

"果然，他将龙蛇并起练成，蓄力而起，这些人根本挡不住，比我掌握得都好。"钟晴身边的老者深感吃惊，最后不禁感叹起来。

王煊落地后，一步就跃出去近十米远，直接追上了那些人，这次他动用的是金刚拳。如果他再用出蛇鹤八散手中的第三式的话，估计会惊呆真正懂行的人，而短时间内初步练成两式的先例，最起码在近古还有书籍记载。

咚！咚！

金刚拳这种体术同样威势十足，王煊的两个拳头带着淡淡的光泽，每次挥动时都像轰爆了大鼓，响声沉闷，那些人根本挡不住。

王煊一个人在这块草地上追击一群人，他或挥拳震飞敌人，或双脚凌空而起，踏向那些人，简直所向无敌。

这些人的信念被打崩塌了，大多数都躺在地上，再也不敢出手。

"还有谁？练新术的人、背后鼓动这场风波的人，你们都可以过来，无论是一个还是一群，我全都接着！"

王煊站在场中，看向人群外，眺望远处。他感觉还有人在盯着他，带着敌意，想现身又有些迟疑。

他今天无所畏惧，真正要放手一搏。既然老陈想消费"王教祖"，那么就做好"接盘"的准备吧。

果然，不久后共有四个人走来。一个三十几岁样子的金发男子右手一划，手中竟出现一根金色的长矛，这让所有人都大吃了一惊。

"超物质的凝聚，这个人控物手段惊人！"有人低语。

显然，那根呈淡金色、有些朦胧的长矛并非实物，而是由超物质瞬间凝聚而成的。

金发男子什么都没有说，隔着很远就直接投掷长矛。一道金光向王煊这里飞来，在他避开的刹那，金色长矛插入地面，轰的一声炸开，原地出现一个大坑。

王煊从原地消失，直接冲向四人，他的速度太快了！在此过程中，又有两根金色长矛飞至，一根被他避开，另外一根则被他一拳就给打爆了！

这一次全场沸腾，这位小王原来不仅脚掌厉害，拳头也如此恐怖，没有多少人敢与他正面交锋。

刹那间，王煊杀到，只身对战这四大高手。

几人都有非凡的手段，有人精神力旺盛，干扰王煊；有人双臂间竟蔓延出银色的锁链，像是蛛网般刹那间将王煊覆盖、捆绑起来。

砰！

然而，他们还没来得及欣喜，王煊猛力挣扎间便让锁链直接断开。

一切都早已注定。当王煊冲到四人近前时，在砰砰声中，新术领域的四位高手全部被打飞，跌落在数米之外。

王煊一个人将他们横扫，在最短的时间内结束了战斗。

"还有没有人？"王煊准备在前往深空前尽情地大战一场，无论留下什么烂摊子，他都不管了，有事儿尽管去找老陈！

一时间，这里安静了，没有人开口，所有人都被镇住了。

直到片刻后，才有人走来。这个人身穿银色甲胄，通体锃亮，居然在散发着淡淡的光芒，一看就知道不凡。

这是一个男子，他戴着头盔，将面部都遮住了，只留下一双眼睛露在外面。他开口道："我是为了真正的切磋而来，没有其他目的。"

这个男子没有急于动手，道："这是超物质甲胄，以超越机甲材质的珍稀材料炼制，可承载超凡物质，比最小型的机甲都要厉害，你要小心了。"

他说完就扑了过来，速度很快。银色甲胄承载着超物质，可让他展现出非凡的力量与速度，除非超物质消耗完。

咚！

冲到王煊近前时，这个男子一拳轰来，同时出脚，有龙蛇并起的架势，显然他也练过蛇鹤八散手。

王煊避开这一脚，快如闪电，一脚扫出，击在这个男子的腰部，爆发出强烈的银色光芒并释放出强大的气流波动。

不愧是超物质甲胄，挡住王煊这一脚后，银色甲胄并没有破损，依旧锃亮，散发着雪白的光华。

这个男子反应不慢，旧术手段了得，同时眉心光芒大放。那是精神冲击波，经过特殊的甲胄辅助，明显他的精神力量被加强了。

这个男子练旧术，也精通新术，此外还穿着特殊的甲胄，综合实力确实很强，远超刚才那些人。

咚！咚！咚！

最终，王煊徒手抵挡超物质甲胄，与这个人碰撞。这惊呆了很多人，尤其是钟晴，她瞳孔收缩，因为这种甲胄就是他们家族参与研制的。

她认出甲胄中的人是家里耗费大量资源培养的"自己人"，即她的亲弟弟，没想到他居然忍不住跑去和王煊切磋。

咚！

战到最后，王煊数次踢中超物质甲胄的同一个位置，最终使其胸膛部位光芒暗淡，且发出了咔嚓声。

钟晴觉得自己的心都要跳出来了，怕弟弟被王煊一脚踢成重伤，因为王煊的脚太出名了。

王煊数次踢中一个位置后，最后一脚扫出，轰的一声，将超物质甲胄踢得崩开，随后一个年轻男子跌落出来。

王煊就要再去补一脚时，结果一个老者跃起，挡在前方，跟他激烈地交手。这让王煊相当惊讶，对方居然练成了完整的蛇鹤八散手，是一个真正的超级高手。

在与王煊激烈的碰撞中，这个老者居然生生扛住了，直到最后被他一脚擦中肩膀，才踉跄着倒退出去。

老者险些摔倒在地上，露出震惊之色，连他都挡不住这个年轻人？在他看来，这个年轻人简直比年轻时的陈永杰还要强一截！

王煊一跃而起，向那个年轻男子冲去，但最后关头他没有动脚，而是随意地拍出一掌。

这时，一道身影迅速冲来，很快地既用出旧术拳印，又动用新术中的某种手段，撑开一片光幕挡在那里。

王煊的巴掌落下，击溃光幕，认出对方是小钟——钟晴。

王煊还真怕一巴掌将钟晴拍出问题，如果那样的话，估计陈永杰要跳脚，毕竟这可是超级财阀的人，让老陈来"接盘"也够呛。

王煊适时收手，但没有全面收手，准备顺势给钟晴来一下，不轻不重。她应该不会有什么大事儿，让人觉得是王煊已经尽力收手，但最后实在没收住所致。

主要是因为钟晴曾经打过王煊的主意，现在他顺势略施惩戒，同时也吓吓老陈，给他找点儿麻烦，不然真以为"王教祖"那么好消费啊。

所以凌空扑击下来的王煊那按下来的巴掌尽管在往回收，可还是不可避免地落向钟晴那张清纯且极其美丽的脸。

钟晴的脸色刹那发白,如果打在脸上,就冲这位的手劲,大概要让她毁容,她当即就吓坏了,尖叫起来。

不得不说,那个练成蛇鹤八散手的老者真的非常厉害,他关键时刻出手,在后面拎住钟晴的衣领,将她硬生生地提起并向后退去。但他也是脸色发白,心慌得厉害,有些手忙脚乱,将钟晴提得过高了。

王煊的手掌擦着钟晴的面庞落下,然后砰的一声,给她的心口来了不算重的一巴掌。这次他确实是无意,只能怪老者强行插手导致了这场意外。

"啊——"钟晴惨叫,主要是被吓的。她很清楚这位小王的手段,动辄将人打伤。

"那么重的金刚拳,完了,小钟肯定完了!"远处,吴茵适时喊道。

第 78 章
宝藏少年

吴茵虽然压低了声音，但是因为现场非常安静，没有其他人开口，所以她的话清晰地传到了不少人的耳中。

完了？！钟晴听到后眼前发黑，差点儿昏死过去，整个人都不好了，精神恍惚，面如土色。

王煊第一时间将外套扔了过去，盖在钟晴的身上。

吴茵与钟晴私下里斗得非常厉害，每次见面都几乎要动手。吃过数次暗亏的吴茵第一时间向钟晴走了过去，表示"同情"。

路过时，吴茵瞟了王煊一眼，那眼神看起来可真是对他赞赏有加，眉飞色舞，连眼睛都快会说话了：小王干得好！

钟晴双眼无神，感觉心口剧痛难忍，她现在正万念俱灰呢，看到吴茵走了过来，更加愤懑。

"没事儿，再坏也坏不到哪儿去了。"吴茵安慰道。

提着钟晴让她没有瘫倒在地上的老者闻言，瞪向这位来"捅刀"的"黑闺密"。

老者冷哼一声，掐着钟晴的人中穴，同时扫视四周，警告所有人不要胡说八道，并阻止吴茵再接近。

远处，青木不禁擦冷汗，暗叫：糟了，老陈兜得住吗？那女孩惨淡收场，估计老陈也得头疼。

果然，"王教祖"不是那么好支使的！青木心中感慨，然后赶紧拍照，给陈永杰报信。

没过多久，钟晴便清醒了，看到吴茵就在眼前，又看到对面站着动辄打伤人的王煊，她的情绪剧烈地起伏。

"没事儿！"老者赶紧安慰她。

钟晴看到笑吟吟的吴茵后，快速冷静下来，心神稳定，同时也意识到没出大事儿。钟晴快步离去，这地方没法儿待了，实在让她下不来台。她估摸着这件事要是传到新星去，一群朋友与姐妹不知道会说什么呢。尤其是有吴茵这个大嘴巴在现场，肯定要为她满世界宣传，这毋庸置疑就是一段黑历史。

"吴茵，我们聊一聊。"钟晴离场时喊上吴茵，决定即使付出一些代价也要堵上她的嘴。

老者赶紧跟上，怕两人半路打起来。

在路上，钟晴差点儿就和吴茵打起来，幸亏老者跟过去了，不然免不了发生一场豪门千金间的冲突事件。

超物质甲胄碎片间的年轻人站了起来，他超乎想象地稚嫩，也就十六岁左右。他的脸蛋很漂亮，目光灿灿，看着王煊，一副看到奇珍的样子。

王煊已经意识到这是钟家的人，不然的话钟晴与那名老者不会那样急切地相救。他不得不郑重起来，财阀的底蕴太深厚了，一个十六岁的少年就已经算是一名高手了。

"我叫钟诚。"少年自我介绍，竟有些腼腆。他表示想和王煊学旧术，向他讨教怎么才能最快地进入状态，学成那些繁复而又强大的体术。

《蛇鹤八散手》是钟家的收藏，钟诚很清楚这是张仙人留下的体术秘籍，这个体术极其难练，刚才的那位老者钻研了很多年才有所成。

王煊听到钟诚这个名字，顿时想到了秦诚，不知道他在新月怎样了，想来那里有虎狼大药，近期他一定是痛并快乐着。

"我也只是随便练练。"王煊转身，准备离去，不想与这个少年过多地接触。

附近，许多人听到后，心中很不是滋味，《蛇鹤八散手》可是本土教赫赫有名的护教体术秘籍之一！

"我家有很多孤本秘册，那些房间都快装不下了，有不少体术比蛇鹤八散手更复杂、深奥，从来没有人能练成。"钟诚稚嫩的面孔散发着青春的光辉，带着渴望与希冀之色，他道，"如果你能教我窍门，让我也能快速练成那些体术，我可以带几部失传多年的顶级秘籍给你看。"

周围许多人听到这话后，心中都是一颤。钟家的收藏谁不知道？先秦时期两卷完整金色竹简中的一卷就在他们家，更不要说其他典籍了，真的太多了，而且全都很有名！

一些人眼神火热，这简直是一个"宝藏少年"！但也有很多人冷笑，钟家的东西是那么好拿的吗？

王煊驻足，但紧接着又迈出脚步。他很清楚，别看这少年眼神清澈，略显害羞，大概都是装的。

他才不信从那么复杂的家族中走出来的年轻人会很单纯，估计人不大，心却不小，想效仿老陈"钓鱼"？还是嫩了点儿。

王煊压根儿就没指望从这少年身上得到什么秘籍，这不太现实。估计他就是能与这少年打好关系，钟家也绝不允许收藏的各种秘籍流传出去，所以他没打算费那个力气。他礼貌性地点了点头，道："行，下次你来找我时，带两本超越《蛇鹤八散手》的强大秘籍，我们相互交流。"

少年看出王煊的敷衍，跟过来小声道："我姐姐那边你不用担心，她一向通情达理，而且我也会开导她的。"

王煊瞥了他一眼。"王教祖"是什么人，会怕你姐姐？"王教祖"座下的老陈就足以解决一切！

王煊淡淡地开口道："让你姐姐把衣服洗干净了还我！"

少年顿时愣住了。

青木看到这里，觉得王煊太坑人了，王煊似乎觉得惹出的麻烦太小，尽可能地为老陈提升难度。

"你该不会是想故意引起我姐姐的注意吧？"钟诚追了过来，低语道，"只要你让我练成蛇鹤八散手以及另一部名为"长生经"的先秦秘篇中的体术，我就可以帮你。"

王煊看了他一眼，道："下次带着秘篇绝学来找我。"

然后王煊直接离开，心里琢磨着，找机会得"教育"一下这个少年，还想算计"王教祖"？太嫩了！

周围许多人都让开道路，现在的王煊绝对让人敬畏，这次是实打实的战绩，他展现出来的实力远比在帕米尔高原时恐怖！

人们认为王煊上一次有意低调行事，如今的他在陈永杰病危时义无反顾地站了出来，这简直是加强版的年轻时期的陈永杰。

钟晴的房间中，她换好衣服后，依旧在生气，穿着高跟鞋猛踩王煊的那件外套，鞋跟甚至将地板都戳了很多个印子。

吴茵横躺在沙发上，一只手托着下巴，一只手摇动着晶莹的高脚酒杯，饮了一小口酒，道："行了，你别生气了，如果你有志气的话，就不要和我争这个人。你知道，我们家确实需要这样的旧术高手加入探险队去救急。不过说起来，他表现得确实不错，在这个年龄段算是个'宝藏少年'了，既能除强敌，也敢打小钟，嘿嘿！"

钟晴冷笑道："吴茵，你就不要多想了。他都打过我了，不去我的组织效力，这说不过去！"

"你要是和我争，我就去新星说一说你这段黑历史！"

"我不怕，你也有黑历史在我手中。上次你被人一脚踹进湖中的画面，被我的人拍下来了！"

"小钟！"

陈永杰在病房待得很不安稳，他已经得到青木的汇报，王煊连钟家人都照样打，这让他真的有点儿坐不住了。再等下去的话，"王教祖"会不会接连除掉财阀的人？

　　想到钟家，陈永杰自然不可避免地想到了自己的师父，他因为神秘接触，一转眼消失三十年了。

　　陈永杰叹气，颇为伤感，他师父还能出现吗？当年他师父与他同钟家合作，再加上有关部门一起出动，结果却损失惨重，导致旧术领域折了一大批高手。

　　在那一次神秘接触中，钟家的超级战舰都接连被吞了两艘，将最惜命的老钟——钟庸吓得够呛。

　　王煊回来了，道："老陈，帮你解决问题了，你也赶紧帮我解决去新星的各种麻烦。对了，今晚你留意点儿，别真让大宗师甚至是新术领域的头号人物混进庄园中。"

　　说到最后，王煊变得严肃起来。这不是没有可能，对方的招数怎么可能只有这些？现在估计都只是试探呢，看看虚实，测试水深。

　　"就怕没人来，来了一个都走不了！"陈永杰杀机毕露。

　　"老陈，我都要走了，你没什么想对我说的吗？"王煊问道。

　　陈永杰微笑着道："你想知道什么，神秘接触还是旧术领域的境界划分？"

　　王煊顿时瞪圆眼睛，神秘接触？他以前压根儿就没有问过这个问题，老陈现在抛出来，明显是故意诱惑他！

第79章
三年后世界会何等恐怖

"我一点儿都不想知道神秘接触是什么！"王煊经得起诱惑，耐得住考验，死活不想听陈永杰说神秘接触。

他预计这肯定是个深坑，却又充满诱惑，老陈想让他去探索。又想免费使唤"王教祖"？没门儿！

"你啊，想多了。"陈永杰摇头，接着叹道，"现在年轻人的思想就是复杂，还是我们这代人淳朴啊！"

王煊瞥了他一眼，道："真要让你代表那代人，那还会淳朴吗？你这是羞辱了整整一代人！"

陈永杰闻言，顿时想找黑剑刺王煊，但碰巧医护人员过来检查，他不得不再次"挺尸"。

等了很长时间后，陈永杰才坐起来，道："算了，既然你不愿听，就不提那些了。你的事不难解决，我苏醒的当日就用秘密线路与人联系了，顺便提了这事。"

王煊沉住了气，觉得要不了多长时间，老陈肯定会主动告诉他神秘接触是什么。同时他有些惊异，老陈这是要提前"诈尸"吗？复活的当天就告诉了那个人，这得是多么信任对方？估摸着，老陈也是怕那个人担心，所以提前告知对方情况，看来他们关系匪浅。

王煊忍不住问道："老红颜知己？"

青木正好进来，闻言嘴角抽搐，红颜知己都要给加个"老"字，"王教祖"现在"飘"得厉害，早晚会被老陈毒打一顿。青木猜测老陈现在大概有求于他，所以比较克制，忍着他。

陈永杰面无表情地看了王煊一眼，道："那是我的一位老……一位好友，她在有关部门任职，绝对信得过。她不会提前放出我的消息，同时我让她查了一些事。"

王煊精神力极强，感知敏锐，觉察到陈永杰很严肃，他立刻正襟危坐，认真倾听。

"知道是谁想除掉你吗？"陈永杰问他。

王煊摇头，同时也很吃惊，这么快就查出来了？老陈的那位老红颜知己有些厉害啊！

"有关部门该不会早就盯上我了吧？"王煊一阵迟疑，有些担心。

陈永杰明确地告诉王煊他想多了，道："以前的你从来没有进入过他们的视线，这次他们也没怎么查你的事，主要是因为别的事件的触发，所以分析出了你这边的因果。"

"那到底是谁想杀我？"王煊忍不住了。接二连三被人袭击，他早就受够了。

"你自己猜下试试看。"陈永杰微笑着道。

"吴家？"王煊说出这种不成熟的猜测，他觉得有可能，但是应该不至于。他昔日的事与新星财团有关的真不多，主要也就是与前女友凌薇的过往。

上一次，凌、吴两家在流金岁月餐厅吃饭，促成凌薇与吴家的年轻男子接触，双方互见家长。王煊正好遇见那一幕，还曾与脾气很大的吴茵有过短暂的言语交锋。

"沾边儿。"陈永杰点头，而后告诉王煊一则让他深感意外的消息，"吴家那个年轻人最近出事儿了，差点儿就殒命，换了一些人造器官。"

王煊吃惊，下手真狠啊，可这与他有什么关系？

"这种小事自然不会引起有关部门在新星那边的人的注意，但涉及两家财阀，他们就不得不关注了。"陈永杰慢慢道来，告诉王煊事情的经过。

吴家的年轻人被恶意针对，险些就丢了性命，最终留下严重的后遗症，怎么可能不彻查到底？

"因为涉及吴家的年轻人，所以两家的关系变得无比紧张，还好很快就化解了。"

凌家的姑娘有个疯狂的追求者，中学时代就有些苗头了，她来旧土可能就是因为不胜其烦，为了躲避那人。

王煊听到这里，心中一阵发毛，道："我遇上了一个变态，他不仅想把和凌薇见过家长的年轻人干掉，还想将我这个前任也除掉？！"

这得是多么恐怖的心理，根本防不胜防，怪不得他猜不到。他自己都觉得吴家不至于对付他，现在看来吴家何止无辜，还成了最大的受害者。

"这哥们儿实在变态得过分，为了避免他再次报复社会，等我去新星后保准找到他！"王煊决定非将那个人打倒在地不可。

"估计近几年你找不到他，他被宋家先关起来了。同时宋家给予了吴家部分利益补偿，暂时将这件事压下去了。除非小宋提前跑出来，不然的话短期内你就别指望了。"

说完这些，陈永杰又说起有人想将王煊按在旧土这件事。

"老凌吧？"王煊淡淡地问道。关于这件事，他知道一些，实验班的同学孔毅在最后那次聚会时曾提醒过他，凌家想将他按在旧土。

作为追求过凌薇的孔毅，一点儿都不想背这口黑锅，他在那个夜晚对王煊直接挑明了一切。两人最后相处得还不错，颇有"杯酒泯恩仇"的架势。

凌薇的父亲凌启明当年气场十足，在王煊学生时代就曾经找他严肃地谈过，给他留下了深刻的印象。

凌启明那个时候虽然话语严厉，气场大得惊人，但是事后没有针对王煊。凌启明也曾明说，毕业后王煊与凌薇就分隔在星空的两端，根本不会有未来。

这么看来，那时候凌启明就计划将他按在旧土了，堵死他前往新星的路。

陈永杰点了点头，道："老凌确实打了招呼，但只是象征性地跟人提了一嘴，估计也认为你一个旧土的毛头小子没什么可能去新星，他并没有动用强大的关系非要堵死你的路不可。"

说到这里，陈永杰略微一顿，又道："另有人想死死地将你压在旧土三年，有点儿出乎我的意料。我让那位好友去查，她事后也很惊讶。"

"谁？"王煊一惊，难道还有比凌启明更卖力压制他的人？他自认遵纪守法，低调安静，怎么总是被人盯上？

"郑家。"陈永杰告知他。

王煊不解，这也是新星的超级家族吗？他完全没接触过，最起码现在没什么印象了。

"起源生命研究所是郑家的郑女士创立的。"陈永杰严肃地提醒他。

"大兴安岭的地下实验室？！"王煊顿时后背发凉，有了一些不好的联想，深感不妙。

"郑家最近有些人亲自去过大兴安岭的地下实验室，据我的那位好友说，郑家的几人离开后，精神都……有些问题。"说到这里，陈永杰神情凝重。

"该不会是这些精神有些不太对劲的人动用关系要将我压在旧土三年吧？"说到这里，王煊的头皮有些发麻。

"是的！"陈永杰的表情极其严肃。

"是她……要将我压在旧土三年？"王煊感觉到一股沉重的压力。

陈永杰无声地点头，肯定了王煊的猜想。

王煊真的被惊住了，这是为何？女方士到底想做什么？这个三年之期有什么讲究？

"她留我做什么？"王煊感到很不安，同时也充满了不解。

他自问没有做对不起女方士的事，事实上他还帮过她，尤其是将她的残余精神力量放出来了。

王煊有些急眼了，道："老陈，你得赶紧给我安排下，订船票，我要尽快逃离旧土！她居然可以干预现实世界了，我要是被按在旧土三年，还不知道会出什么事呢！"

"她是你开启内景地后,放出来的第一个羽化的人吧?"陈永杰问道。

王煊点头,那片地下世界到处都是被雷击过的痕迹,焦黑一片,地底的岩石都熔化过,曾经发生过无比恐怖的羽化大爆炸事件。

"她不仅是我接触的第一个羽化之人,也是留下痕迹最多的人。"王煊说道。

女方士非常特殊,留下了完整的肉身,躺在以羽化神竹这种稀世奇珍凿刻而成的竹船中。

陈永杰点头,道:"第一个留下肉身,并且因你而复苏的女强者当年多半极其不简单。"

接着他又道:"这件事大概才刚开始,你想啊,你放出来的可不止一个羽化之人。而且你这种可依靠自己进内景地的人,在古代多半也十分特殊,所以我认为她找上你是有些道理的。古人留下的陷阱或者说布置的局现在开始露出端倪,估摸着会慢慢衍生出什么事端,一切都将渐渐浮现。"

王煊顿时变得无比严肃,道:"老陈,你可别吓唬我。这件事如果深思的话,非常恐怖,不要乱说!"

陈永杰摇头,道:"我没乱说。这件事何止是恐怖啊,里面的水太深了,不只女方士,另外几位多半也有些什么想法。尤其是那位绝世强大的红衣女妖仙,她明显是想接近现实世界,不惜从某片特殊的天地中打出来!而你可以靠自己开启内景地,说不定也有什么讲究。"

"别说了,给我订船票,我躲进深空还不行吗?!"王煊有些心慌。

陈永杰提醒道:"万一她进深空去找你呢?要知道,当初你可是让我带着她去深空转了一大圈,她早熟悉了。"

王煊顿时觉得当初给自己挖了个坑,他还真有点儿担心,仔细想了又想,道:"老青,女剑仙的那块骨头呢?不如给我吧,我想带她去星空领略一下无限美好的风光。"

一直在安静聆听、没有说话的青木顿时给了他一个鄙视的眼神,但还是立刻起身去取那块骨头了。

王煊确实有些担忧，不知道女方士要干什么。他思来想去，觉得女剑仙还算好相处，而且实力强大，如果带上她的话，应该会稳妥不少。

老苦修士倒也不闹妖，但是遇上事后，他比谁都跑得快，根本靠不住。

女仙剑美丽而空灵出尘，虽然看起来很冷，不食人间烟火，但真实情况是她有些骄傲，喜欢听别人夸她。即便她有些小心眼，问题也不大，多夸她就行了！

最为重要的是，女剑仙非常有担当，面对绝世强大的红衣女妖仙都敢叫板，没有开溜，比老苦修士靠谱多了。

青木取来一个玉盒，带着恭谨之色，小心地放在桌子上。

王煊立刻打开了玉盒，露出那块外表焦黑、内部带着淡金光泽的骨头。

"我怎么有点儿犯困？"王煊一阵疑惑，刚开启盒子，怎么就有些昏沉？他向窗外望去，天色不过刚擦黑而已。

陈永杰狐疑，他最近一直在研究托梦的事，感觉很像这种状况，顿时吓了一大跳，天还没完全黑呢，女剑仙就能这样干预现实世界？！

恍惚间，王煊看到这块骨头的金色部分居然微弱地连闪了三次，他顿时一激灵，困意稍减，道："仙子，你该不会也想和我说三年之期吧？"

微弱的金光闪了一下，像是在回应。

陈永杰一阵头大，觉得这件事绝对不简单。他不想掺和此事，于是拉上青木就跑路了。

"师父，别被人看到！"

"没事，天黑了，没人能发现我。暂时不要接近老王了，我觉得他有很大的问题！"陈永杰果断地跑得没影儿了。

王煊越来越困，将要进入睡梦中，他很是不安，想让自己清醒。这些羽化强者到底要做什么？三年后的世界将发生何等恐怖的事情？！

第 80 章
三年之约

王煊撑不住了，哈欠连天，带着沉重的心情渐渐进入梦中。

他着实担忧，三年后世界不会真的要发生巨变吧？他很害怕自己的某些猜想最终会成为现实。

窗外，星斗终于浮现，一轮银月斜挂在天边，偶有几片黄叶在晚风中飘落，打在窗上发出轻微的响声。

房间内，那块骨头轻微地颤动了一下，然后快速恢复安静，常人很难察觉得到。

梦中，王煊背负仙剑，醉卧云端。周围琼楼玉宇，天河交错，且有落英缤纷，清香阵阵。

在他身前是一张玉案，上面摆放的蟠桃很新鲜，茯苓朱果馥郁芬芳，更有玉壶装满琼浆玉液，酒香缭绕。

这里云雾翻涌，宛若瑶池仙境，花香阵阵。不远处有仙子起舞，婀娜身影曼妙无比，丝竹悠扬。

在这里，王煊是绝代剑仙，朝游北海暮苍梧。他吞日月精华，享瑶池果品，逍遥尘世上，醉卧广寒宫阙间。

突然一道剑光劈来，贯通天地，连接九霄雷电，斩崩瑶池宫阙，震碎琼楼玉宇与蟠桃园。

王煊被一剑斩落凡尘，他大叫着，差点儿惊醒过来，最后坠落在一片荒山野岭间,身上的仙剑只剩下剑柄。

清冷的月光下,荒芜的矮山上,女剑仙凌空而立,望着明月,月白衣裙飘舞,空灵出尘,仿佛要乘风而去。

她不食人间烟火,气质清冷,淡淡地瞥了一眼王煊,明显很嫌弃。难道他真以为成仙之后会进入那所谓白云之巅的琼楼玉宇?简直是幼稚至极!

王煊一阵无语,他时常给女剑仙贴标签,比如骄傲、臭美、喜欢背后听人夸赞,现在看来,女剑仙也常给他下定义,时不时就嫌弃他。

他感觉现在没有什么负疚心理了,大家都是红尘中的人与仙,彼此偶尔腹诽一下没什么,很正常。

"我这不是还没成仙吗?不了解仙家的意境,所以就依据传说构建了场景,恭候仙子驾临。"

女剑仙听到解释后还是比较满意的,最起码他用心了,尽管他不了解仙家真相,布置错误。

女剑仙扬起雪白的下巴,不过总比一剑劈过来好。王煊猜测她羽化登仙时年龄应该不会很大,所以保持着率真的本性,不像老苦修士那么坑人。

女剑仙以手中的雪白长剑指向一座山,然后又指向她自己与王煊,最后点了点头。

"山,你和我,我们两个……"王煊脱口而出。

瞬间王煊就挨劈了,雪亮的剑光将他从这座山峰斩到另一座山峰上。女剑仙沉着脸凌空跟了过来,裙下的小腿洁白如玉石,双足踏空而行,瞥了他一眼,似乎很受不了他。

"不是说我们两个在山上……"王煊看到女剑仙的剑光又灿烂起来,赶紧补充道,"而是指人与山,合在一起就是仙?"

接着,他又快速开口:"真正的仙不见得高坐在九重天,而可能就在不知名的荒山之巅。"

女剑仙略感意外,觉得王煊不那么俗了,偏头看了他一眼,难得地不再清冷,但很快她又变了神色。

王煊觉得自己摸到了她的喜好，顿时开始感慨："真仙自有风骨，何必慕虚荣，若住月宫，栖居瑶池，也不过又多了一片红尘浊气聚集地。"

女剑仙讶异，多看了他一眼，感觉明显变好了很多，但她依旧骄傲地扬着头，看向挂满星斗的深空。

很快，她捕捉到王煊嘴角隐去的一缕笑意，瞬间有悟，一剑就劈了过去，将他斩到半山腰。

王煊疼得咧嘴，暗自感叹大意了。女剑仙的感知实在太敏锐，他以为摸准了她的喜好，心中有些得意，结果刹那间就被劈了。

女剑仙相当明快，毫不拖泥带水，降落下来，伸出三根好看的手指头，露出郑重之色。

王煊心头沉重，果然又是三年之期，她有什么要求？这些羽化之人到底在图谋什么？

"仙子，你有什么想法尽可以告诉我。"他确实需要了解真相，想知道古人的打算。

女剑仙抬起洁白的左手，在夜空中一划，顿时浮现一些景象。那是一片矮山，看起来并不出奇，矮山那里有一座倒塌的小道观，断壁残垣，瓦砾遍地。

王煊心头一动，根据有关部门送来的附带的档案来看，女剑仙的骨头似乎就是在眼前这个地方发现的。

场景在变，画面中出现王煊的身影，他带着骨头来到那座荒凉的小山上，将其埋在道观的地下深处。

"这是让我护送你羽化后遗留的真骨过去，重新埋在原地吗？"王煊惊异，他没有想到女剑仙托梦是为了这件事，对他来说这没什么难度。

这是重新入土为安吗？王煊虽还在胡思乱想，但心情明显轻松了不少。

女剑仙伸出三根指头，这是再次提到三年之期，让他留在旧土三年吗？还是说时间到了有事找他？

王煊道："仙子，你无法开口吗？我教你写字吧，如今的文字经过简化后比以前更简单。"

女剑仙动用秘术，顿时看到了王煊的心思，那是红袖添香的场景——女剑仙在帮他研墨。

果不其然，王煊又被女剑仙砍了很多剑！

女剑仙无法开口，演示多幅图景，再加上王煊领悟力不错，终于弄明白了她的想法。

她很郑重，这样托梦，竟是想让王煊三年后重新出现在那座荒凉的埋骨地，去那里见她。

这件事绝对没那么简单，王煊心头翻腾。

女方士想将他压在旧土，该不会也是为了三年后让他去大兴安岭地下吧？为此，她现在就开始干预现实世界了。

女剑仙无比严肃，甚至有些紧张，这与她平日骄傲、清冷的气质不相符，可见她多么在意此事。

外界，月下，陈永杰的心都在滴血。他在庄园后面的芦苇塘中捞出了他那根好友送的钓竿，钓竿缠满水草，而且尾端还插着一条大黑鱼。

这可真是弃如敝屣，王煊叉鱼的新鲜劲过后，随手就将钓竿扔在塘子里了。想到这里，陈永杰不禁咬牙，觉得太可恨了。

陈永杰决定回去之后就去暴打王煊，他觉得打老王要趁早，不然以后机会真的可能会越来越少了。

陈永杰坐在芦苇塘边上，娴熟地甩竿，一副无比享受的样子。他很多天没有钓鱼了，久违的美好心情浮现出来。

很快，他皱起眉头，道："青木，你去吩咐下，让人不要接近病房，免得打扰那两人。另外，去扛一门能量炮过来，准备打蚊子！"

青木一听就明白怎么回事了，迅速消失。

陈永杰现在超越了大宗师，整座庄园有一点风吹草动，他都能感知到。此时他察觉到有外人潜入，这破坏了他钓鱼的心情。

不久后青木回来了，他扛着威力不小的新型能量炮，然后迅速架好。

"瞄准西北角，对，再向西偏点儿，可以了，轰他！"陈永杰在一旁指点。身为超级大宗师，他的精神领域极其恐怖，可以清晰地掌握那几个外人的轨迹。

轰！

远处，一个人被轰中了。

"再对准北面，角度向下压点儿，好了，轰他！"陈永杰说道。根本不用青木以科技手段定位，他负责开火就是了。

在刺目的光芒中，又一个人被轰中了。

这一变故惊动了庄园中的很多人。

"什么层次的人？"青木问道。

陈永杰不屑地道："估计也就是准宗师吧，太弱了，根本不值得我冒着暴露的风险去动手。"

陈永杰提着钓竿离开芦苇塘，这鱼是没法儿钓了，他准备回病房，估计那两人也快梦中相会完了吧。

王煊十分担忧，这些羽化之人到底想怎样？古人的陷阱或者说是设下的局，是否会陆续引出可怕的事端？

"你能不能告诉我，列仙是否都逝去了？而你们……到底有什么目的？"王煊谨慎地问道。

女剑仙没有开口，最终施展出惊人的手段，直接带着王煊从梦境中转移，进入内景地中。

真是好大的本领，这是在干预现世！王煊的心脏狂跳不止。

内景地没有声音，只有神秘因子从未知之地洒落。女剑仙向前走去，径直来到最深处，而后她触到一层晶莹的大幕，猛然发力，顿时让那里剧烈地震动起来。

王煊的眼睛一下就直了，无比吃惊。

大幕的那一边，在很遥远的地方，浮现出一道婀娜的身影。

那是一片广袤的大地，那道身影踏过破败的道观，踩着瓦砾，从神秘的地界缓缓走来。

虽然那道身影很朦胧，但是王煊已经能大概看出，她和女剑仙非常像，穿着、样貌等一致，似乎就是女剑仙！

第 81 章
旧约锁真言

"是你的姐妹,还是……你自己?"王煊看向身边的女剑仙,心中颇不平静,又一次看向幕后世界的生灵。

大幕后方,那个女子身段婀娜挺秀,月白衣裙不染尘埃,背负仙剑,秀发飘扬,面孔精致美丽,不沾红尘气息。她踩着瓦砾,从那片壮阔的世界走到内景地近前。

女剑仙向前迈步,用手触摸大幕。两人一模一样的手掌隔着一层晶莹的光幕相互贴在一起,两个女剑仙对视,久久无语。

一声轻叹传来,就在耳边,非常清晰。王煊的精神立刻高度集中,无比紧张,脑子迅速转动。

上次,能在内景地发出声音的是那名撑着油纸伞、实力绝世强大的红衣女妖仙,当时她差点儿就打穿大幕闯过来,着实吓人。难道现在他身边的女剑仙也要闹妖不成?

"我们是一个人!"大幕后方,空灵出尘的女剑仙开口,话语简洁,道出真相——大幕内外都是一个人。

她的声音很好听,听起来年龄似乎真的不大。虽然她有种出尘的冷艳气质,但与大幕这边的骄傲女剑仙一样,她明显在刻意绷着脸,真性情估计与王煊身边的这位相仿,因为本就是一个人。

"你要过来吗?"王煊谨慎地问道。

清冷的女剑仙站在大幕那边,听到他的问话后,顿时如小鸡啄米般点头,那种如被皎洁月光笼罩的出尘气质顿时绷不住了。她看起来居然有点儿可爱,一副迫不及待的样子。

但最后她又有点儿沮丧,低声道:"过不去。"

她低下头,用脚轻轻地踢地面的瓦砾、石块等,一副没精打采的样子。

外表清冷、内心骄傲的女剑仙居然有这样的一面,王煊突然觉得她不怎么凶了,似乎还……挺可爱的。

显然,王煊身边的女剑仙注意到了他神色的变化,立刻用手轻拍大幕,而且先扬起了下巴,在做表率,似乎在告诉对面的自己:注意形象!

"她要沉眠三年。"对面的女剑仙开口。

这让王煊一愣,女剑仙要求他送羽化遗留的真骨回那座荒凉的矮山,竟是要在那里沉眠?

接着她补充道:"这种地方少来。"

有这句话足矣,说明女剑仙人真的不错。她警示他这种地方很危险,内景地有非同寻常的秘密。

话音刚落,远方的天边居然有雷光隐现,撕裂天穹,隆隆作响。

王煊认真地问道:"列仙是否还在世间?到底是什么情况?仙子你又是怎样的状态?你的真身在哪里?"

大幕另一侧的女剑仙扬起头,郑重而又有些艰难地说出一句话:"旧约……锁……真言。"

轰的一声,大幕那一边的世界中居然天降雷霆,将两个世界中间的晶莹光幕都轰得剧烈地晃动并出现裂纹。

女剑仙抬头,头发飘舞,衣裙飞动,眼神坚定。她直接拔剑向天,璀璨的剑光撕裂雷霆,打穿云层,剑光冲霄汉!

不断有恐怖的雷霆劈下来,暴烈无比,密密麻麻,向女剑仙轰击过去。

最终,她以手中的长剑抵住雷光,让整片世界渐渐安静下来。而她自己也远去了,像是承受着压力,不得不远离大幕。

她站在远方，挥了挥手，然后背起仙剑，踩着瓦砾，踏过广袤的大地，一个人向着远方而去。

大幕那边的女剑仙走了。大幕这边的女剑仙注视着远去的人，久久没有动，直至那道背影消失。

王煊明白女剑仙直接带他来这里，是为了让他更深入地了解情况的复杂与危险。

早先王煊就怀疑古人留下了陷阱，设下了某种局，现在看来事实比他想象的还要麻烦，有更严重的问题。

旧约是什么？

王煊觉得古人遗留的问题太坑人了，居然等待后人去触发，虽然其中或许有些机遇，但也必然非常危险，情况相当复杂。而他能靠自身开启内景地，在古代也是极其特殊的，所以现在被女方士、女剑仙一同找上。

王煊没有飘飘然，更不可能有荣幸之感，相反他认为时间紧迫，他已经莫名地陷入一种特殊而又危险的局面中。他真的不想参与古人的那些事，但是现在看来他大概躲不掉了。

他已经预感到将来一定会相当可怕，各种神秘与瘆人的问题会纷至沓来，因为这是过去某些可怕事件的延续。

"列仙没有一个是简单的，能走到那一步的人绝对都有各自的过人之处，毕竟他们曾俯视过一个大时代。"

王煊猜测古人除了留下陷阱，设下危险的局，等待后人触发外，彼此间也在争斗，这样的话未来会更恐怖。

如今是拥有超级战舰的科技时代，未来如果有变，很有可能会陷入古与古、古与今、今与今的各种迷雾中，极其危险。

"像'王教祖'这样的人，本该灿烂过一生，怎么到头来，要在陷阱、迷雾以及神秘事件中沉浮？"王煊感慨。

女剑仙侧首看向他，忽然觉得他非常自恋，这种话都能说出来。她沐浴着洁白的光雨，凌空向内景地外飞去。

王煊感觉内景地变得模糊了，他这是要被带出去了。

在此过程中，王煊并没有问女剑仙旧约的事，因为大幕内能开口的她已经道出危险——旧约锁真言。

王煊醒了，这次他沉眠的时间不算很长，然后他就看到陈永杰拿着一根钓竿走了进来。这不是他扔在芦苇塘里的那根吗？

"老红颜知己送的？"王煊刚从内景地出来，还不算太清醒，直接开口这么问道。

陈永杰原本握着钓竿的手就在用力，现在更忍不住了，道："'王教祖'，咱们切磋下吧！"

王煊一听，顿时彻底醒了，察觉到陈永杰很危险，这明显是想毒打他一顿！

他果断而坚决地拒绝了，道："不切！"

"切！"陈永杰也很坚决，迈步逼过来。

王煊一脸严肃之色，道："女剑仙让我给你带话，好好修行，说你实力太弱。三年过后，世间多半会发生非常恐怖的事情。老陈，你要努力了！"

陈永杰神色不善，明显不相信他。

王煊道："老陈，我劝你向善。对了，短期内你赶紧将老苦修士送到新星去，我猜测他等着沉眠呢，再不送你肯定要再被暴打一宿！"

"'王教祖'，你这是在借别人威胁我吗？"陈永杰走了过来，但马上他的脸色就变了，哈欠连天，他瞬间知道要发生什么。

青木看了看王煊的嘴，真开光了吗？刚说完就灵验了！

"有话好说！"陈永杰硬挺着，使劲瞪大眼睛，不想闭上。但最终他还是挡不住困意，迫不得已，一骨碌躺到床上，安详地闭上了眼睛。

时间不长，陈永杰就醒过来了。他以一副活见鬼的样子看着王煊——真被王煊说中了，老苦修士催促他赶紧上路。

值得庆幸的是，这次他没有被打一宿，老苦修士很和蔼，又为他演示了一遍苦修门的秘篇绝学——圣苦修士拳。

陈永杰想了想，还是善待"王教祖"吧。

在这之前，陈永杰还颇为期待，想引那些羽化之人上身学仙法，现在他通过一些端倪已经看出，这些古人全是"大坑"，心思深沉，惹上的话将来必有大麻烦。

陈永杰现在有些同情王煊了，王煊这摆明是被盯上了，让他看着都发慌。

"你觉得未来会怎么样？"陈永杰问道，打探情况。

王煊摆了摆手，道："没什么大不了的，不是还有时间吗？赶紧修行，只要自己实力足够强，这些都不是事儿。什么绝世红衣女妖仙，未来敢找我麻烦的话，保准要她好看！至于那些什么大妖魔，不服管教的话，'王教祖'保证能将其制服，要不然就直接镇压它们去拉车，去拉磨！"

青木无语，老王这是"飘"到大气层上了！

豪言壮语过后，王煊安静了片刻。他用手指敲击桌面，琢磨了很长时间，最后叹道："情况太复杂，未来不可描述。"

他看向陈永杰，道："老陈，帮我查下资料，看看关于古代羽化之人的各种记载中有没有对'旧约锁真言'的描述。"

王煊没有隐瞒，讲述了不久前自己在内景地的经历。

陈永杰神色严肃，感觉问题相当严重，他需要找人仔细去查查这些事。

王煊道："老陈，你还是给我订船票吧，我觉得还是近期上路比较好。另外你给我说说古代旧术的那些问题，估计一两年内我是回不来了。"

陈永杰哑然。最终他点了点头，道："我以前之所以不愿和你说古代那些境界层次的问题，是因为怕限制你的道路。我觉得古代的旧术很复杂，从先秦方士时代到本土教早期，修行法是不断变化的。我觉得这里面有些可怕的事，而一些负有盛名的人最后可能是出事了。"

王煊听到这里后，脸色顿时变了，道："老陈，你是不是从这方面入手后，察觉到羽化之人的一些问题了？我刚才说的那些事以及未来可能遇到的古人设下的陷阱与危险局面，是不是能从这些旧术历史中找到一些答案？你快说说！"

第 82 章
捋清旧术史

陈永杰摇头,道:"我只是怀疑而已,没到圣苦修士那个高度,能指摘他们吗?很难。"

陈永杰精研旧术,捋顺从古到今的一些脉络后,从中发现了一些问题,但真要让他指出列仙哪里错了,那就有些难为他了。

但能有怀疑,并挑出可能存在的歧路,足以证明陈永杰用心了。当然,这也是因为今时不同往日了。

古人受年代、背景的影响,有自身的局限性。如今是信息大爆炸的时代,黑科技层出不穷,变革剧烈,经受过这样的洗礼,再加上陈永杰如今走在旧术领域的前沿,他的眼光确实超出了一般人。

王煊让陈永杰将有问题的地方都说上一遍,这对他很重要,因为将来他免不了会遇上一些古人的"大坑"。不管那些古人是否逝去了,但他们留下的陷阱与局还在发挥作用,必须严加防范。

"先秦时期以根法为主,可谓极尽绚烂,影响至今,让所有踏上旧术之路的人都受益。"陈永杰不急不缓,捋清脉络。

所谓根法涉及采气、冥想、内养等,对于提升体质与壮大精神有着难以估量的价值,不可替代。

方士利用根法,竟然进入了内景地,这直接引起旧术的质变,让旧术跨过天堑,真正地升华了。

"方士的另一大成就则是炼丹。炼丹主要是在丹炉中烧炼矿物，提取原液，提炼精华，想求得最后的仙丹，从而长生不死。在那个时期，炼丹的矿物少有记载，但绝对都是天下奇珍。"

王煊惊讶地道："方士不是炼药成丹吗？"

陈永杰道："早期是采炼秘矿，熔炼天上坠落的神物等，不取药草。"

直到后来，继内景地后，又发现了天药秘法，方士才开始考虑熔炼那些稀世大药。

所谓天药，并不是现实世界中的药。陈永杰上次提到过一篇记载，强求难得大药，蓦然回首，它可能在那人山人海、万丈红尘上的天边晚霞中。

可以说，方士接连发现内景地、天药这两大秘法，引得旧术发生质的变化，走向辉煌之巅。

那个时候，绝顶方士哪个没有几个神兽、圣禽？出行动辄是麟兽拉辇车，或者坐在不死鸟的背上遨游东海访友等。

后人翻看这部分旧术历史时，无不叹为观止。可是如今很难再现那种奇观了，因为这天地间的神禽异兽都被绝顶方士捕获、擒杀得差不多了。

"那个时期，顶尖方士踏上羽化登仙路、接受雷霆轰击的着实有一批，但是随着这些人先后羽化，方士的璀璨也就到了末期，而且是倏地落幕。"

陈永杰感叹，方士最为鼎盛的时期刚过，居然直接就暗淡落幕了，让他不得不产生各种怀疑与联想。

"结合现在发生在你身上以及我也曾经历过的事，我觉得内景地的水很深，处处透着神秘，有些恐怖。另外，天药太难寻，极难采摘到。两大秘法都渐渐湮没，这是方士衰落的根本原因。"

陈永杰说出自己的猜想："所以，后来秦皇让方士去采摘不死药，也就是天药，他却出海避祸，估计他也知道那个时期找不到了。"

秦皇想得长生，欲求不死药，到了那个阶段已不可能成功。

"我怀疑方士中的一些大人物出事了，所以才没落，甚至羽化登仙的方士最终可能意识到了什么。"陈永杰无比严肃地道。可惜，他的层次终究与那些人相差太远，即便他翻阅所有古籍，也只能得出一些猜测而已，找不到证据。

王煊皱眉，旧术的过去曾发生了很多事，给人处处都是迷雾的感觉，他需要不断变强，才能慢慢走近并探索那些过去的事。

陈永杰继续讲："到了方士落幕时期，他们已经开始接受现世的药草，炼丹时多少会加入一些，与矿物混合。也就是这个时候，本土养生家承接上来，他们炼丹除了用到特殊的金石外，还开始加入大量的芝草等。"

按照陈永杰的理解，随着时代的变迁，后来者发现了某些问题，开始向其他领域拓展。

"本土养生家早期重视心斋，也就是内心清虚宁静，以修心为主，着重于精神能量的积累。而在本土教典籍中，认为大道至虚至静，期望以心斋来合大道。"

说到这里，陈永杰叹道："然而，这些过高过远了，对心性与精神领域的要求太高，很多人根本无法入门。试想，提出这种高远道路的人是谁？老庄啊！《道德经》中提及'致虚极，守静笃'，而在《庄子·人间世》中，则明确阐释了这种秘法'唯道集虚，虚者，心斋也'。普通人很难在这条路上走下去。"

王煊听得发愣，老陈说的靠谱吗？他赶紧用手机悄悄查阅，还真找到了，本土养生家初期的修行的确是心斋、踵息等，后来又有了引导、吐纳等。

果然，陈永杰说到了踵息，他道："心斋这种秘法立得有点儿高，需要具体路径才好走，所以就有了踵息，指内呼吸功深，而达于踵。"

《庄子·大宗师》曾有记："其寝不梦，其觉无忧，其食不甘，其息深深。真人之息以踵，众人之息以喉。"

后来，本土教对其进行各种完善，从而也就有了引导、吐纳等较为具体的法子。

不然的话，按照老庄那样的路来走，没有多少人能修行，其经文典籍立意过于深远，仅起步阶段就会拦住绝大多数人。

在此时期，本土养生家将炼丹术推向一个高峰，以各种秘法烧炼丹药，服食后可化自身阴质为阳气，本土养生家纯阳之说由此可见一斑。

"在这个阶段,本土养生家最重要的发现是又找到一条秘路,这条秘路堪比内景地、天药,名为寻路!"

所谓寻路,据说是要找到一条真实存在、可以在上面行走,可是普通人又看不到的路。

无须多想,真要寻路成功,那效果不亚于进入内景地或者采摘到天药。无奈岁月漫长,淹没过往痕迹,而今没人能寻到了。

王煊被唬得一愣一愣的,按照老陈的说法,旧术之路在不断变迁,纵然是璀璨的方士根法,有些也不见得适用了?

"根法适用,一直未过时,后世法也由它而起,是为根基,所以始终绚烂。但先秦竹简法的中后篇一般只可作为参考,不建议深入。我怀疑它在先秦时期很适用,但是后来可能被发现了一些问题。"

随后陈永杰又提及本土养生家后面的法,道:"早期本土养生家炼丹,采的是外物,炼的是外丹,日趋完善,所以称作外丹术。"

随着本土教兴起,逐渐鼎盛后,修行法门又变了,内丹术崛起。

"龙虎胎息,吐故纳新为内丹。"这是古人对内丹最为直接的描述,内指身体内部,丹指人体精气神结合而成的产物。

"从某种意义上来说,旧术之路又迎来一次变革,内丹后来演变成金丹,可成就元婴等。"陈永杰一阵感慨。

"这个时期的代表人物就是钟离权、吕洞宾、陈抟等人。钟离权参考《参同契》,推演出内丹法,他的研究与功法记载在《灵宝毕法》《钟吕传道集》中。"

陈永杰对此方面相当有研究,说得头头是道,让王煊与青木都听得入神。

"再塑高峰,使之绽放绚烂光芒的是吕洞宾,他将内丹法发展成为金丹大道。"

王煊有些头大,他有些明白为什么老陈早先不说境界了,旧术确实复杂,多次拓展与变迁,各个时期的层次很难说清。

"同时,本土教除了金丹炼制,也发展出画符等手段,变化多端,威能奇大，主要代表自然是三山，即龙虎山、茅山、阁皂山。"

"在本土教中后期也发现了一条秘路，可惜说得很模糊，记载得也不清楚。"陈永杰摇头，颇为遗憾。

"剑修是在金丹大道以后出现的吧？"王煊问道。

"是的。"陈永杰点头。

王煊琢磨，这么算的话，女剑仙的年龄能估算一下，她明显算是后进，不是早期的老怪物。

陈永杰道："同样，我觉得后面的路也有问题，不然的话，不会到了近代就逐渐没落消失了。"

接着，他又提及苦修门，道："神苦修士们大多数都是舍弃肉身，这让我有些慌。"

甚至，陈永杰觉得舍弃肉身对练旧术的人来说有些忌讳，最终虹化而去，焚烧掉所谓臭皮囊，总让人觉得不安。

"我说的这些仅是旧术的主脉络，并没有说诸子百家等，比如疑似与方士同期的红衣女妖仙明显绝世强大，估计她根本不怕方士，甚至能灭了顶尖的羽化级方士。"

陈永杰说完，开始进行总结，道："所以说，旧术最辉煌的时代根本还没有到来，正在等着像你我这样的人崛起！"

看着陈永杰一本正经的样子，青木觉得自己的师父以后少不了被毒打，万一那些古人还有活着的，不收拾他收拾谁？

然而青木还没腹诽完，就看到王煊郑重地点头，并且开口："有道理，古有旧约，以后我立个新约。"

轰！

一道惊雷在苍穹上炸响，让陈永杰吓了一大跳，他迅速改口："老王，你懂不懂得尊重前贤啊！"

王煊看了一眼窗外，乌云遮蔽了星月，居然变成阴天了，并开始下大雨。

陈永杰发现原来只是天象有变，又淡定地闭嘴了。

王煊问道:"行了老陈,说一说你总结的境界层次,适用于古今的,该怎么划分?"

"第一个层次为迷雾,第二个层次是燃灯……"陈永杰告诉王煊,这些层次所对应的路具有普遍适用性,从先秦时期到如今,各方都在走,应该没有什么问题与隐患。

第 83 章
旧术不旧

不懂就问，王煊露出疑色，暂时打断了陈永杰。

"老陈，你这不对啊！该不会是因为从老苦修士那里学会了圣苦修士拳，你就要转投苦修门吧，你这境界中怎么有位古神苦修士的尊号？"

陈永杰摇头，道："苦修门的水太深，动辄舍弃肉身，我是真的害怕。学他们的体术圣苦修士拳还行，你让我去转修他们的根法，我是不敢的。"

青木哑然，觉得自己的师父还是很谨慎的。

陈永杰解释后，看了王煊一眼，道："提及燃灯，你居然产生这种联想。你这样不行啊，得多读点儿与旧术有关的书充实下自己。"

王煊想捶陈永杰，这是在一本正经地鄙视他吗？

陈永杰语重心长，劝他多读《道藏》，没事翻阅下旧术领域的书，对自身有好处。

王煊忍了。没有办法，他现在打不赢老陈，不仅要安静，还得虚心地听他说适用于古今的境界划分。

陈永杰讲解道："燃灯，燃的是心灯。精神之光照亮长生夜空，让我们看到昏暗的前路，认清方向。"

王煊琢磨了一会儿，道："从头说下迷雾是什么状况，我达到这个层次了吗？"

陈永杰诧异地道："我上次不是说过？如果以围棋的段位来划分，我刚成为职业棋手，而你们还在业余棋手圈里打磨。"

这一刻，不仅王煊觉得自己被俯视了，青木也觉得自己被无差别攻击了。

"迷雾，是指刚成为真正修行者的人内视自我，可看到体内的部分状况，如同有朦胧的雾气笼罩。"陈永杰讲解道。

他发现两人目光不善，道："你们这是想让我给'业余棋手'划分一下？那我简单说两句，宗师以下，宗师，大宗师，再突破的话就是'职业棋手'，也就是旧术领域真正的修行者。"

此时，连青木都想打他师父了。这些话伤害性不大，侮辱性极强。

宗师居然成为过渡境界了，没达到的统一称为宗师以下，这要是传到外界，估计所有人都想打死陈永杰。

"行了，你接着往下说吧。"王煊道。

陈永杰点头，道："我现在就处在迷雾阶段，初视自身，体内一片昏暗，看不到周围的景物。"

王煊感慨，老陈到现在算是真正踏足旧术的神秘领域了，这是质的变化，他开始接触恐怖而又强大的超凡境界了！

"你们记住，迷雾并非虚指，而是我真实看到的景象，这些都是经验之谈。到时候你们万一突然踏入这个层次，不要害怕，不要彷徨，在雾中可见一点光，直接追寻它走下去就是了。"

所谓一点光，是指精神领域。

陈永杰微笑着道："昔年，我多次触发'超感'状态，虽然遗憾没能进入内景地，但是精神得到质变，最后形成精神领域。对我来说，再巩固一下，稍微沉淀积累一段时间，就可以直接进入燃灯层次！"

旧术领域的第二个层次燃灯，必须积累足够深厚的精神能量才有希望修成。但并不是真的点燃精神，而是淬炼精神领域，使之浓缩，最后如灯般悬挂在原本昏暗的长生夜空下，照亮自己的前路，为自己指明前进的方向。

"这些都是内视自我时看到的真实景象？"王煊问道。

陈永杰点头，然后说出第三个层次，道："虽然我还未进入燃灯层次，却能模糊地感知到它后面的路。结合从《道藏》以及先秦竹简等物上看到的旧术秘景，我已了解第三个层次是什么情况，那就是'命土'。千万不要小觑这个层次，这关乎着你的未来。无论是先秦方士还是本土养生家，都无比重视命土，踏入命土可以养命，那是生机初始之地。"

他自己还没有达到命土这个层次，只能结合书中的记载笼统地说一下，而不能具体地演示达到命土层次的过程。

"第四个层次为采药。"陈永杰很快说出下一个层次。

"采药，到了这个层次后，便开始需要借助药草来修行了吗？"王煊问道。

陈永杰看了他一眼，道："你上班的时候，我见你每天都在偷偷地看《道藏》，都看到哪里去了？没看到采药这则术语吗？这是本土养生家非常重视的一个过程。"

"老陈，你每天都在偷窥我！"王煊道。

陈永杰义正词严，道："身为领导，我看到你上班时不务正业，没点你名字、扣你工资就已经够宽容了，你怎么能这样污蔑老领导？"

王煊无言以对，很想说：那里不就是个养老院吗？

"采药，指的是采自己身体内的宝药，成就自身。踏入这个层次后，采药一定要掌握好火候，千万不可以大意。回头我送你两本书，你仔细研究一下。这种东西一向秘不示人，从来都是师徒口口相传，极少有秘诀记载于纸张上。"

陈永杰所言非虚，采药秘诀极为罕见，特别宝贵。

"当然，你练的是先秦竹简上的根法，底子足够坚实，没有秘诀也不要紧，我给你的书稍作参考就行了。"

王煊点头，然后继续请教。

陈永杰道："差不多了，就先说这四个层次吧。人要低调，需要一步一个脚印地前行。"

"后面的路，你该不会还没有摸准吧？"王煊狐疑。

陈永杰竟坦然地点头，道："我说的这几个层次，对所有路都具有普适性，再往后我就有些担忧了。"

他进一步补充道:"通过这四个层次,无论你是要化药为金丹,还是走本土养生家早期的至虚至静的高远大道,抑或是延续先秦方士的璀璨之路,都完全没问题,可以接续上!"

陈永杰背负双手,一副淡定的姿态。

从古至今,无论走什么路的人都绕不开这四个层次。

"不知道是不是巧合,我查阅大量古籍,从中寻到蛛丝马迹,竟发现这适用于古今所有路的四个层次,可能也与那几条秘路有些联系。"

陈永杰低语,说出一个非常惊人的发现。这些不是直接记载于纸张上的东西,而是他从一些暗语中察觉到的。

"迷雾这个层次就不说了。燃灯,是心灯在照亮前路,可能与寻路有点儿关系;至于命土,传闻先秦方士中最早进入内景地的那个人,很有可能是踏足命土后触发的;而在采药这个层次,日后若是能得天药补益,实力会更厉害更恐怖。"

王煊吃惊,青木也发呆,老陈居然从那些典籍中发现了这些东西,这几个层次果然很有讲究。

"不过,普通人就不要想了,纵然是天才也不用抱多大希冀,只有极为特殊或者说不普通的人偶尔才可能有所获。"说完,陈永杰瞥了一眼王煊,毕竟他有点儿特殊,现在就能靠自身进内景地。

关于这些,他们聊了很久。

最后陈永杰目光灿灿,道:"至于后面的路,需要你我以身践行,勇于拓展进取。旧术最璀璨的时代还没有到来,等着你我崛起!"

这次青木没有在心中鄙视他师父,他忽然觉得老陈真的有些想法。

王煊沉思,心有所感,道:"旧术不旧!"

"没错,新术不新!"陈永杰点头回应道。

"怎么讲?"王煊霍地抬头。他对深空中的新术一直都不怎么了解,并没有全面接触过。

陈永杰冷笑道:"新术是个'大坑',有些人早晚会被坑得骨头渣子都不剩!"

然后他转身看向青木,道:"你可以学新术,但是不能完全陷进去,需要与旧术印证着学。"

青木诧异,以前老陈可是支持他走新术路的,现在态度居然变了。

"以前我认为你的旧术之路要走到头了,所以让你试试新术路,但是现在你身边不是有个'王教祖'吗?找机会再进内景地一两次,估计就能铺平你的路。再说,你身边马上就要有个'陈燃灯'了,新术那条路不走也罢,最多借鉴下就行了。"陈永杰相当有底气。

王煊与青木都看向陈永杰,想听他进一步地解释。

陈永杰果然有话要说,他轻叹道:"我也是最近经历了内景地的事,两相对照,觉得新术也没有想象中那么简单。"

接着他问道:"你们知道新术是怎么来的吗?"

王煊道:"不是说在某一神秘之地发现了超物质等,最后被他们研究出来了新术吗?"

"凭他们也能研究出那种东西?太会美化自身了。真实情况是,新术都是从土里挖出来的!"

陈永杰变得无比严肃,道:"你们难道没有怀疑吗?那些新术种类不少,很像是古代旧术修炼有成的人所能显化的手段。结果新术领域那些人起步就是这些近乎术法的东西,实在异常。当然,两者的威能不可相提并论。"

王煊点头,新术确实有些古怪。

陈永杰道:"新术不新,是从土里挖出来的,不知道是多少年前埋下的,以后说不定还会挖出更为惊人的东西。但我越来越觉得,这可能是个大坑。我怀疑这是有人故意丢下的好处,等着后来者去接触,深入探索。"

王煊惊疑,道:"听起来这手段有些老辣,也有些耳熟,我怎么觉得和羽化之人留下的内景地陷阱有些像?"

陈永杰郑重地点头,道:"我也是经历了内景地的事,隐约间觉得两种手法相似,这才有些不安与怀疑。"

"我觉得古人们太坑人了，都该被教育一顿！"王煊脱口而出。

很快，他瞥了一眼不远处存放着焦黑骨头的玉盒，快速补充道："唯有不坑后世人、心地善良、美丽绝伦的女剑仙才值得尊敬，注定长存世间！"

"所以啊，新术领域的那些人最后不知道会惹出什么恐怖的麻烦呢！"陈永杰感叹道。

王煊有些疑惑，道："难道说列仙比拥有超级战舰的现代人更早进入了深空？"

另外，王煊想到了女方士想要留他在旧土三年的这件事，是不是她进入深空后，曾发现了什么？

第84章
战舰可否打败列仙

"列仙比现代人更早进入深空？"青木露出凝重之色。如果真是这样的话，那事情就相当复杂了。

"不是没有可能。"陈永杰望向窗外，想看天上的月亮，但是现在乌云密布，雨点打在窗户上噼里啪啦作响。

"现在最新型的超级战舰能轰杀列仙吗？"王煊问道。现在他越发觉得古人危险，留下的陷阱颇多，他不得不做各种准备了。

陈永杰的语气非常肯定，道："如果可以锁定，毋庸置疑，超级战舰能轰杀列仙！"

"现在的科技手段连列仙都能消灭？"青木惊异。

陈永杰指向窗外，那里偶有电弧划过雨幕，道："羽化登仙者，经历的最后一步就是接受雷霆的洗礼。现在发现的古代顶尖强者都被特殊的闪电击灭了，也就意味着，即便是这种生灵也有力量穷尽之时。"

到目前为止，无论是先秦时期的羽化者还是后来的登仙者，似乎都难过那一关，全被万丈雷光毁掉了肉身。至于有羽化神竹保护的特殊个例，不在他们的讨论范围内。

陈永杰接着道："即便他们羽化登仙时降下的雷霆格外密集、强大，但是考虑到现代战舰的威能，轰杀列仙依旧没有任何问题。"

王煊看向夜空，如果有朝一日，真有古人从其留下的陷阱中爬出来，他愿意驾驶超级战舰轰几发璀璨的"现代天劫"，给他们一个深刻的印象。

随后他又摇头，人真是复杂的生物，前阵子他还想着将来有一天能手撕战舰，现在又在琢磨对付列仙了。

仔细想想，其实也没什么矛盾。将来万一迫不得已和某些超级财阀对上，且矛盾不可调和，那他就只能竭尽所能，不排除用旧术领域中的终极体术去对抗。

而如果在现实世界遇上羽化级敌手，那自然也会考虑今人的优势，用超级战舰在星空中对付古代仙人。

王煊自语道："所以说，各位，你们都不要惹'王教祖'。我生在新时代，又精通最强大的修行术法，无惧古代与现今的各路敌人。"

陈永杰看了他一眼，道："我说的那些有一个前提，就是能锁定列仙。你万一把握不到他们的移动轨迹，那会很麻烦。"

王煊忽然道："老陈，你可以问下老苦修士，如果将他们那座被财阀搬迁到新星的千年古刹用超级战舰轰没了，那里的圣苦修士、苦修士是不是会跟着出事？"

陈永杰其实也很想知道，但是这种话他敢问吗？估计开口后，就不是被老苦修士打一宿那么简单了，大概会被打上几年！

"你怎么不去问？"陈永杰神色不善地看向王煊，接着不经意间瞥了一眼存放着焦黑骨头的玉盒。

这个话题没法儿聊了，再聊下去就有些危险了。

其实他们都已动了念头，心中琢磨，如果将羽化之人留在现实世界中的痕迹磨灭，是否能彻底解决掉他们？

"回头将白虎大妖魔那块温润如玉的白骨给打没了试试看。"王煊建议。

陈永杰问他："你是想检验一下，看绝世红衣女妖仙能否跨越大幕向你托梦吗？"

王煊顿时神情微僵，他对那女子还真是忌惮，红衣女妖仙简直是前所未有地强大，只是依靠洁白的手掌，就差点儿从大幕那边打过来。

咔嚓！

窗外，一道刺目的闪电从乌云上一直蔓延到庄园中，粗大无比，瞬间让黑暗的雨夜亮如白昼。

陈永杰站在窗前，看向远方，道："我觉得今晚可能会出事，如果有猛烈的雷雨，那就赶紧来吧！"

王煊问道："当下要尽可能地提升实力。如果还有一块仙骨摆在眼前，你们说究竟要不要再借它进入内景地？"

陈永杰和青木都露出异样之色，自从进入内景地，体验到那种新奇而又剧烈的提升过程后，他们……都上瘾了。

就如同上次，陈永杰被女剑仙"教育"得看到剑就想吐，出来后说再也不进内景地了，可是第二天就让青木来找王煊，说是再去"最后一次"。

这种东西只要经历过一次，就难以戒掉，因为对提升自身实力的帮助太大了。

现在他们都已经知道内景地中有严重的问题，涉足过深的话说不定什么时候就会出事儿。

青木开口："还是悠着点儿吧，尽量克制住。"

陈永杰也轻叹："立场要坚定啊！"

王煊点了点头，最后又道："如果有朝一日被逼急了，谁还顾得了那么多？或许有一天我会将曾经的仙与神苦修士的残骨都找出来。"

"别这么极端！"陈永杰吓了一跳，道，"其实，你可以想办法触发'超感'状态，进自己的内景地，就像你最初时那样。"

"内景地还分别人的与自己的吗？"青木问道。

"这个……还真不好说。"陈永杰蹙眉。因为内景地很神秘，真要探索下去，很难说它是单独的，还是整体连在一起的。

陈永杰道："不借助羽化之人遗留的骨头等进入内景地应该很安全，没什么大问题。"

王煊认可陈永杰的观点，他这种情况与方士中最早进入内景地的个别人一样，很特殊，都是靠自身踏足的，值得想尽办法去挖掘。

但这确实有难度，不濒临绝境，几乎没有办法进入那个领域中。可如果冒死主动尝试，无异于玩火自焚，一个弄不好就真的……死了！

"内景地中的时光流速与外界的到底是否一样？"青木问道。他近期才接触这些，了解得最少。

王煊道："我现在逐渐认可了老陈的观点，内外的时间无差别。是我们自身的精神思维超越极限，且肉身快速地新陈代谢，端粒迅猛变异。由于所有的这些都在极短的时间内发生，因此给了我们错觉。"

青木道："如果让人知道小王的这种际遇，估计一堆人都要发呆。"

陈永杰哑然失笑，道："可以料想，有些人甚至会认为王煊如果没有进内景地，肯定连他们都不如，而他们如果可进入内景地，必然……各种手忙脚乱！"

陈永杰接着道："那是凡夫俗子的想法。殊不知，这就是王煊本领的体现。就像是成绩最差的人鄙视学霸，说如果将其学习天赋给予他，那么他会更厉害。"

"老陈，难得你恭维我两句，说吧，又在图谋什么？"王煊看着他。

"这次真没有。"陈永杰感慨道，"关于你能靠自己进内景地这件事，即便是我'陈燃灯'也还是很佩服的。"

王煊根本不信，他常被"钓鱼"，渐渐熟悉了陈永杰的套路。

王煊想了想，大概与那个神秘接触有关，老陈憋了很久，最后肯定会对他说。

"这世间存在很多未解之谜，有些相当神秘，甚至瘆人，可又让人忍不住想去探索。"陈永杰终于绷不住了，主动开口。

王煊没理会陈永杰，正在向嘴里塞食物。天色擦黑时女剑仙托梦给他，直到现在他才开始享用晚餐。

青木是个好徒弟，一边吃晚饭，一边接师父的话，道："科技这么发达，还能有多少谜无解？"

陈永杰擦拭手中的黑剑，道："有太多了，有关部门的档案室封存的一些东西一旦泄露出去，必将引发社会恐慌。所以，那些绝密档案被尘埃覆盖了，都没有人敢轻易去触碰。"

说到这里，他略微一顿，道："比如，不久前我们还在谈论超级战舰能否轰杀列仙，而某一绝密档案中则记载了一则有过之而无不及的事件：新星超级财阀中的代表——钟家，曾有两艘超级战舰被吞没……"

王煊听得心头狂跳，还有这种事?!他真的感兴趣了。

"嗯?!"突然，陈永杰的眼神变得冷厉起来。他扔掉擦拭黑剑的那块软布，直接起身，看向雨幕中。

"终于来了，没让我失望。来了一条'大鱼'——不，可能是'超级大白鲨'！"陈永杰将黑色长剑抓到手中，整个人的气场都变了。

王煊起身，也盯着窗外。陈永杰侧头看向他，道："今夜你多半也得高调一下，准备放手一战吧！"

"没问题！"王煊点头。

窗外，大雨滂沱，这注定是一个不平静的夜晚。各方的代表还有很多人没有离去，整座庄园在雨夜中灯火迷蒙。

"老陈，有人来了，他会飞啊！"王煊震惊了，这还是"大鱼"吗？不知道老陈这个"钓鱼人"能否挡住！

雨夜中有个人飘浮着，他全身散发着淡淡的光芒，无声无息地飘向这座院子，明显是冲着陈永杰的病房来的。

虽然来人还没有靠近，但是王煊已经感受到了一股迫人的压力，有神秘的力量扩张、激荡而来，来人强大无比！

第 85 章
雨夜奔走

王煊第一次见到会飞的人。新术领域竟出现了这种怪物,老陈挡得住吗?王煊不禁为他捏了一把汗。

陈永杰变得郑重起来,道:"我将他引到芦苇塘那边,竭尽所能地除掉他,你们自己小心。老王,你不要有所顾忌,今天你不放开手脚的话很容易出事!"

王煊很严肃,点头道:"我知道。"

接着他又问道:"他们敢来杀人,会不会动用小型战舰轰击庄园?"

陈永杰十分冷静,道:"他们不敢,那样做影响将极其恶劣。近期来看望我的人都有些影响力,而有些组织的代表至今还未走,他们敢恣意妄为的话,挑战的将是所有人的底线。这样不讲规矩的危险分子最令有关部门与财阀忌惮,事后绝对要被直接除掉。"

他说完这些,就看到青木已经扛起一门能量炮,准备对雨夜中的人动手。

陈永杰摆手,道:"你大概率打不中他,让我来对付他!"

他盯着雨幕中正在接近的身影,道:"应该是新术领域的头号人物。我想他来旧土是为了和有关部门谈大生意的,只是顺路来看看我怎样了。如果我没死,他会顺手除掉我,因为我本来就要死了,被他在这个雨夜打死,也不会闹出风波。可惜,他不知道,'陈燃灯'正等他来呢!"

陈永杰说完,背负长剑直接从房间中消失了。

正在接近的人散发着淡淡的光芒,雨水无法打湿他的衣服。他五十几岁的样子，淡金色长发披散，一双眼睛在黑夜中像是两盏金灯。

他身上穿着西方旧时代的青铜甲胄，背负一柄大半人高的合金阔剑，一看就很不好对付。

他倏地止步，双足离地一尺高，盯着如同幽灵般出现的陈永杰，金色的眸子迸发出慑人的光束。

陈永杰看了他一眼，然后先行离去，奔向芦苇塘。

这个穿着甲胄的中年男子没有任何犹豫，直接跟了上去，他对自己的实力非常自信，因为他已经真正踏足超凡领域了。

"还有人在庄园附近，接下来该我们动手了！"王煊开口。他近来精神旺盛，额前光芒灿灿，这是形成精神领域雏形的征兆。

现在的王煊如果放开手脚，施展张仙人的体术，攻击力已经达到准宗师的级别了。在这个年龄段就有这种成就，极为惊人。

这个消息一旦传出去，各方都要震惊。二十出头便接近宗师级别，即便是在旧时代都很罕见，就更不要说当世了。

"给我找一门能量炮！"王煊开口。既然要全力以赴，哪还在乎手段，先轰一轮再说。

青木早有准备，带着王煊来到隔壁的仓库中，这里各种热武器应有尽有，王煊直接就扛起一门足有上千斤重的能量炮。

青木眼睛都看直了，没想到他力气这么大，选了那种非常笨重的能量炮，忍不住道："你想打飞船吗？！"

"是啊，万一遇上呢。"王煊居然认真地点头。

青木不想说什么了，既然能搬起来，那就随他吧。同时，青木不断与人联系，吩咐准备好火力网，真要有人敢来这里撒野，杀无赦。

"'陈燃灯'那边打起来了！"王煊低语，接着道，"我想去看一眼。"

在漆黑的雨夜中，芦苇塘的草地上，一场大战爆发了，刺目的剑光撕裂黑暗，场面极为激烈。

"不对头！"当王煊与青木扛着能量炮奔来时，所看到的景象让他们震惊。

171

那个金发披散的中年男子双手不断挥动，打出的是什么？一个又一个恐怖的火球轰在地上，留下的全是大坑！

轰隆！有的火球落在水塘中。

"怎么感觉很怪？"青木吃惊，因为金发男子的这些手段看起来像是西方传说中的魔法。

这种手段相当可怕，火球砸落，将塘子边上一块两千斤的青石都给熔化了，可见威力有多么恐怖。

这与旧时代小说中描述的"孱弱"的火球魔法截然不同。这个金发男子挥动出来的火球可熔炼金石，在其附近，雨水被蒸干，岩石熔化。

金发男子背负大剑，身穿西方旧时代的青铜甲胄，让人误以为他必然剑术高超，谁知道上来就动用魔法狂轰。

陈永杰估计都被砸蒙了，起初非常被动。他不断躲避，手中的黑色长剑发出刺目的剑光，不断劈开恐怖的火球。

砰！

当一些火球被劈开时，火光四溅，落在地面后将雨水都烧干，让草地也焚烧起来，并在地上炸出许多大坑。

这显然是真正的超凡之战！

陈永杰确实心惊：这是什么怪物？居然能离地飞行，还不断砸出恐怖的火球。

他真的有点儿怀疑了，这个人的修行层次比他还要高一截吗？最为重要的是，对方动用的是魔法手段？！

难道他猜错了？新术领域的人从土里挖出来的东西除了与旧术有关的，还有其他更为神秘的东西？

"不对，这也有可能是旧术领域传说中的三昧真火的简化版——不，达不到那个级别，或许是其他火道术法。"陈永杰一边对抗，一边思忖，遇上这种怪物让他打得很难受。

对方不仅会飞行，而且出手时威能还这么大，实在有点儿让陈永杰冒火。他才突破进入迷雾层次，居然就遇上个更狠的。

轰！

又一个火球砸落，陈永杰避开后，只见原地炸开近两米深的大坑，坑中土石都被熔化了，冷却后成为晶体。

"别被他唬住！"远处，王煊大声提醒，"他穿的不是什么旧时代的盔甲，而是新研发出来的超物质甲胄，可让他飞天！而且，这多半是目前最强大的超物质甲胄！"

如果不是钟晴的弟弟穿着锃亮的超物质甲胄挑战王煊，让他知道了这种东西的存在，那么他现在也肯定和陈永杰一样发蒙。这东西的加强效果太惊人，能将一个人的实力提升一大截，威势恐怖，强大绝伦。

自从与对方交手后，陈永杰一直在躲避，他如果被那种能熔炼金石的火球砸中，估计会当场殒命。

片刻间，芦苇塘的水都要被烧干了，陈永杰的心沉了下去，甚至有些怀疑人生。新术领域的人居然比他修行得更超前，跑到他前面一大截，这对他的冲击很大。

金发男子能在天上飞行，火球的威力更是能杀死迷雾层次的超凡强者。对刚从内景地出关的陈永杰来说，这简直是当头一棒，冰水浇头。

"老浑蛋，敢唬我'陈燃灯'！"听到王煊的喊话，陈永杰眼神冰冷，觉得有些丢人。一向是他折腾别人，没有想到今天居然遇上了对手。

陈永杰估量此人应该和他一样在迷雾层次，但是由于有超物质甲胄的辅助，因此实力提升了一大截。

现在他只需要躲避，耗掉对方甲胄中的超物质，不管对方用的是魔法还是火道术法，到时候都将轮到他"陈燃灯"发威！

轰！

王煊没忍住，对着半空来了一发能量炮。那炮弹宛若一道闪电划破雨幕，无奈的是……没打中。

金发男子的眼神冷厉，刹那间盯上王煊，朝着这边飞了过来，想直接除掉他。

"咻！

陈永杰背后的银色羽翼展开，直接飞天而上，剑光暴闪，他要拦截金发男子。

金发男子顿时变了脸色，对面的老头子早先躺在病房中都穿戴着能飞天的推进器，这明显是一直在等人往坑里跳呢。

他不敢随意挥霍超物质了。原先想着纵然情况有变，最后也能驾驭超物质甲胄飞走，但现在他看向陈永杰时，神色变了！

"留在这边不仅帮不上忙，还可能会成为攻击目标，我们走！"王煊与青木一路狂奔，回到庄园中。

"有机甲进来了！"王煊心中一惊，他已经快形成精神领域了，除了陈永杰外，这里没有人比他的感知更敏锐。

"我们去客房那边！"青木建议。那块区域住着部分宾客，其中不乏财阀家的人，比如吴成林与吴茵。

即便那些人来袭击，也不敢在那块区域动用热武器。

王煊与青木扛着能量炮，脚步沉重，进入庄园中贵宾所在的区域，随意挑了个院子蛰伏起来。

很快，他们看到了目标——四台机甲无声地穿过雨幕，分散着飞来。

王煊二话没说，调整角度，开始在这里开火。他知道自己的枪法不是那么准，所以一口气扫射出去很多能量光束，璀璨的光芒撕裂了夜空。

吴成林就在这个院子中睡得正香，结果在震耳欲聋的轰鸣声中惊醒了。他感觉地动山摇，竟从床上掉到了地上。

王煊的精神感知发挥了巨大的作用，一口气扫射出去十几道能量光束，真的打中两台机甲，引发了半空剧烈的大爆炸，各种铁块、碎片砸落下来。

青木在这里蛰伏，等到最佳机会，两道光束飞出去，精准十足，命中了两台机甲。

一时间，空中光芒璀璨，震耳欲聋，打破了雨夜的宁静。尤其是院子中，不断有光束冲起，猛烈地绽放。

吴成林震惊了，跌落到地上后，他有点儿蒙。怎么闪电不断劈向他的这个院子？光束一道又一道，太恐怖了，出什么事了吗？

他渐渐清醒，终于意识到有人在交火。

吴茵也住在这座院子里，就在旁边的房间，同样被震醒了。天上机甲大爆炸，院子中光束冲天，让她震惊不已。

这个夜晚太恐怖了。

终于，院中稍微安静了一些。吴成林向外偷看，一眼见到王煊，顿时就被惊呆了。那家伙扛着一门千斤重的能量炮正准备走人，这力气得有多大，是他在放炮？！

"小王！"吴成林推门而出，问他为什么来这里折腾，发生了什么。

"路过。"王煊说完，转身就走。

整座庄园的人都被惊动了。吴茵听到声音后披上衣服，推开房门，脸色略微发白，也正好看到王煊扛着能量炮要走。

"小王，大半夜你扛着能量炮跑到这里干什么？"吴茵开口。不久前天摇地动，光束冲霄，机甲大爆炸，着实把她震得不轻，现在她还有些蒙。

"我这是驱雨炮，帮你们击散云朵，免得电闪雷鸣，雨下个没完，想让你们睡个好觉！"

第 86 章
遇上准宗师

吴成林看着地面上的机甲碎片发呆,怎么可能相信王煊的话。

吴茵稳住情绪,站在原地没出声,看着王煊与青木远去的背影。

附近几个院落中,其他惊醒并看到机甲碎片的人,反应各不相同,女人的尖叫声在雨夜中显得无比刺耳。

王煊自然没时间解释,攻敌要紧,他凭借着强大的感知察觉到没有机甲了,但还有数道身影进入了庄园。

他与青木扛着能量炮一路潜行,想无声地干掉入侵者,主要是担心其中有宗师,甚至大宗师。

显然他们想多了,新术领域虽然发展迅猛,但一共也没几个大宗师,在帕米尔高原死掉三个后新术阵营算是伤筋动骨了。

况且新术领域的头号人物亲自来旧土,不可能再带大宗师,那样高调给谁看?还容易引发各方忌惮。

不久后,王煊招呼青木,将能量炮对准一面墙。轰的一声,高墙崩开,连带着将躲在后面的一道身影炸到了。

这块区域的人哪里还能睡得着?他们悄然看向院中,全都头皮发麻。

钟晴起身,刚将窗户开启一道缝隙,就看到两人潜行过来,当看到王煊扛着千斤重的能量炮时,她立即头晕了。

"我去看看!"那名练成蛇鹤八散手的老者准备跟过去看一看。

然而，他刚冲出去，紧接着又掉头跑回来了，因为王煊与青木对着他身边的墙壁直接就轰了过来，让他误以为要给他来一发。

轰的一声，整面墙壁被打穿，崩裂开来，一个浑身是伤的男子冲出，他看起来四十六七岁的样子，估计实力也极强。

他身上的特殊甲胄破裂。虽然他没有被正面打中，但被能量光束擦到后，一条手臂废了，同时受到崩开的院墙的冲击，他脚步踉跄。

他霍地抬头，扑向王煊他们。

可惜，他被冲击波震得发晕，感知没有那么敏锐了。庄园中的火力网启动，有能量枪命中了他，顿时令他的身体发僵。

轰！

王煊与青木的能量炮再次开火，轰在他身上，直接将他打没了。

练成蛇鹤八散手的老者转身就走，一句话都不说，赶紧回到钟晴的身边。他感觉头皮发麻——殒命的那个人实力极强，最起码是位准宗师！

钟晴捂着嘴巴，总算没有叫出声，那两人彪悍得很，就在她不远处放炮。深更半夜，这种体验让她脸色发白。

"没事儿，你们接着睡！"王煊与青木跑开，远去时还有声音传来，"打扰了，晚安！"

谁还睡得着，还怎么睡？钟晴翻白眼，太吓人了，大半夜的炮火连天，还就在她身边，她从来没有过这种经历。

半路上，一道身影无声无息地扑向王煊与青木，动作矫健，出手凌厉，一脚就踢飞了青木手中两百多斤的能量炮。并且此人的手中有刀光飞出，在雨夜中，刀光绚烂而慑人。

王煊知道，这是不可避免的，即便他精神力强大，也不可能精准地找到所有进入庄园的敌人。

王煊举起千斤重的能量炮就撞了过去，并在对方无法躲避的近距离内猛烈地砸出，将那人堵在死角。

刺目的刀光绽放，劈在能量炮上。不得不说这个人很强，锋利的刀锋刺入炮身时，他双手拍击出去，将沉重的炮体引向一旁，撞得院墙崩塌，地面水花四溅。

"老青，你去别处，这里交给我！"王煊喊话。他知道遇上了一个高手，最让他忌惮的是，这个人穿着超物质甲胄。

青木没有犹豫，迅速消失。

来人穿着黑色金属甲胄无声地靠近，脚步很稳，像是雨夜中的幽灵般始终没有声音。

突然，这个人猛地出手，手指间发光，一根发出刺目光芒的金色长矛出现，对着王煊的额头就刺了过去。

黑夜中，这道划过夜空的金光像闪电般刺目，迅猛而危险，空中的雨水都被蒸发了，化成大片的白雾。

王煊横移身体，避开这一击，金色长矛直接将他后面的一棵大树刺穿。

这是院子中一棵足有百年的大树，枝繁叶茂。矛锋刺入的刹那，双臂环抱不下的粗大树干裂开了，巨大的树冠跟着砸落下来，在大雨中显得分外"声势浩大"，砸塌了相邻的房屋。

王煊站在不远处，任滂沱大雨落在身上。他死死地盯着那个人——这人绝对是强敌。

对方是一位准宗师，攻击力本就恐怖，又穿戴着超物质甲胄，实力提升了一大截。那根以超物质凝聚的长矛如果刺入对手的身体中，可以让对手直接身亡。

穿着黑色金属甲胄的人依旧没有开口，连面孔都被头盔覆盖着，只有一双眼睛露出刀子般的锋芒。

砰！

那个人跃了过来，双足落地时，溅起大片的泥水。他的双手快速挥动，金色长矛追逐着王煊的身影刺去，让这片地方白雾蒸腾，发出恐怖的爆鸣声，可见威能多么强。

王煊飞快地在这里腾挪、游走。他在思忖对策，难道要学老陈，等对方甲胄中的超物质消耗得差不多时再出手？

可是雨夜中肯定还有其他敌人，再耽搁下去，说不定又会冒出一两个来围攻他，那就危险了。

咚！

王煊横移身躯，避开的刹那，金色长矛刺入他身后的院墙中。随后，金色长矛轻轻一颤，整面厚重的墙壁轰然炸开，这种力量实在霸道又骇人。

王煊决定冒险拼搏，不能再等下去了。

王煊深吸一口气，胸膛剧烈地起伏，体内发出轻微的雷霆声，与天上的闪电相呼应，五脏六腑居然散发淡淡的光束，自毛孔中射出！

没的选择了，王煊只能动用张仙人的体术，到目前为止，他已经练成五页金书中第一页的前三幅刻图上的招式。

那个人再次持金色长矛刺来时，天空都被照耀得一片通明。雨夜被照得灿烂，大雨如瓢泼，这里超物质汹涌，极其危险，矛锋正对的房屋都被冲击得倒塌了。

王煊避开锋芒，撞向这个人，想以张仙人的体术打穿他的甲胄，毁掉其力量之源。

不过，这个人是个高手，应变迅速。他手中的金色长矛刹那间收敛，融进拳头中，而后绽放出太阳般的刺目光芒，与王煊的手掌撞在一起。

对方逼迫王煊硬碰硬。

王煊意识到自己遇上了一个经验丰富的对手，但他无惧，催动金书上记载的体术，恐怖的力量流转，遍布全身，涌向手掌。

咔嚓！

空中像是打了个炸雷，有刺目的光束在两人的拳掌间迸发，照亮此地，那是能量具象化的体现。

这超乎来人的预料，他穿着超物质甲胄，堪比宗师，可现在他的拳头居然没有将对方的血肉之躯重创，实在让他吃惊。

王煊借此机会冲到对方近前，迅猛地出手。他的胸膛剧烈地起伏，全力运转第一页金书上记载的体术,力量大爆发。

在肢体的碰撞中,王煊的胸膛发光,光芒缭绕在身周。

咔嚓!

终于传来了王煊期待的声音,他所有的攻击都集中在对方胸前的一个位置,将那甲胄打裂了。

轰的一声,超物质甲胄爆炸,金属碎块猛烈地四散开来,在大雨中像是数十片绚烂的花瓣飞了出去。

王煊感觉胸膛似乎要炸开了,力量流转,身体滚烫,像是在燃烧。张仙人的体术果然恐怖,根本不是一般人可以轻易催动的!

王煊是借助内景地练成的张仙人的体术,如果是正常途径,他这个层次的人根本无法去练,真要触及的话,全力催动一式就会让自己崩解。

王煊强行平息沸腾的血液,让自己的身体降温,而后快速向那位准宗师扑击了过去。

新术领域的这位准宗师真的被惊到了,他那比机甲材料还坚固的超物质甲胄被人打崩了?!

但现在容不得他多想,搏命的时候到了,他要全力以赴与眼前这个可怕的年轻人比拼。

两人不断交手,激烈对抗,瞬间就撞碎数道院墙与几间房屋。

当一道闪电划过夜空,照亮整片雨幕时,许多盯着这个方向的人都震惊了。

王煊一只脚踏在地上,另一只脚将那位准宗师踢上半空。

在王煊收腿的刹那,他又凌空而起,一拳将那落下来的人打趴下,不给对手还手的机会。今夜他的确是全力以赴了。

在照亮夜空的闪电消失前,人们看到王煊从半空平稳地落在地上,目光如电,朝着雨幕深处走去。

"这绝对是陈永杰在葱岭大战时口中提及的老王,他击败了一个穿着超物质甲胄的准宗师啊!"吴成林站在房顶上,目睹了这一幕,震撼无比。

"他这算是赢过了一位宗师?!"吴茵站在他的身边,胸部起伏,呼吸急促,感觉难以置信。这个才二十出头的年轻人，竟将旧术练到了这种层次？！

黑夜中，不少人都在暗中观察，全被惊到了。

"恐怕要不了多久，他就要踏入真正的宗师层次了。他才二十出头啊，光是想一想就可怕。"钟家那位练成蛇鹤八散手的老者站在房顶上，深感震惊，神色无比复杂。

钟晴早先虽然被刺激得脸色发白，但镇定下来后，也跟着来到外面，站在老者身边，盯着漆黑的雨夜深处，同样深感吃惊，觉得不可思议。

钟晴的弟弟钟诚也来了，他眼神火热，感慨道："以前真是没有想到他那么强，竟是在藏拙，现在看来，要不了多久他就要成为真正的王宗师了！"

第 87 章
神话

雨还在下，噼里啪啦地砸落，偶有雷霆撕裂黑暗，照亮整座庄园。

一些较高的建筑物上的窗户被打开，许多人都再无睡意，悄然观察雨夜中随时会发生的生死之战。

没有人知道庄园后方有更为惊人的一幕在上演，陈永杰与新术领域的头号人物在激烈地对决。

偶有剑光冲起，人们也只会认为那是电弧划破雨夜，根本不知是那超凡之战。

剑光与火球撞击，爆发出刺目的光，这片地界的雨幕都被蒸干了，白雾翻腾，让人感觉像是来到了云端。

倏地，身穿超物质甲胄，却把超物质甲胄伪装成普通青铜盔甲的金发男子退后，不再出手，悬在半空，道："罢手如何？"

陈永杰脸色冷淡地站在地上，手中的黑色长剑指向金发男子，没有停手的意思。

金发男子很严肃，道："我们这种人一旦暴露真正的实力，就会让各方忌惮，以后少不得被重点盯着，甚至长期被超级热武器锁定。将来如果我们变得更强一些，恐怕连出行都要提前报备，不得自由。我们罢手吧，趁现在无人知晓，悄然离去，就当什么都没发生过。"

"分明是你要来针对我。"陈永杰只有这么一句话。

金发男子先表达了歉意，而后再次开口："没有什么不能翻篇儿，新术与旧术以后可以共存。你我皆超凡者，将来会有许多合作的机会，不要过早地被财阀、有关部门盯上。你我的未来在深空，那些神秘的、超自然的痕迹以及未被发现的世界，值得我们去寻觅与接触。列仙、诸神对你我这样的人来说不再虚无缥缈，早晚我们也会成为那样，传说可期！"

陈永杰冷漠地开口："你的话有些煽动性，可是我早已形成精神领域，分明洞悉到你心存杀意，你说这么多到底有什么意思？"

金发男子叹气，双方罢手，就此共存，自然远不如他除掉陈永杰，只剩下他自己更稳妥。

有些话金发男子是发自肺腑的，就是不想过早地暴露，怕惊动各方，以至于各方重点盯上他这个超凡者。

他目前在各方眼中的定位是顶尖的大宗师。两年前，他为了突破，消耗掉大量的生命能量，却失败了，以为此生都难以踏足超凡领域了。

现在陈永杰知道他突破了，守住秘密的最好办法自然是干掉陈永杰，可惜难度太大了。

金发男子觉得最近这些年从那片神秘之地挖出的东西近乎神话，用在自己的身上后他已经可以睥睨所有修行者。而且他有时间优势，他认为自己熬上几百年，终将接近神灵。

令他实在没有想到的是，旧术领域竟出了个异数——陈永杰。

葱岭一战，他自身绝不可能露面，但已经足够重视，派出了三位大宗师。结果虽然惨烈，但是也确实如他所料那般，陈永杰也要殒命了。

可是现在对方不仅活了，还踏足了超凡领域，这就让他不得不怀疑了。

金发男子有些感慨："人力有穷尽时，该考虑的我都想过了，你应该死了才对。你这样不正常，只有一种可能——你得到了与列仙、诸神传说有关的东西，和我一样，触发了某种神秘力量！"

陈永杰冷冷地道："你都说到这个份儿上了，为了守住秘密，你我只能有一个可以活着离开。"

陈永杰突然发动，背后银色羽翼展开，那是吴家研发的最新型推进器，让他疾速冲向半空的对手。并且他的五脏猛烈地爆发出刺目的霞光，光芒快速笼罩身体，让他的速度翻倍地提升。

刹那间，陈永杰举剑就劈过去，剑光照亮漆黑的雨夜，景象极其震撼人心。

金发男子大吃一惊，瞳孔急骤收缩，手忙脚乱，没能发出可熔炼金石的恐怖火球。仓促间，他拔出那柄阔剑，向陈永杰劈去。

陈永杰脸色冷漠，左手伸出，猛力弹在合金大剑上，顿时让它发出咔嚓声，直接崩裂，他右手的黑色长剑向前挥动，要将对方劈杀。

然而陈永杰的脸色瞬间就变了，那崩裂的合金长剑中绽放出璀璨的白色光芒，一柄绝世神剑向他的额头刺来。

这太突然了，不仅是因为他没有料到那柄阔剑中藏着惊人的白色利剑，还是因为金发男子的剑术极其可怕，绽放的剑光分外恐怖，不比火球的威力弱。

这绝对是在有意诱杀他！

果然，璀璨剑光绽放的刹那，金发男子的惊讶全部敛去了，脸色冷漠无比，他避开陈永杰的黑色长剑，手中的雪亮神剑几乎触及陈永杰的额骨！

陈永杰的额头出现了伤口，那是被剑气伤的。若非他胸膛爆发出雷霆，冲起绚烂的光芒，击溃剑光，那他可能就要被长剑击中了。

他侧开身体，那雪亮的长剑擦着他的发丝划过，有一绺短发断落。

陈永杰顿时杀气腾腾，躲出去足够远后，盯着金发男子，手中的黑色长剑发出道道光束，简直要飞射出去了。

但很快他又冷静下来，让自己心中空明，不让情绪左右自己，准备再战斗。

同时陈永杰也在反省，他觉得自己最近确实有些浮躁，都以"陈燃灯"自称了，结果却吃了这么大的亏。

"我当反思，'燃灯'怎么行？我应叫'陈命土'！设立一个更高一些的目标！"然后，陈永杰就冲了过去。这是生死之战，不倒下去一个，另一个不会离开！

当！

一米五的黑色长剑与一米左右的白色利剑碰撞，火星四溅，爆发出璀璨的光芒，宛若一道又一道闪电交织。

陈永杰确信，对方手中的武器足以抵得上他手中有莫大来历的黑色长剑。

"陈永杰，不只你有神话武器，我亦是天眷者，已得到至强秘法。今天我们无论谁倒下去，都殊为可惜可叹，但命运从来都是如此残酷，你我各自放手一搏吧！"金发男子声音低沉，扬起手中的雪白长剑攻了过去。

雨幕下，充满肃杀之气的庄园中，王煊无声地行走着，向着一个目标接近。显然，对方也发现了他，在大雨中迈步而来，步履沉重。

雨水早已打湿王煊全身，水珠从他的脸上不断滑落。他很沉静，眼中有淡金色的光芒闪动，在他全面展现实力后，金身术的某些特质也初步显露。

这些在黑夜中很难暴露出来，不过即便被人看到，他也不在乎了，眼下面临着生死之战，他不会分心。

经过一番调整后，王煊发烫的身体恢复了。他停在那里，整个人无比寂静，盯着前方越来越近的身影。

又是一个穿着超物质甲胄的准宗师，暗红色的甲胄在黑夜中发出淡淡的赤光，将这个人护得严严实实。

王煊目光深沉，认为没什么可在意与担心的，毕竟也不是没对付过这种人。

他准备再次动用张仙人的体术。非常时期只能硬拼，不打爆超物质甲胄，就只能等着被对方除掉。

张仙人体术的威力确实奇大无比，王煊在这个阶段虽然用起来艰难，但是一旦使出任何一幅刻图上的招式，都能与准宗师相抗衡。

对方穿上超物质甲胄后，堪比真正的宗师，王煊的境界不足，需要将第一页金书上的三式连起来用才能打穿那种特殊的坚固材质。

王煊舒展身体，五脏六腑已经开始散发朦胧的光芒，而对面的身影快速逼近，要到眼前了。

就在王煊准备爆发，再次击灭一个实力堪比宗师的敌手时，他忽然毛骨悚然，感觉到了威胁。

在他的后方，从那雨幕深处也走来一个人，那人同样身穿超物质甲胄，墨绿色的金属覆盖了全身。

前后两大高手夹击，将他堵在了生死险地中！

王煊的心沉了下去，他遇到了最糟糕的情况，可能会有性命之忧。

真的让老陈说对了，今夜他需要搏命！

王煊默默估量，如果连着动用金书中三幅刻图上的招式，打穿一副超物质甲胄后，他的身体会非常疲累；如果紧接着再一次动用三连式，那么他会负伤，身体有可能撑不住。

他打出三连式后，估计最短也得休息半分钟，才能再次施展三幅刻图上的体术，不然他的肉身可能会崩溃。

这意味着他打崩第一副超物质甲胄后，来不及除掉甲胄中的人，就得先考虑保命的问题。他需要中断三十秒以上，才能再去破坏第二副超物质甲胄。

一刹那，王煊狂奔起来，朝前方穿着暗红甲胄的人攻去，拉开与身后那个人的距离。

这时，各个院落中有很多人在悄然观战，见到这一幕后都非常吃惊，他们感受到了王煊旺盛的斗志。

咻！

身穿暗红色甲胄的强者经验丰富，发现王煊冲来后，他根本没有躲避，手掌发光，一条锁链从中冲出，绽放赤光，向王煊而去。

他这是要将王煊束缚住，等待同伴到来，合力除掉这个强大的年轻男子。

王煊只是让双臂避开，任躯体被超物质凝聚而成的赤色锁链锁住。他原本就是要接近此人。他的拳头发光，不断向前轰去。

两人近身搏斗，激烈对抗。

很快，三幅刻图记载的体术被王煊连着用了出来，轰的一声，他将此人的甲胄打得爆炸开来。

"太恐怖了，他徒手打崩超物质甲胄，施展的是什么层次的体术？"许多人被震撼。

"看着与本土教祖庭的秘篇绝学有些像，但又有出入，似乎不是。"钟晴身边，那个练成蛇鹤八散手的老者吃惊地低语。

在他看来，在这个年龄段没有人可以练成本土教祖庭的秘篇绝学，当年连陈永杰强行练习时都伤了五脏。

超物质甲胄崩碎后，缠绕在王煊身上的赤链顿时跟着瓦解，从他身上消失。王煊与这个人最后对了一拳，借助这种力道跃起，想要没入黑暗中，暂时避开另一个穿着超物质甲胄的强大敌手。

突然，他感觉身体多个部位刺痛，立刻意识到自己被人用热武器锁定了，有人想要袭击他！可他身在半空，避无可避，现在无处借力，根本没有办法躲开。

他咬紧牙关，双目迸发金光，没有任何办法，只能硬扛了。

袭击者就在不远处，从那打开的窗户中探出黑洞洞的枪口。不是新来的敌人，而是早就住进来的宾客，现在准备对他扣动扳机。

让王煊稍微安心的是，他虽然提前生出感应，身体多处刺痛，但并非那种钻心刺骨的痛，他觉得自己能扛住。

长期以来他一直在苦练金身术，将之提升到第六层，现在检验它的时候到了！

同时，他眼神可怕，怒火中烧。在这种关键时刻，原有的宾客中有人想射杀他，这比身后的那两名敌手更让他憎恶，他必不会放过此人！

第 88 章
时代变了

在砰砰声中，王煊的身体中弹了。原本他的额骨也要中弹，但他在空中尽量地摆头，避开了射向头部的子弹。

整片天地仿佛都静下来了，人们看到王煊身在半空的身体不断颤抖，有经验的人都知道他中枪了，而且是接连中弹。

吴茵微微侧过头，不忍去看这种惨烈的景象。

吴成林看到王煊接连中弹，身体失去平衡，被冲击得摔向地面，发出一声轻叹。

旁边的院落中，一位站在窗前的中年男子开口："这终究是科技发达的时代了，即便将旧术练到这种程度，也躲不开现代武器的攻击。"

此刻，许多人都失声惊呼，为王煊惋惜：旧术领域出现这样强大的年轻人，居然被人放冷枪射杀了？

也有人在雨夜中安静地注视着一切，觉得一切都很正常，时代不同了，旧术练得再强也挡不住高科技武器。

在一些人看来，就如同之前王煊与青木扛着能量炮，接连轰中数名强敌，无论是新术还是旧术，都会被现代武器压制。

有人平静地开口："在这个时代，个体力量再强又有什么意义？"

一些大组织代表在场，远远地看着，有人虽然同情王煊，但也认为这是未来的必然趋势。

王煊落在地上后，暂时没有动。他感觉身体刺痛，但不是很严重，子弹进入体内不足半厘米，没能彻底钻进去。他稍微发力，身体里的所有子弹都被震了出去。

杀伤力极大的高能武器无法带进庄园中，这是临时组装的普通枪支，难以真正威胁到王煊。

"看来还是需要练金身术啊！"王煊落在地上后，佯装死去，利用这一机会拖延时间，让发烫的肉身恢复过来。

一些人见王煊倒在地上再也没有起身，都不禁叹息了一声。

"宾客中居然有人下这样的黑手！"练旧术的人回过神来，有人怒吼着，带头要去放冷枪的那座阁楼中为王煊报仇。

"如果不是他恰好跃向半空，实力到了这种层次，是有可能提前避开子弹的！"有人感叹。

有财阀家的人立身雨幕中，目睹这一切后，冷静而平淡地开口："这终究是科技时代了，无论你练的是什么，都不过是术，上升不到'道'来。科技才是大道，且掌握在我们手中。"

在此期间，青木联系探险组织，征调来一艘小型飞船，正潜伏在远方，准备来次狠的，干掉新术领域的头号人物。

青木安静地蛰伏在一边，等待机会，想在最后时刻给予金发男子致命一击。

别人都找上门来了，他自然也不会讲究什么光明正大地对决，他将不择手段地送超凡的金发男子上路。

然而青木等了很长时间，发现他师父与金发男子始终纠缠在一起，他怕一发能量炮过去，误伤他师父。

"什么，王煊中弹了？"青木意外接到消息后，觉得头皮都要炸开了。王煊如果殒命，即便今晚除掉新术领域的头号人物，都不会让他感觉到战绩灿烂。

"每一位进出的宾客不都仔细检查过吗？不允许带热武器进来！"青木的眼睛都红了。

在得知不是能量武器，而是有人临时组装的枪械后，他的焦躁与惊惧瞬间减缓了不少，没那么担心了。

青木已经知道，王煊将金身术练到了第六层。在陈永杰的病房中，他曾目睹王煊脸上不止一次脱皮，他当时羡慕得不得了。

"将那座阁楼给我轰掉！"青木让人去解决那些袭击者。

但他刹那又冷静了下来。想到各方有代表住在那里，为避免现场大乱，出现恐慌逃离与踩踏事件，他又迅速改变主意，道："动静不要闹大，堵住那里，一人给他们一枪，但要留着他们的性命，回头彻查！"

直到两名强大的敌手逼近，王煊才猛然起身，冲向那座阁楼，子弹就是从那里射出来的。

无论如何都要先解决掉对他不利的人！

半分钟内，他无法再动用金书上的体术，正好拿此人开刀。

"他被许多发子弹打中，这都可以活下来？像是没有受伤！"钟诚非常吃惊，觉得不可思议。

在他姐姐身边，那个修炼蛇鹤八散手的老者声音轻颤，道："他这是练了什么体术？是本土教祖庭的秘法，还是说修成了苦修门的'金刚身'，竟然以肉身硬扛住了？！"

王煊突然跃起，扑向那座阁楼，让许多人震惊不已，对于他们来说，这一幕很有冲击性。

"中弹了却没死？"雨幕中，大部分人都露出惊讶的表情，觉得难以置信。

吴成林也颇为吃惊，这个小王到底将旧术练到了什么层次？

"小王没死，这实在是……奇迹，他是怎么做到的？！"吴茵震惊，而后露出喜悦之色，觉得这个年轻人身上笼罩着迷雾。

某座院落中，一位老者脸色平静，冷淡地开口："此人真的将旧术练出了门道，如果再这样提升下去，那就有点儿危险了。这种人应该适当关注一下，出行要报备。"

王煊大步奔跑，穿过雨幕，双目呈淡金色，带着冷冽之意，途中他避开再次扫射过来的子弹。

在接近那座阁楼后，他数次改变方向，不从窗户前走，最后一跃而起，一掌拍碎墙壁，从大窟窿闯了进去。

房间中有两人，两人皆脸色发白。连枪械都打不死的人破墙而入，来到眼前，他们怎么能不害怕？

一人刚想转身再开枪，结果王煊已到了眼前。王煊一把拎起他，在噗噗声中，他顿时受伤了。

同时，王煊一脚踢中另外一人，此人顿时瘫倒在地。

这时，王煊身后的两名强敌到了，沿着打穿的墙壁一跃而入。

王煊没有回头，穿窗而出，重新落入雨幕中，整个过程还不到三十秒钟，因为他的速度太快了！

后方的两人一言不发，坚决地追击。他们预感到不除掉这个年轻男子，再给他一段时间的话，估计他就要突破成为宗师了。

二十出头的宗师简直是见所未见、闻所未闻，一旦到了那种层次，未来不可想象。

不远处，一群人冲过来了，他们见王煊未死，激动得要上前帮忙。

王煊低喝："你们不要过来，去阁楼那里处理放冷枪的人！"

因为这些练旧术的人根本帮不上忙，他们一旦接近穿戴超物质甲胄、拥有准宗师级战力的人，会在很短的时间内被全灭。

如今的旧术领域不要说是宗师，就连准宗师都极其罕见，因为这条路实在太难走。自从内景地、天药等传说中的秘路消失后，旧术便断了超凡属性，尤其是在这个时代，每况愈下。

相对而言，新术的确容易出成就，最为重要的是新术可为人续命数载。这也是新术领域的人近年来得到财阀青睐的原因所在，连超物质甲胄都合作研发出来了。

资源倾斜的好处显而易见，所以新术领域的人不愿看到陈永杰突破，想在葱岭引发他的五脏旧疾，希望旧术彻底跌到谷底。

王煊没入黑暗中,两名强敌铁了心要除掉他,一路追击了下去。

突然前方的王煊止步,转过身来看着那两人。他在雨幕中口吐白雾,胸口剧烈地起伏,似乎疲累至极。

那两人缓慢地接近,都很谨慎,但脚步踏在地上非常有力,像是带着特殊的韵律。他们都很郑重,要用尽全力攻击这个年轻人,毕竟对方的战力相当惊人。

那个穿着超物质甲胄的人动了,他浑身都被墨绿色金属覆盖着,手中出现一把绿莹莹的长刀,向王煊劈过去。

这是由超物质凝聚而成的兵器,神秘因子沸腾,长刀划过的地方,雨水都被蒸干了,化成白茫茫的雾气。

王煊侧身避开的刹那向前猛冲,轰向这个人的额头。五脏共振,力量流转,他的毛孔在喷薄淡淡的霞光。

王煊已经动用金书上记载的体术,准备一鼓作气破开对方的墨绿色甲胄。

然而这个人并没有与他硬拼,在占据优势的情况下,果断避开王煊的锋芒,未与他近身搏斗。

王煊快速散去秘力,身体不再发热,五脏没有了轰鸣声。结果,那两人刹那就扑击回来,展开狂风暴雨般的攻击。

轰隆!

那把绿莹莹的长刀似乎是突破了声障,让空气大爆炸。持刀人周围白茫茫一片,刀光璀璨,刀身不断向王煊劈去。

王煊凛然,这是两个战斗经验极其丰富并且眼光毒辣的对手,他们意识到他的体术惊人,所以不会给他爆发后近身出手的机会。

他一旦动用张仙人的体术,对方就果断避开,而他刚散去秘力,两个难缠的对手便猛烈地扑击。

王煊疾速躲避,强大如他,在宗师级强者的猛攻下也陷入危局中,手臂被刀光擦中。

然而,这一幕却让身穿超物质甲胄的人先震惊了,因为他很清楚宗师的一刀何其恐怖。如果换成是他自己中这一刀,手臂都要废掉,结果对方的小臂颤动不止，刀光竟被阻住了。

"金身术！"他一下子就想明白了，眼神立刻变了。对方的旧术造诣极其骇人，竟然在这个年龄段就练成了那种需要耗费漫长的时间才能有所成就的护体之术！

难道说，对方找到了旧术领域的某条路？走新术路的人之所以想得到金色竹简，就是因为惦记内景地、天药等传说。

第89章
雨夜大战

失去甲胄的那位准宗师全力以赴，也在不断进攻，找到机会一掌击在王煊的肩头，结果自己的手掌发麻，让他震惊不已。

他这一掌足以将一两吨重的山石拍碎，结果王煊只是踉跄着后退几步，而他自己的手掌反倒生疼。

两名强者对视了一眼，什么也没有说。今晚要么将这个年轻人拿下，逼问那了不得的秘密，要么将其直接铲除，绝不能把他留给旧术领域的人！

因为这件事情很严重，他们猜想，这个年轻人多半找到了旧术领域的一条秘路。

这种人如果熬过今晚这一劫，很难想象将来会达到什么高度，对新术领域的人来说是大患！

王煊被穿着超物质甲胄的人猛攻，约等于在与宗师级强者对决。他被震得手臂发麻，身上也出现了数道伤口。如果不是有金身术护体，他可能已经被对方劈死了。

咚！

王煊终于寻到一个机会，动用张仙人的体术，狠狠地一拳打在身穿墨绿色超物质甲胄的人的肩头。但他自己也被另外那名准宗师以霸道至极的一记拳印轰在后心，整个人横飞了出去。

那名准宗师面带冷笑，他觉得今夜拿下这个年轻人问题不大。

如果没有金身术，王煊恐怕已被那一拳打穿了。不过，尽管防住了，他还是受伤了。

他霍地转身，目光冰冷。今夜他遇上两个经验无比丰富而又手段老辣的对手，这一战很艰难。

但他目光坚毅，盯着对方的肩头。既然他打中了那里一次，接下来的所有攻击都要认准那里打。

到了这一刻，王煊的确在搏命了。对方那把绿莹莹的长刀从他的肩头擦过，留下一道伤口。

砰！

王煊与身穿甲胄的强者迅速对轰了一掌，手臂发麻。

砰砰！

与此同时，王煊硬生生挨了另外那名准宗师两拳，身体剧烈地颤动，却在这次的硬拼过程中，锁住穿甲者的一条手臂，逼到其近前，全力催动金书上记载的体术。

咚！

王煊接连出重手，最终此人的甲胄被打得裂开。而后，他凌空一脚扫出，将此人踢飞。

庄园中，许多人在悄然观战。尽管雨幕挡住了大多数人的视线，他们无法看到细节，但是在电光划过时，他们看到了超物质甲胄瓦解的画面，全都震惊不已。

"有些惊人啊，那可是新研制出来的超物质甲胄，据说威力奇大，现在竟然被他徒手打裂！"

一位老者感慨道："将旧术练到这个层次，算是罕见了。老陈虽死，但也可以瞑目了！"

旁边有人小声提醒："陈大宗师还在病房中，没有过世呢。"

……

王煊第一时间散去那种特殊的秘力，平复沸腾的血液，想让自己滚烫的身体降温。

然而这一刻,他感觉到了死亡的威胁,雨幕中有一道身影冷漠地走来,带着无尽的杀意。

王煊真的有些绝望了,又一个穿着超物质甲胄的强者出现,对手到底有几人,有完没完?!

他站在原地大口地喘息,已经被人堵在这里。

失去甲胄的两名准宗师,其中一人虽然最后时刻被王煊一脚踢成重伤,但明显还能再战,此时与其他人联手堵住王煊的去路。

"你怎么来了?"

两名失去甲胄的准宗师也很吃惊地看着来人。

"我们的飞船被人击毁了!"来人愤怒无比。

就在片刻前,青木请安城的人相助,扫描并定位到了郊外的一艘小型飞船,推测那是运送新术领域那批人过来的飞船。

所以他进一步确认后,果断发动袭击,直接击毁那艘飞船。在这个雷雨天,那里虽然发生大爆炸,但是所有人都只觉得不过是雷霆大作而已。

这个身穿甲胄的男子亲眼看到那一幕,身体都冰冷了。他原本是在庄园外接应的,现在则直接攻了进来。

飞船上有他的一个亲侄子,还有他的一位好友,结果一瞬间全部殒命。

现在他杀气腾腾,恨不得毁掉整座庄园。

三大高手堵住王煊,一句话也不说,不给他任何机会,动用无比凌厉的手段向他扑击过去。

王煊目光冷厉,这是他遇到的最为危险的一战,他很有可能会殒命。

"老张的体术有点儿坑人啊!"王煊叹气。他动用一次后,短时间内就没法儿再运转那种秘力,不然自己就会先殒命。

他竭尽所能,避开那位身穿超物质甲胄的强者的进攻,在险境中与两名准宗师碰撞。

同时他用尽手段,想要突围。如果被堵在这里的话,那么他多半会没命。

可惜王煊数次努力都失败了，被三人死死地压制在中间。并且他不可避免地与那名身穿甲胄的强者碰撞了几次，空间范围有限，他根本避不开。

王煊感觉手掌剧痛无比。

"他是什么情况？"身穿超物质甲胄的中年男子吃惊地问另外两人。以他现在的状态，准宗师与他对抗的话，必败无疑，这个年轻人居然硬扛住了他的攻击，有些让人不可思议。

"他不是练成了金刚身，就是修成了金身术，总之，肯定是那几种极其耗费时间的护体秘术之一。我们猜测，他多半找到了一条秘路！"

听到是这种情况后，这位高手直接下狠手。今晚如果能将这个年轻人带走，无论损失多么巨大都可以相抵。

如果带不走的话，那就直接除掉，没什么好犹豫的。

所有这些都在很短的时间内发生，他们激烈地交手，到现在时间也不过过去了十二秒钟而已。

王煊的心沉了下去，他已经受伤不轻，肯定坚持不了半分钟。如果他现在敢立刻施展张仙人的体术的话，自己的肉身会先行崩溃，想与敌人玉石俱焚都不行。

当然，他心里很明白，这进一步证明，五页金书上记载的体术不是他这个层次的人能施展的。

他现阶段能在短时间内动用一下，已经算是很了不得了。

无论如何，他必须支撑到十八秒钟以上。那样的话，他动用张仙人的体术，肉身不至于当场崩溃，问题也不至于非常严重。不过，这个时间线仅仅是及格线，勉强能使自己恢复战斗状态。

"等一等，我有话要说，关于内景地……"王煊开口，想要拖延时间，暂时吸引他们的注意力。

三人瞳孔收缩，心头震动，果然如他们所料，这个年轻人身上有天大的秘密，需要挖掘出来！

然后三人展开了狂暴的攻击，恨不得立刻将这个年轻人打伤，以最快的速度结束战斗。

王煊深感无力。如果是一般人听到他的话，多半会很吃惊，短暂地分神，从而让他赢得一点儿时间。但遇上这种老辣的对手，一切手段都无用，他们根本不吃这一套。

王煊从来没有离死亡这么近。他全力搏斗，对抗三大高手。在这种战斗中，每一两秒钟他都要在生与死之间拉扯一次。

砰的一声，王煊的手掌受伤。他已经尽量避开那名穿甲者的攻击了，但还是不可避免地数次与其硬碰硬。

王煊被震得倒飞了出去，十指连心，他感到钻心刺骨的痛。

但他只能默不作声，咬牙坚持，与敌死磕。只有这样，他才有活命的机会。

咚！

王煊被另外两名准宗师击中要害，受创不轻。

雨幕中，钟晴看向身边的老者，问道："超物质甲胄才研制出来没多久，今夜却在这里出现数副，哪个环节出了问题？"

超物质甲胄是几家大财阀共同投资研制的，其中钟家出资比重较大，拥有更大的话语权。

老者开口："应该不是意外流出的，大概是科研所想检验甲胄的性能，给了新术领域的人十几副，没想到他们用到了这里。"

"您老要不要去救他？我感觉他支撑不住了。"钟诚开口。

修成蛇鹤八散手的老者苦涩地摇头，道："后生可畏，我还不如他，上去只能送命。"

在他们对话时，时间飞快流逝，王煊熬过了"死亡十八秒"，并且顺利跨越到第二十二秒了！

锵！

身穿超物质甲胄的男子手中凝聚出一柄长剑，猛地劈过来，其中一剑王煊躲避得稍慢，被划了一道口子，真的是险之又险！

金身术让王煊的身体中蕴含着勃勃的生机，那道口子自动愈合。

二十三秒钟了，无须再忍！

在雨幕中，在雷光下，王煊杀气腾腾，他决定放开手脚，尽情施展金书上记载的体术。

三大高手皆是一惊，攻势不由自主地一缓，时间顿时到了第二十四秒钟。

王煊心中有底气了，二十四秒钟已经接近半分钟了，他确信施展三连式后不至于让自身废掉，休养一段时间就能康复如初。

"啊！"

在他大喝时，三大高手也没有迟疑，各自施展最强手段。

"小心他的特殊体术！"两名准宗师提醒道。

然而在近距离搏斗中，如果那名身穿甲胄的男子避开，王煊便会直接突围，等休息足够长的时间后再掉头回来对付他们。

身穿超物质甲胄的男子显然看出了王煊有突围的想法，全力阻挡。

王煊五脏共振，发出轰鸣声，力量流转，蔓延向四肢百骸，浑身毛孔都在散发光芒，无比惊人。

咚！咚！咚！

王煊锁定对手后，竭尽所能，接连下重手。在一道粗大的闪电照亮整片天地时，他将这个男子的甲胄打得破碎。

并且他一只手抓住了此人，借助还没有散去的秘力，另一只手猛力劈落了下来。

闪电消失，天地黑暗下去，那片地带传出凄厉的惨叫声，响彻整座庄园。

当又一道电弧划过时，人们头皮发麻，只见那个年轻人站在场中，右手如刀，直接将抓住的男子劈死了！

王煊抛下死去的男子，向另外两人走去。虽然他散去了秘力，但现在那两人没有甲胄，同为准宗师，他岂会怕这两人？

激烈的交锋开始了，轰的一声，其中一人的拳头虽然命中了王煊的身体，却无法打破金身术的防御。

而王煊凌厉的拳印袭击过来时，那人直接被袭中，眼看不能活了。

另一名准宗师脸色苍白，彻底失去斗志，转身就逃。再搏斗下去的话，他肯定会被这个年轻人轰杀。

他已经确信，这是一个找到了秘路的年轻人，他想将这个消息带走。

王煊怎么可能给他机会？王煊一跃就是十米远，刹那间追了上来，脸色冷漠，猛然一拳轰了过去。

那个人被迫迎战，结果手掌受伤。

现在的王煊杀气腾腾，体内的力量被他催动到了极致，即便没有动用金书记载的体术，也恐怖无比。

他再次挥拳，打破这个人的防御，接着一拳轰出，这位准宗师当场殒命。

王煊转身，没入雨幕中，消失不见。

漆黑的雨夜只剩下落雨声，很长时间都没有人说话。那个年轻人以血肉之躯打碎数副超物质甲胄，又只身除掉了数位大敌，让人难以置信！

"小王……这是要踏入真正的宗师层次了吗？"吴茵开口。今日一战，她有些不敢相信自己的眼睛。

一些人还没有回过神来，这一战太惊人了！

许多人都在思忖，或许真的马上就要出现一位二十岁出头的宗师了，这绝对是一件了不得的事！

"二十岁出头的宗师，有很大的概率触及超凡，接近神话层次。他这么强，究竟是怎么练成的？"钟诚有些出神，而后目光灼灼，猛然回头看向他的姐姐钟晴，道，"姐，你的手机呢？借我一用！"

第 90 章
明天会怎样

"你自己的手机呢?"钟晴瞥了他一眼,明显很有经验了。又想破解她的账户密码,转账?幼稚!

"我的手机没带!"钟诚指着雨幕深处,道,"刚才疏忽了,应该拍摄下他的战斗过程,回头复盘,仔细分析他的各种体术。"

他很郑重地道:"这样的人太罕见了,他的战斗过程值得研究。另外,姐,你得上心了,这种人如果不拉入你的探险队,万一让大吴姐姐把人抢走,你肯定会后悔。我们即将见证二十岁出头的宗师的出现!这种人不正是去那片神秘之地的最佳人选吗?"

"闭嘴,不准叫她大吴姐姐。以后在我面前要么喊她名字,要么就叫她老吴!"钟晴神色不善地盯着自己的弟弟。

随后,她严厉地看了自己的弟弟一眼,示意他老实点,别乱翻看她的东西,便将手机递了过去。

雨幕中,王煊大口地呼吸。这次他伤得很重,险些被格杀,数次濒临绝境,总算挺过来了。

他任大雨淋在身上,为发烫的躯体降温,五脏微痛,但问题不大,休养一段时间应该可以恢复。

这已经算是最好的结果。今夜他连续动用张仙人的体术,身体没有出现大问题已经算是奇迹，换一个人的话，估计肉身早就崩溃了。

王煊琢磨，这多半是因他金身术有成，极大地增强了体质，血肉中的生机格外旺盛，所以能经受住今夜在生与死之间徘徊的各种折腾。

他深深怀疑，五页金书上记载的体术需要进入超凡层次才能触碰。

"看来，在现阶段就想练五页金书上那神秘刻图所示的体术，只能从金身术入手，继续提升它来加强体质。"

这与他的本意并不冲突，原本他就想接着练金身术，这次如果没有这种秘术护体，他多半已经殒命了。

他避开所有人的视线，找了个隐秘的地方，专心运转根法恢复自身。今夜还没过去，不知道是否还有强敌。

"真疼啊。"王煊低头看着自己受伤的手指。

还好，他的金身术十分惊人，练到第六层以后，血肉中生机旺盛，蓬勃的新生气息弥漫，他的伤口在慢慢愈合。

"虽然受重创，但也不亏了。"

今天遇到的那几人穿上超物质甲胄后，堪比真正的宗师，王煊能在这样的局面中突围并除掉敌人，在许多人看来是奇迹。

王煊意识到，这种辉煌的战绩多半要引发不小的轰动，想不让人多联想都不行，他需要去收尾。

恢复得差不多后，王煊再次进入雨幕中，幽灵般无声无息地出没，并没有再遇到敌人。

他路过之前几处战斗之地，不动声色地迅速带走被他逼出体外的子弹，然后又去找到自己被震落的指甲，因为他不想留给别人带去实验室研究。

"'陈燃灯'怎么样了，这么长时间都没有解决敌人吗？千万不要被别人除掉了。"王煊有点儿担心。

"真不让我这个护道人省心啊。"他叹息一声，进入仓库，扛起一门能量炮，向庄园后面的芦苇塘潜行。

钟晴素面朝天，盯着不远处，道："他刚才又出现了，你都拍下来了吗？他的移动轨迹十分飘忽，一步就是十米远，可见体质极其异常。"

很快，她觉得不对劲，侧头看向她的弟弟，结果发现钟诚根本没有在拍摄雨幕中远去的身影。

她无声地靠近，俏脸顿时挂上寒霜：她弟弟这次没有破解她的银行账户密码，而是在翻看她的相册。

砰砰砰——

在外人眼中一向清纯甜美的钟晴开始"暴打"她的亲弟弟。

雨夜中，芦苇塘附近大雾翻腾，在闪电的照耀下白茫茫一片，宛若仙家府邸，附近没有一滴雨落下。

空中，有一个"火球"在迸发光芒，爆发超凡能量，将所有雨水都蒸发了，整片芦苇塘中的水更是被"火球"焚干了。

金发男子披头散发，从半空坠落，他遭受了重创。

他的毛孔在喷出火光，能量极其惊人，目前最为坚实的超物质甲胄已破碎，并开始熔化，掉在地上。

他大口喘息，道："像你我这样的人，将来未必不能接近神灵。不要说我狂妄，谁没有梦想？如果真有神这种境界，我们这个时代的人为什么不能成就？你我皆已初步上路，可惜成了对手。你小心谨慎吧，我死在这里后，你大概也无法隐瞒实力太久，说不定会被重点关注，从此出行都不自由。"

说完，金发男子便向前冲去。他手中的银色长剑只剩下半截，疑似超凡的神剑居然断了。他满身都是火光，如同太阳般璀璨，发出隆隆响声，冲到陈永杰近前。

"走好！"陈永杰冷漠地说道。他手中的黑色长剑激射出剑光，宛若闪电划过漆黑的夜幕，向前劈去。

咻！

一道刺目的光束斩过，金发男子身上的火光熄灭了，整片天地瞬间陷入黑暗中，他的生机也快速消失。

天上的电弧划过，可以看到重新落下的雨幕中，金发男子扑通一声摔倒在地上。

一艘小型飞船降落，青木大步过来，问道："师父，您没事吧？"

"无妨。"陈永杰摆了摆手。

不久后，王煊扛着能量炮赶到，见到焦黑草地上的金发男子，一阵吃惊。新术领域的头号人物死了，这绝对是大事件！

"老陈，可以啊，我还以为你需要我救场呢。"王煊说道。

"请叫我'陈命土'！"陈永杰挂剑而立，大口喘气。他累得不轻，今夜遇到的对手超乎他的想象，他一度险些被诱杀。

王煊无语，不久前还是"陈燃灯"呢，现在又提升了一个层次？"陈命土""飘"得有点儿厉害！

"怎么处理？"王煊看着地上的金发男子。这件事太惊人，必然惊动各方，需要妥善布置一下。

"这人着实不简单，我原本想将他安葬在芦苇塘中，给予他足够的尊重，让他陪着我那些心爱的鱼儿一起沉眠。"陈永杰指向前方的芦苇塘。塘里一点儿水都没有了，所有鱼都被烧成了灰烬，可见金发男子拼命后，造成的破坏力有多么惊人。

陈永杰又道："但青木说，最好将他放到被击毁的飞船那里，布置一番，后面的事才好处理。"

青木正在联系可靠的人连夜修复草坪，引不远处的河水将芦苇塘重新灌满，使这里恢复原状。

很快，青木走了过来，看到王煊无恙，他长出一口气。今夜太凶险了，无论是他师父还是王煊，都遇上了强敌。

"回头聊，我先去布置。"青木说完，带着金发男子的尸体进入小型飞船，消失在夜空中。

毫无疑问，青木布置一番后，金发男子的死因会显得与飞船失事有关。

王煊震惊又无语，新术领域的头号人物就这样殒命了，不知道会引发怎样的风暴。

"先回去。"陈永杰摆手，将地上断裂的剑捡了起来。这东西他留下了，因为极其不简单。

"回头重新铸造一下，依旧是很有杀伤力的兵器。"他看了又看。

王煊注意到陈永杰负伤了，他一条手臂上有一道很严重的剑伤，额头上也有伤口。

"就这，还自称'陈命土'呢！老陈，你不行啊，差点儿丢了性命。"王煊看着他的那些伤口，不禁露出惊讶的神色，看来敌人的实力极强。

"遇上了一个阴险的老家伙！"陈永杰摸了摸自己的伤口。今夜之战他受伤这么重，不仅是自己大意的问题，还因为那个人确实强大至极。

"你在骂你自己？"王煊扛着能量炮，与他一起往回走。

陈永杰的脸顿时黑了，他经常"钓鱼"，今夜却差点儿被同道中人除掉，脸上有点儿挂不住。最后，他叹了一口气，道："这个人确实很不简单！"

不久后，陈永杰的房间中，青木、王煊、陈永杰聚首，总结得失，提出一些预案，以应对各种可能会出现的麻烦。

"瞒不了多久，所以，'王教祖'你得做好思想准备。嗯，我一旦'苏醒'，估计以后出行都得提前报备了，能瞒一时是一时吧。"

"明天会发生什么，真不好说。毕竟，新术领域的头号人物死了，虽然经过了布置，但是说他死于雷击，谁相信啊！"

"王煊雨夜大战，连灭新术领域的几名强者，被各方看在眼中。那几人穿上超物质甲胄后，实力可是堪比宗师啊！"

"最为重要的是，'王教祖'你居然在众目睽睽之下没被子弹打死，依旧活蹦乱跳地去战斗了！"

第 91 章
神秘的古剑

"怎么说话呢！"王煊不满，难道真被子弹打死，倒在地上才算正常？

陈永杰一边给自己额头上的伤口涂抹药液，一边道："我是说你太不小心了，在这种情况下以肉身挡子弹，必然会让人产生各种联想。"

王煊从口袋里将子弹全都掏了出来，摆在桌子上，看向青木，道："老青，给我找三件防弹衣，再找一把相同的枪重新打一遍。"

"这倒也行，最起码解释得通了。"青木点头。不过，他没让王煊重新被枪击，回来时一切都解决好了，防弹衣上有中枪的痕迹，此外他手里还攥着一把子弹。

王煊穿好防弹衣，道："今夜大雨倾盆，地上的血早没了，我自己的指甲也捡回来了，不会留下什么痕迹。"

陈永杰很严肃地道："只是暂时说得通，做好各种预案吧。"

他决定两日内动身去京城，让青木护送他的"病体"去有关部门养伤，其实是私下见一些人，密谈合作。

而"王霄"会跟在他的身边，不与外人接触。至于王煊本人则自此解脱，暂时离开这可怕的旋涡。

显然，陈永杰去有关部门是要与某些人开诚布公地谈一谈，加深合作关系。

"老陈，你要慎重啊，别把自己搭进去。"王煊心头沉重，自己是被择出去了，但老陈此后大概就出行不自由了。

陈永杰摆手，示意王煊不用多说，他有分寸，问题不是很严重。

"到时候你去新星也好，去大兴安岭与女方士团聚也罢，自己决定。"

王煊立刻纠正："我怎么会去大兴安岭？我情愿去某座小道观燃一盏青灯，陪伴剑仙子。"

陈永杰想了想，道："去深空吧，回头我帮你安排一下。"

他还告诉王煊，纸包不住火，这一切瞒不了太久，短时间内要尽量变强。

雨变小了，青木亲自带人巡逻，告知各方现在平安无事了。他强调，他们早已报警，大家不用担心安全问题。

许多人无语，报什么警？早就看见你们自己扛着能量炮打机甲了！

王煊适时出现，跟着青木转了一大圈，有人冒雨走来，与他接触，想看看他现在是什么状态。

吴成林来了，对王煊嘘寒问暖，很热情，因为吴家眼下非常需要这样的旧术高手。

老陈要"死"了，所以，他现在看上了小王！

吴茵也出现了，看到王煊包着纱布还在渗血的手，她赶紧喊来吴家随行的老医师，要帮他重新包扎。

王煊暗自叹气，只得忍着痛，在解开纱布前又一次震开了伤口。

这样也好，他这次露面就是要暴露自己的伤势，顺便让众人看一看，自己穿着防弹衣呢。

"不要挤！"吴茵恼了，她找人帮王煊处理伤口，结果一群人全都凑了过来，相当拥挤。

显然，感兴趣的人都在观察这个年轻人到底是什么状况，究竟有没有练成金身术。

"你的枪伤怎么样了？赶紧处理一下吧。"果然，有人提到这个问题，就是想确定一下。

"没事儿，我穿了……三层防弹衣。"王煊掀开衣服，展示给他们看，外层的防弹衣明显中过枪。

众人都无语，居然穿了三层，这个年轻人还真是珍惜生命！

"散了，不要妨碍医生工作，你们都什么意思啊？"吴茵瞥了众人一眼，深感不满，将一群人直接赶走。

最后，她叮嘱王煊注意休息，便踩着高跟鞋离开，婀娜的身影渐渐消失在夜色中。

王煊回自己的住所途中，看到钟诚正在被他姐姐收拾。钟诚见到王煊时，居然挤了挤眼睛，而且还笑了。

有毛病！王煊腹诽，懒得理他，转身离去。

清晨，庄园中所有人都起得很早，大家先去了解老陈离世了没有，结果老陈依旧很坚强。

众人都无语了，没法儿等下去了！所有人都决定，今天先撤，实在熬不住了。

之后，人们又去浏览新闻，查看与昨晚有关的报道。

他们已经得到一些消息，昨夜不仅庄园中在激战，在更远的郊外，还有一艘飞船坠毁。

来庄园准备吊唁的人都是各组织的代表，其中不乏财阀家的人，消息自然极其灵通，一大早就得到了各种密报。

许多人意识到，可能出大事儿了！

"本市发布雷电预警后，依旧有飞船升空，不幸被闪电劈中。"

"本台快讯，据前方记者最新报道，一艘型号为 f 的飞船冒雷雨前行，不幸被闪电击中，在安城郊外失事，目前没有找到幸存者。"

……

众人一阵出神，老陈都快死了，在安城还有这么大的影响力？新术领域的那批人直接"失事"了。

部分人已经得到密报，昨夜安城的人曾帮青木定位过那艘飞船。很明显，飞船多半是被青木发狠给击毁的。

真要查下去的话,请有关部门调卫星监控应该能还原真相。

"情有可原。陈永杰马上就要死了,新术领域的那批人还不消停,居然来夜袭。如果我是青木也要替师父出口恶气,干掉那艘飞船!"

许多人表示理解,对青木深表同情。这次他们颇为厌恶新术领域的人,那些人居然深夜来袭,连他们都受到了惊扰。

也有人站在远处,淡淡地开口:"这些人知其然,不知其所以然。"这是一个来自财团的中年人,他没有参与进去,而是收拾行李准备离去。

他已经得到最新密报,被青木击毁的飞船中可能有新术领域的头号人物,这件事绝对小不了。

早晨,许多人都在收拾行装,准备返程。很快,部分人先后得悉秘闻。

"什么,新术领域的头号人物可能死了?!"

"青木是个狠人啊,一发能量炮下去,报得大仇。估计老陈一直不咽气,就是等这一刻呢,如今他可以瞑目了!"

……

一大早,王煊就被喊到陈永杰的病房中,陈永杰正用他那黑剑削那柄雪白的断剑。

"这柄剑很了不得,以超物质催动时,坚固程度不亚于我这柄黑剑,劈机甲绝对没问题。"陈永杰感叹,这是一柄绝世利剑。

在金发男子耗掉大量超物质后,这柄利剑就比不上黑剑了,被陈永杰劈断,断剑被他收了起来。

"昨夜你徒手对抗超物质甲胄,九死一生,如果有一柄利器在身边,应该不会那么吃力。"陈永杰告诉王煊,自己准备将这柄超凡的白色断剑熔炼,给他打造一件称手的兵器。

这种材质太难得了,拥有神秘属性。

当!

陈永杰用黑剑去削断剑,准备将其削成碎块,毁掉其原本的样子,以免被人认出这是新术领域头号人物的佩剑。

王煊心动,昨夜如果有利剑在手,哪里会经历"死亡十八秒"?手指也不至于受伤。

叮当!

突然,黑剑在砍雪白断剑时,发出不正常的声音,剑刃颤动,这次没有削断断剑剩下的那一截。

陈永杰的感应何其敏锐,他直接放下黑剑,低头看着已经很短的雪白断剑,顿时发现端倪。

"还有一柄剑?!"连陈永杰都被惊到了。昨夜金发男子从一柄阔剑中拔出这柄超凡利剑,他可以理解,那是对方有意为之,想要诱杀他。但是没想到,超凡利剑中还藏着一柄短剑!这是什么状况?

青木也很吃惊,凑上前来仔细观察,道:"像是……青铜材质的。"

陈永杰一言不发,用力去拔那柄短剑,发现它被浇铸在里面,根本抽不出来,只得再次开始小心地削雪白断剑。

他花了很长时间,最终将一柄样式极其古朴、不足一尺长的短剑剥离出来。

它很短,也可以称为匕首,不算剑柄的话,单是剑刃部分不足巴掌长。它实在太短了,却沉甸甸的。

剑身与剑柄是一体的,看起来都为青铜材质,上面有繁复的花纹,怎么看都有点儿像先秦时期的纹理。

陈永杰看了又看,道:"雪白长剑是从那片神秘之地挖出来的,显然,新术领域的头号人物都不知道它当中还藏着一柄短剑。"

他翻过来翻过去地看,道:"看剑上的纹饰以及剑体的形态,这柄剑绝对出自旧土,属于先秦风格,但它早早地进入深空,被埋在那片神秘之地,有问题啊!"

王煊接了过来,尝试用它切雪白长剑的碎块,结果竟然真的……切断了!

"确实怪异,看着像青铜材质,却能切开超凡兵器。"王煊认为,这柄短剑应该是用某种极其珍稀的材料铸造的。

陈永杰把短剑接了过去,也觉得这不可能是青铜材料。他小心地用黑剑与短剑轻碰,结果两柄剑同时迸发寒光,且都无损。

"好剑,不会比我这柄黑剑差,不知道是谁用过的,此剑当年一定赫赫有名。"陈永杰爱不释手,最后把短剑递给王煊,让他好好收着,今后定有大用。

"它刚才自动发光了。"青木满脸惊讶。

陈永杰点头,道:"当然。我为什么说它不凡?因为它与黑剑一样,神秘属性不可想象,需要慢慢去挖掘。"

"神秘属性?"王煊疑惑。

"我们探险组织去的地方都很不一般,数十年来,我也算是经历了各种大风大浪,遇到过一些说不清道不明的事。最终,我就是依靠这柄黑剑,才在一些绝地中保住性命,一些莫名的力量一触及黑剑便会散去,不会接近我。"

王煊喜悦,用手摩挲短剑,准备去做个剑鞘,以后无论是插在靴筒中还是绑在小臂上都可以,携带方便。

陈永杰道:"青木,你回头将这柄雪白长剑的碎块拿去熔炼,铸一件兵器留着自用。"

王煊走出陈永杰的病房,外面依旧乌云密布,虽然没有下雨,但是不时有闪电划过长空。

他抬头看着天色,轻轻叹息,今天就要与老陈和青木分别了,不知道什么时候才能再相见。

突然,他愕然,那云层中有什么东西?点点金光在闪烁,若隐若现,有些朦胧,有些神圣!

他立刻转身冲进病房中,道:"老青,赶紧到窗户那里去看看,云层中那是什么东西?"

青木惊异地走了过去,抬头望天,结果……什么都没有,只有黑压压的云朵以及偶尔划过的闪电。

"我不可能眼花,它还在那里!"王煊确信自己没有看错。

病床上的陈永杰闻言，一跃而起，冲到落地窗前，盯着高空。然而，除了乌云与闪电，他也什么都没有看到。

王煊低语："我真的看到了，那是一团朦胧的金光，祥和神圣，就是太远了，看不清！"

第92章 天药

陈永杰将头探到窗外，依旧什么都没看到，还被秋风中一棵大树的枝丫摇落下的雨滴淋了一脸。

青木来到院中，手持高倍望远镜仔细观察，最后只看到两只乌鸦拍着翅膀，在高空中远去。

"看仔细了没，真有东西？"陈永杰的眼神有些不对，像是黑夜中发绿光的猫眼。他一把将王煊拽进屋中，满脸呈现激动与热切之色。

"确实有一团淡淡的金光，在那云层间若隐若现。"王煊手持望远镜，结果发现用不用望远镜没什么区别，那团光依旧很朦胧。

青木想驾驶小型飞船升空，但被陈永杰一把拦住了。

"千万别乱来，不要妄动，这可能是……一条秘路！"陈永杰压低声音，异常激动，体内血气翻腾，导致额头的伤口差点儿裂开。

就算强大到他这种层次，此刻他都有点儿难以自抑，心潮剧烈地起伏，恨不得立刻到云层中去看个究竟。

"天药！"陈永杰猜测，这与他看到的手札中所记载的颇为相似。

青木立时心头颤动，又一条秘路出现了？

旧术在这个时代之所以没落，每况愈下，就是因为几条秘路消失，断掉了超凡属性。

陈永杰的眼睛冒光，道："我们有的是时间，安静地等待，千万别打草惊蛇，让那天药跑掉！"

王煊被惊得不轻，赶紧问道："这东西还能跑？到底是药草，还是能奔行的活物？"

陈永杰摇头道："先仔细观察，以静制动。天药太神秘了，连各教祖庭中相关的记载都十分有限，说得相当模糊。"

青木最后还是忍不住跑了出去，想以高科技手段谨慎地探查，可是很失望，他始终都没有发现端倪。

王煊眼睛都盯酸了，只见那团金光在乌云间摇曳，流光点点，微微荡漾，始终悬浮在那里，不见变化。

"不会还没成熟吧？"陈永杰的脸色变了，他想到那篇记载，越是渴求越是不可得，蓦然回首，它可能就在茫茫人海、天边晚霞中。

"那会怎样？"王煊也开始紧张起来，意外发现天药，如果错过，会抱憾终生。

"它会自行隐去，他年成熟后再现。"陈永杰沉声道，情绪不是很高了，他认为今日所见很有可能是这种情况。

"这也太奇异了。"王煊不解，"天药究竟是怎么诞生的？"

陈永杰叹息："说不清道不明，几条秘路太神秘了！"

从那手札模糊提及的旧事来看，天药若是成熟，大概会自动坠落到地面。

这一上午，王煊一直仰着头，在庄园中走来走去，望着天空。

为了天药，他全神贯注，眼睛都发酸了，脖子也有些僵硬了，但他始终盯着电闪雷鸣的云层，偶尔舒展下身体。

在此期间，庄园中有不少人在暗中观察他。有人感慨，成功不是偶然的，人得沉下心来才行，这么年轻就要成为宗师了，果然有其道理。

"看到没？这都一上午了，他都没分心过，在悟自己的路啊。有所体会后，他就会比画几下。这绝对要进宗师层次了！"有人感叹。

在此期间，青木提醒王煊，各方有不少人都在盯着他呢。

王煊听到后默默转身，趁人不备去了一次厨房，喝了口番茄汁。再一次仰头望天时，他的嘴里吐出一口"血沫子"，滴落在衣襟上。

最后还剩下大半口，他感觉味道不错，直接咽下去了。

"看来昨夜大战，他受伤很重，现在还在吐血呢。"

"废寝忘食，身上有伤都不忘琢磨自身的道路，这样的人不成为宗师的话，那还真是没天理了！"

一些人低语。大家一致认为，这是一个进取心强、有毅力的年轻人。

王煊也确实很配合，仰头望天脖子发酸后，他就会舒展身体，练一些高深莫测的秘术。

在他"吐血"时，吴茵出现了。她颇为担心他，怕他的五脏六腑出现严重的问题，老陈就是前车之鉴！

陈永杰年轻时，强练本土教无上绝学，结果五脏留下旧疾，时隔多年后在帕米尔高原复发。

吴茵想找人为王煊好好检查一下，但被王煊委婉地拒绝了。他谢过吴茵，并坚决地留下那条擦过嘴角番茄汁的丝巾。

他其实不怎么担心吴茵对他居心叵测，但是担心狡诈的吴成林拿丝巾去化验。

吴茵没拿回自己的丝巾，狠狠地瞪了他一眼，最终倒也没有翻脸，踩着高跟鞋，姿态优雅地袅娜而去。

"本台快讯，经过核实，安城郊外失事的 f 型飞船来自新星，死者中有奥列沙先生……"

临近午时，一则爆炸性新闻发出：新术领域的大宗师奥列沙不幸死于飞船坠毁事故。

奥列沙也算是个传奇人物，早年无比低调，曾走过旧术之路，后来莫名其妙地消失，多年后再次出现时已是新术领域的大宗师。

而且，他曾在两年前向超凡层次突破，可惜失败，受到重创，此生都不能再踏入那个层次。

当然，这都是奥列沙有意对外放出的假消息，真实情况是，两年前他成功了！

"新术领域的头号人物死了？！"很多人吃惊。尽管有一部分人清晨就知道了这个消息，但更多的人是刚刚得悉的。

旧土的普通人不怎么在意这则新闻，因为不要说对奥列沙，就算是对新术，他们都不怎么了解。如果不是葱岭大战逐渐揭示出新术，人们还不知道什么状况呢。

"多事之秋啊，新术领域的第一人居然死了？"

在这个时代，各大势力中部分有地位的人与新术领域的高层来往密切。

故此，这件事在特定范围内影响巨大，在相关的人群中引发了极大的波动。

中午时，相关方经过反复确认，确定奥列沙已遇难，很快就出了讣告。

一时间，各方反应不同，事件持续发酵，不少报道都在跟进。

最后新闻实在太多了，连普通人都渐渐知道，这个奥列沙似乎非常厉害，有可能是人类个体中的最强者。

陈永杰看到这则新闻后不屑地道："他是死在我手里的！"

青木感慨："没想到他'被空难'后，反倒保住了名望。"

当然，这只是他一厢情愿的看法，各大势力消息相当灵通，都已经猜到了"真相"。

现在许多人都认为，这事儿肯定是青木干的，他为师报仇，一发能量炮让奥列沙魂断旧土！

可以说，青木的名声冲霄而起，被人认为狠辣果决、胆大包天。

当然，也有很多人觉得他重情重义，有魄力，为了给师父复仇，"舍得一身剐，敢把皇帝拉下马"。

讣告一出，立即有人施压，要求彻查真相，认为新术领域的头号人物不能死得不明不白。这明显是想让青木抵命！

旧土一位女性强势人物通过隐秘渠道回应了施压者，质问那边："奥列沙为什么出现在安城郊外？陈永杰生命垂危，那些人竟还不满足，雨夜袭击，究竟嚣张到了什么地步！陈永杰在旧土有不小的名望，本要安静地离世了，可有些人狂妄得过分，想提前终结他的性命，当旧土是什么地方了？"

当然，以上是这位女性强势人物私下的回应，不可能公开。

不久后，有关部门回应，对奥列沙死于空难深表遗憾。

青木通过特殊渠道了解到一鳞半爪后，不住地擦冷汗。他完全可以想象，事件刚曝光，短时间内就发生了一系列暗地里的交锋，他差点儿被人直接拍死！

陈永杰安慰他道："没事儿！"

奥列沙的死讯传出后，原本要从郊外庄园离开、踏上回程的各方代表惊愕地发觉，这几天也不算白等。

现在他们需要从郊外去安城，参加一场追悼会。

许多人面露异色，他们没参加成陈永杰的葬礼，却看到新术领域第一人的讣告，这实在太诡异了。

有人不得不感叹，命运不可捉摸，老陈活活熬死了最大的仇家！

"这次买给老陈的花圈不用退了，让店主重新写下挽联，发货到安城就可以了！"

有人觉得，这两天发生的事实在有点儿离奇。

陈永杰也感叹道："青木，你说，你要不要替我给奥列沙送个花圈啊？这个人还是相当厉害的，表示一下尊重。"

青木："……"

中午时，庄园中的宾客快走光了，都跑去了安城吊唁。许多人感慨，这次肯定不会空跑一趟了！

王煊午饭都没吃，还在仰头看天，聚精会神地盯着那天药呢。

钟诚气喘吁吁地跑了过来，隔着很远就在摆手，对王煊露出灿烂的笑容。

王煊瞥了他一眼，知道这小子看起来眼神清澈，但绝对不是什么纯真少年，便不想搭理他。

"王哥，我向你请教来了，我带了一本秘籍。你一定要和我讲一讲，你的修行速度为什么这么快。"钟诚急促地说道,并且晃动了一下手中的秘籍。

王煊仰头看天,没有理会。我"王教祖"是缺秘籍的人吗?除非拿绝世秘篇或者金色竹简来一观!

然后,他不经意间看到钟诚手中的秘籍,这秘籍似乎有点儿大,比得上大号的相册了。

此外,这秘籍似乎缺少历史的厚重感与岁月的沉淀感,像是刚赶制出来没多久的。

同时,王煊看到钟晴迈开大长腿,正在向这边跑来。

"那我就看看吧,指点你一下。"王煊果断将秘籍接了过去,迅速打开。

钟诚惊异不已。王哥的手速好快,刚才还在漫不经心地望天呢,怎么突然就把秘籍夺到手里去了?自己都没看清他的动作!

第 93 章
图文并茂

钟晴身段高挑，腰肢纤细，上身穿着羊绒衫，下身是黑色长裤，尽显好身材，一双腿笔直修长。

她虽然年龄不大，模样清纯甜美，但是心理成熟，平日间行事稳健，待人接物无可挑剔。

可现在她不再从容，迈开腿一路奔跑，虽然显得青春而有活力，但漂亮的眼睛似乎能喷出火来，在很远的地方就锁定钟诚，恨不得一脚将他踩到地心去！

尤其是看到王煊已经翻开秘籍，她立时急促地喊道："不准看！"

钟诚吓得一缩脖子，万万没想到被亲姐姐逮个正着！

王煊露出诧异的神色，朝着钟晴那个方向淡淡地瞥了一眼，对钟诚道："你姐真小气，钟家秘籍那么多，看一本怎么了？"

钟诚听后顿时满头冷汗，老王这是预先将自己择出来了吗？

他在一旁急得直搓手，一副焦躁的样子，动手要收走秘籍，但是王煊牢牢地抓着，没有理会他。

连着翻了两页后，王煊皱起眉头。

这就是所谓秘籍？打印出来的文字毫无灵性可言，说好的图文并茂呢？

秘籍不都要配上人体姿势图吗？他觉得这很不讲究，连张仙人的五页金书都留下了刻图，钟家的居然没有图？

王煊非常严肃，道："你这是残缺版本吧？光有文字，没有真形图，等于没有灵魂，容易练出问题！"

钟诚发呆，道："这是陈抟留下的著作，后面有图。"

王煊听到这个名字后，哪里还会在意所谓图文并茂？他赶紧背诵经文，这很可能是了不得的经书。

陈抟是谁？那是继钟离权与吕洞宾后，内丹术领域的绝世人物，也是本土教中的一位至强者。他的著作岂会流于凡俗？

王煊快速诵读，用心记在脑海中。秘籍总共也没有几页，他很快翻完。

钟晴终于赶到，立刻开始夺秘籍，俏脸上挂满寒霜，目光不仅锁定了她的弟弟，也盯上了王煊。

她觉得这个人胆子太大了，都到了这个时候，居然还敢继续看！

"别小气，再让我看两眼！"王煊说道，握着秘籍不撒手。

钟晴听到这种话，气得一阵晕眩。自己到底遇上了一个什么样的人？这种话都能说得出口！

她实在是忍无可忍，直接出手了。这个人敢这样肆无忌惮地翻看，真是离谱！

王煊一只手抓着秘籍，一只手挡住她白皙的手，道："再看两页，我这是在替老陈看，他人眼看就不行了，我记下来，回头烧给他看！"

钟晴始终盯着王煊，听到这种话后不禁无语。这是什么混账话？还要烧给别人看！

旁边，钟诚满头汗水，一动也不敢动。

终于，钟晴意识到，王煊说着混账话，却满脸的严肃表情，无比投入，这种反差实在离谱。

她低头去看，顿时怔住了，竟然和她想象的完全不一样，那真的是一本秘籍，并没有她的照片。

秘籍上的文字很清晰，她以前还浏览过一部分，这似乎是陈抟的一部重要典籍。

钟晴深感意外，快速调整情绪，恢复从容淡定。她平和地开口道："这里面有些误会,王先生尽管看,刚才对不住……"

钟晴大方得体,连着说了一些漂亮话,表示歉意。

"多谢!"王煊顾不上回应她,全身心投入经文中,快速地默记下来。

对钟家来说,这可能只是众多藏书中的一部,可对王煊而言却无比珍贵,是一部重要的前贤典籍,字里行间蕴含着妙谛,值得参考借鉴。

旁边,钟诚心慌得厉害,身体都要打战了,尤其是看到王煊翻向第六页时,他都快要窒息了。

"你紧张什么?"钟晴的感觉很敏锐,发现了他的异常。

钟诚强自镇定,道:"我没有经过家里同意,就将一部重要典籍给外人看,我有点儿害怕。你不会告密,让爷爷教训我吧?"

钟晴瞥了他一眼,摇头道:"不会,给王宗师看没什么,我原本就计划与王宗师合作。"

她带着淡淡的笑意看向王煊,现在就称王煊为王宗师了。当然,这是她找人评估的结果,她认为对方很快就会踏入那个层次。

王煊看到第六页后,眼神明显不对了,他又翻向后面的一页,一页一页地看过去,直至翻看到最后的第二十页。

钟诚瑟瑟发抖,因为他姐姐只要一低头,就能看到最后一页的"经文"。

王煊仔细看罢,本着做人要厚道的原则,准备合上秘籍,保钟诚无恙。结果钟晴还是太敏锐了,觉察到自己弟弟不太正常,她霍地低头。

然后,热血直冲她雪白的俏脸。太过分了,一个真敢给,一个真敢看啊!而且,这些都是在她眼皮底下发生的事!

她一把将秘籍夺了过去,先是砸了王煊两下,而后开始收拾她的弟弟。

钟诚很老实地抱头蹲在地上,不敢反抗。

王煊在一旁道:"最后两张照片很唯美。一张是穿着校服的写真,一看就有种岁月宁静的美。另一张是朝霞中的你在海滩上奔跑的照片,充满了朝气蓬勃的青春气息。不得不说,你弟弟也是有些眼光的。"

说完,王煊诡诡然离去。

钟晴被恭维后，不知道是想打人，还是想琢磨下那种美。之后她又开始瞪着钟诚，道："你到底放了几张我的照片？"

钟诚嚷道："就两张！你看，王哥都夸你好看呢！美要适时地分享，才能得到别人的认可与赞美。"

然后……他就被暴揍了！

王煊离开后，赶紧又仰头查看那天药，还好没什么异常，它依旧在。

他转身进了病房，告诉陈永杰与青木，自己意外看到陈抟的部分著作，虽然不是很全，但似乎相当厉害。

陈永杰对此很重视，叹道："陈抟的著作，那绝对了不得，他是本土教赫赫有名的绝顶高手。想不到钟家随便就能拿出他的著作来，可见藏书之丰。"

王煊道："这本秘籍有些古怪，藏着暗语，揭示了迷雾、燃灯、命土、采药等一系列层次的问题，而且似乎讲了一个神秘而又可怕的故事，有些意思，回头要仔细研究一下。"

三人一起研究了一下，觉得这本秘籍十分怪异，当中竟蕴含着故事。

傍晚，雷电小了，乌云也不再那么厚重，天边的云层甚至还被撕裂，露出一片晚霞，染红了天边。

王煊一直盯着那天药，此刻立时露出惊讶之色，道："情况不对，那天药晃动起来了，但是没有坠落下来，反而向乌云中钻进去了一些。"

陈永杰闻言，脸色顿时变了，咬牙道："没办法了，天药可能真的还没有成熟，我们登天采药，强行接近试试看。"

他让青木去准备飞船，今天无论如何也要接近那里，不管能否采摘到天药，都要尝试一番。

很快，一艘小型飞船升空，直接冲着乌云翻滚的地方飞去。

王煊身上带着女剑仙的那块骨头，喊道："老青，小心一点儿，奥列沙的飞船'失事'了，我们千万不要步他的后尘。"

"无妨，我们的飞船有防雷系统，今天就是要在雷霆中采摘天药！"青木信心满满。

果然，那天药进入了乌云中，在闪电交织的云雾中，它沉沉浮浮，金光点点，显得相当神圣。

"这真是……天药啊！"陈永杰震惊万分，他虽然看不清，但是这个时候还隔着很远呢，他就闻到了一股清香。

不仅是他，王煊与青木也嗅到了清香。这相当神异：他们离得很远，并且飞船密封着，这都能传来药香？

"不对，这药香……不是鼻子闻到的，似乎是源自精神上的一种体验，天药的药香……透入了精神中？！"王煊脸色变了，无比吃惊。

第94章
驾驶飞船采摘天药

一缕芬芳透过密闭的飞船，居然直接作用在人的精神上，让人觉得像是来到山林中，感受到一股清新自然的气息。

这种体验很特殊，三人进入厚重的云层内，周围偶有惊人的电弧划过，但清香阵阵，犹若置身草木间。

"老陈，关于天药还有没有更多的记载？"王煊颇为惊异，这种药草到底是怎么诞生的？居然在云层中，附近不时有闪电出现。

陈永杰摇头道："没有其他记载了，我猜测就算是本土教祖庭对此也没有过多的描述。这东西本就极其神秘，如果能够被人理解，这条秘路也不会被堵死，从而彻底断掉。"

青木一言不发，按照王煊的指点，控制飞船小心翼翼地接近那团朦胧的光。

咚！

飞船轻微地颤动了一下，像是被电弧擦中了，这让王煊与陈永杰的脸色都变了。

青木道："没事儿，不是触电，只是进入扰动气流区了而已。我们这艘飞船连雷暴都能防，气流干扰根本不成问题。"

果然，飞船很快平稳了，继续前进。

王煊露出疑色："有些奇怪，那团光刚才还在左侧，现在怎么跑到云层右侧区域去了？还能变换位置？"

"可能是气流扰动的原因。气流奈何不了飞船,反倒将天药颠簸得偏离了原来的位置。"青木让王煊重新指点方向。

云雾翻腾,不时有闪电划过,近在眼前,无比壮阔,但也极其惊险。

连陈永杰都有些心中没底,祈祷这艘飞船千万别出事儿,不然的话,他就算成为真正的"陈采药",也架不住这电光一击。

"青木啊,慢点儿,天药采摘不到也不要紧,绕着电光走,不要硬生生穿过去。"

青木沉着稳重,道:"师父不用担心,我当船长有十年了,驾龄更是超过二十年。我经常去月球,也不时前往火星,更跑过深空,都是独自驾驶飞船的,这片云层真不算什么。"

王煊一听相当羡慕,一边指点青木靠近天药,一边和他聊进入外太空的事儿。

"老青,你现场教学吧,我的驾龄还是零呢。真男人谁不想开飞船闯深空?当然,老陈除外,你看他那样子,估计都快晕船了。"

陈永杰顿时瞪眼,道:"我进深空厮杀时,你还在浴缸里玩小纸船呢。我的驾龄已有三十二年!"

咚!

飞船又晃动了一次,幅度不小,陈永杰立刻闭嘴,青木都脸色微变。保护系统早已开启,居然还这么颠簸。

咔嚓!

一道刺目的电光在飞船前方划过,实在太耀眼了,整片天地没有了黑暗,只有那可怕的强光,震慑人心。

三人头皮发麻。这种天地伟力太吓人,真要打在人身上,怎么活得下来?

"我终于知道羽化登仙过程的凶险了,在这种强大的自然力量下,想凭借肉身对抗,实在太难了。"王煊感慨。

仔细想一想,在雷霆间,在大自然面前,在宇宙中,人类真的如同尘埃般渺小。

刺目的光芒消失，青木道："这种闪电的温度最高可超过太阳表面温度的三倍，所以说，真有列仙的话，那是真厉害啊！"

陈永杰开口："羽化登仙者没有一个是简单的人物，他们所要面对的雷霆更为复杂，大概还有神秘力量蕴含在内。"

王煊露出惊恐之色，道："接近天药了，但是，我怎么觉得我们好像被针对了？这雷霆不对啊！"

在他的指点下，青木驾驶飞船已经到了天药附近，周围的闪电相当狂暴。

顷刻间，飞船数次晃动，周围可怕的光束交织，雷声震耳欲聋。

青木确信，防雷系统起了作用，飞船并未受损，只是被云层中的能量余波冲击得上下起伏而已。

"这是一棵李子树？"王煊惊异。到了近前，他渐渐看清了那是什么植物。

在祥和的淡金色光雾中，有一棵从树干到叶子都呈金黄色的果树扎根云层中，相当神异。

不谈其他异常景象，只说其形态，很像是一棵李子树。

它有一人多高，主干有手臂那么粗，一块又一块金色的树皮如同鳞片般张开着，从缝隙中透出神圣的金光。

它的枝条像垂柳般柔软，每一根都带着蓬勃的生命气息，金色叶片细长，洒落朦胧的光辉。

整棵树只开了一朵花，其形态很像李子花，却要饱满很多，足有成年人拳头那么大，花瓣已经绽放，看样子离结出果实不远了。

"黄金李！"陈永杰听完王煊的描述后，相当吃惊。竟是这样一棵天药，扎根云层中，伴着雷霆。

同时，他颇为遗憾，现在可以确定了，天药还没有成熟，果实都没结呢！

不过，树的叶子与枝条估计也不是凡物，他们又露出希冀的目光。

"怎么穿过去了？"在王煊的指点下，青木驾驶飞船，接近那棵神秘的树，没想到居然从金光中穿过去了。

那里只有一团朦胧的光，没有真正的实物。

"该不会没有真正的树体吧？"三人都有些紧张，都已经接近了，如果一无所获，那真的会无比遗憾。

青木发狠，利用机械手臂去采摘叶片。这种东西真要能获取一些，必是惊人的收获。

然而，机械手臂从金光中穿过，什么都没捞到，那带着蓬勃生命气息的柔嫩的金色枝条随雷霆风暴摇曳，可望不可即。

这到底是什么物种？那棵树不是实物吗？三人颇为惊异。

到了近前后，花香阵阵，香味变浓了不少，让人思维都敏锐了许多，但并未引起其他超凡变化。

药香直接传到精神中，让人沉醉，这实在离奇。

"时代不同了，我们可以驾驶飞船直上九天，跨越古人视为天堑的云层雷霆，但是……一样采摘不到天药！"陈永杰怅然，很不甘心。

虽然他看不到，但能闻到清香。他感觉天药近在咫尺，可还是触及不了那条秘路。

王煊琢磨了一会儿，道："回头查一查古籍，翻阅下安城这个地界的县志等，看看历史上这片区域有没有关于这棵天药的传闻。"

他建议从传说入手。这种天药太离奇了，眼下没办法采摘。

青木思忖，道："这种天药涉及精神层面，仿佛不在现实世界中。它为什么出现？是不是现实中有什么因素促成它露出踪迹？"

王煊精神一振，道："如果与现实因素有关，会不会是老陈最近要'离世'以及新术领域的头号人物遭遇'空难'的消息先后强烈地扰动了安城的人心，所以促使天药出现？"

青木闻言道："有道理！"

王煊目光灼灼，话语有力，道："如果真是这样的话，老陈你赶紧做点贡献吧，今晚发讣告，就说重伤不治，享年……老陈，你多大年龄了？"

青木也来了精神，道："这样放出消息的话，估计会出现铺天盖地的报道。一日间，新旧两个领域的头号人物都死了，绝对会引爆舆论。"

陈永杰露出杀人般的目光，道："奥列沙'被空难'也就罢了，你们两个难道还想让我'被不治身亡'？"

他又叹息了一声，道："你们想多了，这跟人心没什么关系。我刚才回忆起一件事，在本土教祖庭练秘篇绝学时，我曾看到一页记载，提及黄金雷霆果，可助人练成本土教最高绝学。现在看来那应该是天药，很像这里的黄金李。可这东西最忌红尘气，若是过于强烈地扰动人心，它可能会迅速遁去。"

王煊一怔，道："猜想完全反了，难道正是因为奥列沙死了，出现各种新闻报道，扰了人心，红尘气加重，所以导致这棵天药要隐去？"

陈永杰轻声道："天药无比神秘，连先秦方士与本土养生家都没有弄清它的本质，人们根本找不到促使它出现的特殊因素。"

他又蹙眉道："本土教的秘篇中隐约提到，很早以前，不仅本土养生家渴求雷霆果，更有绝世大妖在争抢它，当时本土养生家还吃亏了。"

王煊惊异不已，道："本土教先秦时期就存在了，如果是那个时代，我怎么觉得……有点儿慌！"

不只是他，陈永杰与青木也立刻联想到在内景地中看到的绝世红衣女妖仙。从她说的江南古语可以推测，她是数千年前的人。

三人顿时被惊到了，这棵天药的出现疑似不是偶然，可能与绝世红衣女妖仙有关！

"她要'钓鱼'？"陈永杰第一时间产生这种联想。

王煊蹙眉，道："不太可能吧，她无法穿过内景地中的那层大幕，何况是这样强烈地干预现实世界？"

不管怎么说，他们戒备了起来。

王煊看了看身上带着的骨头，然而女剑仙毫无反应。

三人驾驶飞船在这里转悠，数次用机械手臂采摘天药，结果都失败了。

"算了，退后吧，这东西我们得不到，还没成熟。"陈永杰叹气。

这片区域闪电有些密集，青木也不想冒太大的风险，于是操控飞船向后退，离得稍微远了一些。

"嗯?"这时,王煊颇为惊异。

陈永杰也感觉到异常,霍地抬头。

王煊惊异是因为他真的看到了变化,那棵一人多高的天药流转金光,并且根部出现一片金色的土壤,有一丈见方。

它这是进一步显化了?

陈永杰吃惊是因为他额头处的伤口发痒,新陈代谢似乎加快了。

刹那间,王煊也觉察到自己的十根手指头略微发痒,这是要快速生长出新指甲了吗?

"天药……凝实了不少!"王煊低声说道。

陈永杰感慨:"难道真的如记载所说,踏遍红尘寻不到,蓦然回首却遥见?"

青木惊异,天药直指人心不成?唯有舍得、放下,才能有所获?

那片金色的土壤越发真实,天药随雷霆摇曳,芬芳更加浓郁了!

第 95 章
仙口夺食

众里寻他千百度，蓦然回首……天药即将采摘到手？

三人说不紧张那是不可能的，一条秘路就在眼前，心再大也不能不在意。

陈永杰泼冷水，道："它原本就要离开红尘，进入云层深处了，现在这种状况该不会是'回光返照'吧？"

王煊道："老青，将飞船再开远点儿，体现我们不在意、不强求、顺其自然的态度。"

接下来任他们调整位置，无论是远去还是接近，天药与金色土壤都维持原状未变。

"那片土壤像是药田。"王煊蹙眉。大自然太过神秘，云层闪电间怎么会有这样一块药田？

陈永杰仔细感应，道："照这样下去的话，我身上的伤一夜间就能痊愈。"

王煊的伤更重一些，现在手指头酥酥麻麻的，他估摸着一天一夜手指的伤就能痊愈。

"仙子你在吗？这里有一棵天药，是否对你有用？"王煊放最后的绝招，希望女剑仙出现。

可惜他失望了，那块骨头毫无动静。

上次在内景地时他已经得悉，女剑仙将沉睡三年。现在看来，她的沉睡已经开始，他应该将她送回那座倒塌的小道观了。

突然，陈永杰哈欠连天，有了睡意。

接着，王煊与青木也眼皮沉重。

朦胧间，他们看到了老苦修士。没将女剑仙呼唤出来，老苦修士却跑出来了。他对着那棵金色的天药露出无比渴望的神色，冲出飞船，就要去采摘。

轰！

特殊的电光劈落，很多球状闪电连在一起，将天药那片地带覆盖。

虚空都炸开了，球状闪电爆发出的光芒惊天动地。在老苦修士眼中，乌云都化成了红色的，被电光淹没。

安城的人却毫无所觉，纵然有人抬头，天空也是依旧漆黑，偶见电弧划过。

老苦修士面如土色，从原地消失，直接就跑了回来。他看着那棵天药，觉得无比遗憾，同时深感惊悚。

隐约间，他看到天药背后像是有数层大幕，有一道淡淡的红色身影站立在幕后的世界。

老苦修士低头，看着自己的双手，也有光幕将自身与外界隔绝。他叹息一声，消失不见。

王煊与青木抬起眼皮，困意消失，两人都觉得怪异，瞬间察觉到了什么。

陈永杰惊醒："老苦修士刚才在我梦中出现，跑出去想采摘天药，结果被雷劈回来了。"

王煊郑重点头，道："我看到漫天赤光将他惊退。"

怎样才能采摘到天药？三人都在琢磨。如果错过的话，他们会后悔一辈子。

突然，王煊有了想法，道："天药触摸不到，会不会如同内景地般不在现实世界中？"

"你有什么想法？"青木问道。

"我如果在这里开启内景地，然后猛然跃向那棵天药，你们说，能不能将它直接采摘到，栽种在我的内景地中？"

陈永杰神色一动，这想法很大胆，但是有些靠谱！

青木一怔，道："关键是你无法自主开启内景地，如果能顺利进去的话，都不用来这里冒险。"

王煊很严肃，道："我从来没有逼迫自己主动去触发'超感'状态，以前都是在外部压力下出现的。今天我准备尝试。一会儿我要自我催眠，从飞船里跃出去，看能不能在濒临死境时触发。对了，老青你得靠谱些，开启能量防护罩，对我保护到位，别真的让我被雷劈死。这次如果能采摘到天药，我们能笑一辈子。你们想啊，连老苦修士都惦记天药，刚才还冒险去采摘，足以证明它远超我们的想象！"

青木点头，拍着胸脯保证，安全绝对没问题，能量罩内无雷霆，可以抵挡住密集的闪电。

陈永杰却犹豫了，道："我刚才似乎看到特殊的球状闪电，连成一串，相当可怕。"

"老陈，你在吓我吗？"王煊瞪向他。

"我是在梦境中见到的，不知道真假。"陈永杰自己也不确定。

"行了，别吓自己，我去试试看。"王煊遇到的第一个问题就是自我催眠，让自己确信陷入生死危局，以便触发"超感"。

陈永杰摇头道："估计你这样触发不了'超感'状态，无论如何，人都是骗不了自己的潜意识的。"

王煊不理会，他是行动派，开始催眠自己。可以说，效果相当好，没过多长时间，他就……睡着了！

青木发呆，这是……催眠过头了吧？要催眠自身，但不是真睡过去！

陈永杰也一阵出神，还等着王煊跳飞船呢，结果他将自己催眠得睡过去了？

王煊确实睡着了，且进入自己即将形成的精神领域中，很快他就看到了老苦修士。

"苦修士，你怎么又跑我这里来了？难道是想与我合作采摘天药？说吧，最后咱们怎么分？"王煊颇为期待。

老苦修士二话不说，冲过来就开始揍王煊。

王煊蒙了，什么状况？这还是他第一次挨苦修士揍！

片刻后，王煊醒来，感觉浑身都疼。他龇牙咧嘴，怒发冲冠，怎么莫名其妙就被揍了？

他发誓，以后到了新星，一定要去老苦修士所在的千年古刹讨个说法！

青木一脸不解地看着他。陈永杰则露出诡异的神色，道："被打了？"

"这你都能看出来？"王煊惊讶，但刹那间就明白了。老陈比他更惨，被老苦修士在精神领域中活活打了一宿，都有经验了。

"老陈，回头你赶紧将老苦修士送走，我太不待见他了！"王煊愤懑地道。

不过，他仔细琢磨过后，觉得老苦修士似乎是在预警。最后关头，老苦修士以双手演化，展现出无边的赤霞与红光，当中立着一道模糊而曼妙的身影。

在王煊说出这些后，陈永杰悚然，道："我就知道，天药不可求，怎么可能莫名其妙就出现一棵？我们有麻烦了！"

"那我们撤吧！"王煊也心里发毛。

青木二话不说，驾驶飞船就跑。

突然，浓烈的药香传来，远胜刚才。那棵天药出现惊人的变化，一丈见方的金色土壤失去光泽，化成霞光，被那棵树吸收。

接着，拳头大的金色花朵凋谢，迅速结出一枚果实。果实从指甲盖那么大快速长到鸡蛋那么大，通体青色，流光溢彩。

更为重要的是，有特殊的果香传来，馥郁芬芳，沁到人的心灵中，作用在人的精神上。

陈永杰一把扯掉额头上的纱布，他那里的伤口以肉眼可见的速度在愈合。

王煊解开双手上的医用纱布，可以看到，他的十根手指头的伤也在快速愈合，最后彻底恢复如初。

片刻而已，王煊与陈永杰身上的各种伤都消失了，一点儿疤痕都没有留下。

至于青木则毛孔舒张，飘飘然宛若要羽化飞升，身体机能迅猛提升，也得到了很大的好处。

"走还是不走？"青木的声音都颤抖了。他觉得再持续一段时间，他的实力肯定能提升一截。

"不走了，到那棵天药近前去！"王煊咬牙道。

"你疯了？"陈永杰还算冷静。

王煊道："没疯。如果真是红衣女妖仙作怪，她的手段也快到极限了，根本不可能干预现世。她要是能动我，早就出手了。虽说她大概是在'钓鱼'，却可能丢了'饵'，什么都钓不到。"

"你这样说，她不是能听到了？"

"她要是可以洞悉这些，就不会这样钓我了。我估摸着，她只能看到我们是否临近那片特殊之地。"王煊咬牙道，"老青，接近一些，咬了饵，随时准备跑路。"

"行，拼了！"青木也知道这是在玩火，但是他认可王煊的某些话，对方如果能干预现实世界，就不会这么大费周折了。

飞船再次接近天药，满树金黄璀璨，树下的土壤被吸干，树上结着一枚青色的果实，不断散发出光辉。这种特殊的光辉落入飞船中，导致三人的新陈代谢加快，体质迅速增强。

三人到了这里后什么话都不说，直接开始修行。

机会难得，王煊没有犹豫，利用天药洒落的神秘光辉开始练金身术。

随着时间的推移，他的部分身体开始脱皮，不知不觉间他的金身术竟从初入第六层，晋升到第六层中期了！

金身术一层比一层难练，第六层想要全部练成，需要三十年以上的时间。

王煊这才用了多长时间？

修炼金身术的精进幅度之大，让王煊自己都震惊。天药果然名不虚传，他根本没有吃到那枚果实，就发生了这么巨大的变化。

同时，他也意识到自己即将触发"超感"状态，很快就能开启内景地了。

但他没有惊喜，反而毛骨悚然。这是在促使他开启内景地？对方想借路回归！

"老青，时刻准备跑路！"王煊低吼。他打死都不会去运转先秦方士的根法，绝不会在这里开启内景地。

在这个过程中，他始终在运转金身术，最终身体发光，又脱皮了。他生生将金身术提升到了第六层后期！

王煊确信，寻常子弹都奈何不了自己的身体了。

天药太过神秘，一口都没吃到，在这么短的时间内，就将他的金身术推向高峰，都快逼近第七层了。

"快逃！"王煊突然大叫。

因为他触发了"超感"状态。他虽然没有运转先秦方士的根法，只是在练金身术，但依旧模糊地感应到了内景地。

绝世红衣女妖仙在干预现实世界吗？太惊人了！王煊寒毛倒竖，出了一身冷汗。

青木虽然不舍，但执行力超强，还是果断跑路了。

"快！"陈永杰也在叫，他也觉得危险在临近，头皮发麻。

轰！

雷霆一道又一道，环绕着天药，隐约间在那金色的树后方出现数层大幕，有一道模糊的红色身影站立在幕后。

无尽的闪电带着红光劈向飞船，让青木心里发毛。那闪电太粗大了，通天彻地，将他们这里覆盖。

青木的心沉了下去，闭上眼睛。

王煊喊道："没事儿，她干预不了现实世界，红色雷霆临近飞船又消散了！"

飞船穿过云层，疾速远去，在他们身后的雷霆云层间，朦胧的天药渐渐隐去，消失不见。

虽然有惊无险，但王煊真心觉得他们是劫后余生。现在"超感"状态消失，他一点儿也不遗憾，他确信，在那一刻如果被迫开启内景地，必定会有天大的祸患降临。

他吃掉了"香饵"，却没有被"钓"走，心里充满了喜悦与成就感，忍不住对着闪电交织的乌云喊话："红衣妖，下次别只顾着冷酷算计，改天送药时，撑着油纸伞，给我跳一段妖仙舞。"

云层中，闪电间，天药隐去的那个地方，一道淡淡的红色虚影浮现，婀娜挺秀，撑着油纸伞，似乎在向下望。

"……"

王煊立刻闭嘴，什么都不再说了，脊背直冒寒气。

红衣女妖仙快能干预现实世界了？竟听到了他的话？！淡淡的红色身影从那里消失，彻底不见。

第96章
宗师意识

飞船中只剩下三人的喘气声,那红衣女妖仙居然在现实世界中显露淡淡的虚影,虽然看起来极美,但对他们来说简直是最惊悚的恐怖片。

"跳段妖仙舞会少块肉吗?如果是苦修士给我跳'极乐净土',我看都不看他一眼。"王煊擦去额头上的冷汗说道,主要是为了缓解紧张的气氛。

短暂的片刻,当真是恍若隔世。

青木望着天空中的乌云,悠悠地开口:"等哪天她真正出来,和你在现实世界中遇上,我看你到时候说什么。"

王煊觉得后背有些发冷,道:"老青,嘴下留情!"

飞船返回庄园,平安落在停机坪上。在脚踏上坚实的地面后,三人才觉得稳妥了,长出一口气。

天早就黑了,趁着夜色与淅淅沥沥的小雨,他们快速回到房间,这时才有心情讨论得失。

王煊的手臂上和脸上又脱皮了,让青木无语,同时也无比羡慕。显而易见,王煊的体质再次大幅度增强。

陈永杰眼睛发直,这主儿是多怕死啊,又练了金身术!在他看来,这种耗费时光的体术他实在消受不起,反正打死他都不会练。

"你要一直练下去?"青木问道。

在旧术领域,金身术绝对是性价比很低的体术。

尤其是在这个秘路被堵死的科技时代，练金身术的话等于蹉跎光阴，不练个几十年根本没多大用。

数十年过后，人都老了，精气神也开始衰竭，这种体术的修炼便也到了尽头，还有什么用？

王煊确实要继续走下去。练别的体术或许会快一些，但奈何不了子弹，如果没有金身术，昨夜他就已经死了。

同时，他专注于金身术是在为练张仙人的体术做铺垫。若非金身术有成，体质极强，他根本不可能练成金书上的三幅刻图所展示的招式。

张仙人的体术绝对非常恐怖，他若是将五页金书上记载的东西练到最高层次，估计可与羽化者抗衡。

陈永杰叹道："有秘路任性！"

反正他不会这样选择，这等于在挥霍青春岁月。

"老陈，你变年轻了！"王煊惊讶地道。

陈永杰深感意外，十分喜悦地道："你看我现在像多大年龄的人？"

王煊看着他的脸，道："看着像是五十五岁左右的人吧。"

陈永杰一听，顿时没有好脸色，不想搭理王煊了。他现在才五十二岁而已！

青木也开口："师父，您确实变年轻一些了，有些皱纹不见了。"

陈永杰赶紧找来镜子，看着镜子中的自己，确实年轻了好几岁。他当年练本土教祖庭的秘篇绝学，损耗了身体，有些显老。

"现在我才恢复正常，像是五十岁的人了。"陈永杰露出笑容，十分满意。

王煊诧异，他一直以为陈永杰快六十了，刚想说出口，看到陈永杰捋袖子，赶紧将到嘴边的疑问咽回去了，改口问道："到燃灯层次了吗？"

"还差一些。"陈永杰摇头，叹道，"超凡层次的提升没那么容易，比你们凡人修行艰难太多了！"

青木听到这种话后，都不想理他师父了。这次青木也得到了莫大的好处，离准宗师很近了，再打磨一段时间，他必然会踏入那个层次。

他以前的旧术之路走到了尽头，现在跃过断崖后，后面的路未必依旧是悬崖峭壁。

王煊自然获益很大，体质与精神皆大幅度增强。如果他再遇到像昨夜那几名对手一样强的人，绝不会那么惊险了。

青木惊叹，小王这是进入宗师领域了吗？真被外界那些人说中了，二十岁出头的宗师啊！

显而易见，一旦消息泄露，必然会引发轰动，那些想组织探险队进入密地的财阀等绝对会立刻争夺他，竭尽所能地拉拢他。

陈永杰摇头道："他现在的防御力不用多说，攻击力也不弱于宗师，甚至可对抗这个层次的对手，但还有些不足，明显欠缺一些东西。"

王煊听到他这样的点评，立刻认真了起来，向他询问自己还缺失什么。

"宗师意识！"陈永杰很严肃地评价王煊现在的状态，攻击力是足够了，精神领域初步形成，也很了不得。

"现在的你拥有强大的身体素质，却没有真正展现出它全部的威能。"陈永杰让青木去取了个木墩，现场教学与演示。

他以右手为刀，顺着木墩的纹理纵向轻轻劈落下去，咔嚓一声脆响，木墩裂为两半。

显然，他没怎么用力，看着就很轻松。

"你现在怎么战斗？直接横推过去，用蛮力对付敌人，实在缺少美感。"

陈永杰说到这里，再次以右手为刀，但这次并未沿着纹理，而是横向朝着木墩劈去，虽然依旧劈裂了，但是需要的力道明显大了。

并且，他横向劈开木墩时，木头内部炸裂了一部分，进一步说明木墩承受的力道变大了很多。

"看到了吗？有技巧的劈柴者，可以轻松而流畅地劈开木头，省时省力。而有些人蛮干，猛劈猛砍，却不如别人轻轻一劈。"陈永杰很平静地道来，说的话浅显易懂。

他毫不客气地点评昨夜的战斗，那几人穿戴超物质甲胄后，有了宗师级的力量与速度，但也与王煊一样，缺乏宗师意识。

如果王煊昨夜遇上的是一位真正的宗师，那么他必死无疑！

"宗师出手，大多时候不是靠蛮力，往往无迹可寻。他们讲究灵性，不仅杀伤力惊人，还有种艺术美感，偶尔还会有如神来之笔的招式。"

王煊虽然被批评，但是觉得很有道理，他认真反思。

陈永杰继续道："猛虎强悍，狩猎时却隐匿行踪，关键时刻扑杀，一击致命。你呢，每次出手都以力压人，太浪费力量。万一遇上一个身体素质同样惊人且有宗师意识的对手，估计会很麻烦。"

这些东西并不难理解。王煊起身，在房间中舒展身体，施展旧术，渐渐有种空灵的美感了。

所谓宗师意识，不过是一种有灵性的战斗思维而已。被点破后，认真揣摩与践行，慢慢就可领悟掌握。

王煊无论是肉身还是精神都足够强，现在被陈永杰点醒，他只要按部就班去练，用不了多久就能拥有宗师意识。

"个人风格不同，我应该可以很快掌握你说的那些，但我还是会偏向有力量的搏杀。"王煊说道。他会弥补不足之处，但强势的方式估计还是会保留。

领悟这些后，王煊轻松了起来，笑道："你拿猛虎猎食举例，那鬣狗的'神掏'算是省力而有灵性的一击吗？"

陈永杰瞪眼，最后叹道："属于奇道领域的灵性一击。"

青木发呆：这都能灵性起来？

王煊点头道："看来正奇相合才是王道。"

第97章
红颜知己

王煊理解宗师意识后,起身离去。他刚脱完一层皮,不去冲洗几遍的话,他都有些嫌弃自己。

当王煊再次进入病房时,发现陈永杰容光焕发,居然在照镜子,而且拿了把梳子梳理他那根本不用打理的寸头。

"什么状况?"王煊问青木。

青木神情异样,道:"一会儿有贵客来访。"

王煊立刻懂了,笑道:"老红颜知己!"

陈永杰的梳子立刻飞了过来,差点儿砸中王煊的额头。

不久后,真的有飞船降落在庄园中的停机坪上,青木立刻亲自跑去接人。

只有一位女子在青木的陪同下来到病房,其他随行的人都在她的示意下离去,被庄园的专人请去吃晚餐。

王煊赶紧客气地跟女子打招呼。他很惊讶,这个女子看起来只有三十五六岁的样子,比他想象的要年轻许多,虽然人到中年,但风韵不减,有种成熟的美。

"老红颜知己"并不老,和老陈相差快二十岁了。

王煊看向陈永杰,眼神异样。陈永杰是什么人,立刻读懂了他的意思:老陈,想不到你是这样的人!

"我和老陈同龄。"女子面带笑意说道。她竟无比敏锐,刹那间就看懂了他们的眼神。

"姐姐……真年轻！"王煊发自内心地称赞。

陈永杰介绍，这个女子名为关琳，是他多年的好友，两人认识三十年了，这次关琳亲自来接他去京城"养伤"。明天上午，关琳要去参加新术领域头号人物奥列沙的追悼会，不然今晚就会起程。

青木悄然告诉王煊，探险组织接触过很多古怪的地方，老陈以前曾经冒险进入一片绝地，为关琳摘了一朵在古籍上有记载的奇花，所以她这么多年过去都不显老。

王煊惊异不已。青木所说的绝地进去后肯定是九死一生，老陈居然甘愿为一个女人去采摘那种奇花，看来两人关系相当密切，他忍不住追问后续。

青木摇头，低语道："我师父一直独身，关姐也算是一直未嫁吧，过去的事很复杂。"

他没有细说，王煊也没有再问，这里面肯定有些故事。

关琳问道："小青，明天上午奥列沙的追悼会，你们有人去吗？毕竟是在你们的地盘，大气点儿，让人送个花圈吧。"

小青？王煊想笑，回头去看青木，却发现他很坦然，对这个称呼早就习惯了。

王煊忽然觉得，这个女人看起来温和，但应该十分强势，她这次可能是为老陈与青木出头而来的，要得体地去向某些人表达态度。

今日，部分人施压，想让青木以命抵命，正是关琳驳斥了这些人的要求。现在她还让旧术领域的人去参加追悼会，足以彰显她的强势。

青木讪笑道："我师父想让我替他送个花圈给奥列沙。"

关琳摇了摇头，道："过了，明天让小王去吧，我也会出席，不会有事的。"

陈永杰皱眉，道："没有大宗师到场吧？"

"没有。"关琳摇头道，"最近，新术领域的大宗师来一个死一个，现在那些人还敢轻易踏足旧土？都担心来了会出事儿。"

"那就妥了。"陈永杰淡笑道。

关琳闻言吃惊地看向王煊，瞬间意识到了什么。

次日清晨，王煊吃过早饭后，又将自己的双手用纱布缠了起来，然后坐上青木准备的一辆专车，赶往安城的某座殡仪馆。

"有意思，旧术领域也有人来。"有人一眼认出下车的王煊，顿时面露异色，毕竟雨夜大战时，他给人留下的印象太深刻了。

王煊到了殡仪馆门口后，发现了很多熟人，因为在郊外庄园的人都转移到这里来了。

吴成林一身黑，下车时正好看到王煊，迅速走了过来，道："小王，你怎么来了？"

"为老奥送行。人都死了，我就不计较那么多了。"王煊感叹。

吴成林无语。这是你计较的事吗？是新术领域的人在介意啊！

"小王，你乱说什么？我担心一会儿有人和你计较！"吴茵快步走来，一身黑色正装在这种肃穆的场合下竟显得颇为冷艳。

"超级财团的代表人物钟庸老先生居然亲笔写了挽联，让人送来了。"远处有人惊呼。

吴成林一听顿时撇嘴，道："我敢打包票，这挽联肯定本来是写给老陈的，结果老陈太坚强，钟家的老头子直接就转手送给了奥列沙。"

"我们去见一些老朋友。小王，一会儿聊。"吴成林将吴茵带走了，去见财阀中的一些熟人。

在路上，吴成林对自己的侄女低语："我有种感觉，这个小王有恃无恐，敢来这里，不是自己突破了，不怕被新术领域的宗师针对，就是有人站在他背后，要向相关方表明强硬的态度。"

随后，他对自己的侄女补充道："要抓紧时间了，那片神秘之地不等人啊！小王这个人还可以，为人不错，如果他能视你为知己，估计会帮我们。"

"叔叔，你在暗示什么呢？！"

奥列沙的影响确实大，今天来了不少贵客。

不远处，钟诚缠着绷带，跟在钟晴的身边。他眼尖，第一时间发现了王煊，立刻低语道："姐，看到没有？老吴和吴茵姐刚才明显在拉拢老王，你也得赶紧行动啊。"

钟晴瞥了他一眼，没有说话。

钟诚小声道："以你的手段，让他单方面认为你是他的红颜知己，应该不难吧？我先过去和他打个招呼，一会儿你也来。"

钟诚跑了过去，隔着有一段距离就喊道："王哥！"

王煊转身看到他的样子，顿时露出笑意，这是怎么了？钟诚头上缠着纱布，手臂上居然还绑了绷带。

"你这是怎么了？"王煊关心地问道。

"王哥，噤声！"钟诚心虚。他姐姐就在不远处，要是再听到什么乱七八糟的言论，估计他的双腿明天都要打石膏。

"没想到你姐姐看起来柔和甜美，下手可真重啊。"王煊感叹。

"王哥，我姐姐其实想和你聊聊。"钟诚笑容灿烂。

王煊诧异，问道："带秘籍了吗？"

钟诚发呆：老王，你太无情、太现实了吧！

第 98 章
向往列仙的异类

钟诚思忖：老王这是认真的吗？关键是他想看哪种秘籍？

"昨天的秘籍你都悟了？"钟诚低声问道。

"当然，那么大的一本书，'真经'却那么少，亏你还说藏书丰富。"王煊说道。

钟诚觉得他话中有话，但选择了无视，道："不管怎么说，秘籍你也看过一部分了，你和我说说练旧术的窍门，我真心想进入这个领域。我家有各教祖庭的绝学，更有与列仙有关的金色竹简，我空守秘籍宝山，却无法练成。"

一般的人自然不敢泄露这样的信息，藏着掖着还怕不稳妥，但超级财阀钟家不在乎，且外界早已知道他家藏书丰富。

在这个时代，黑科技层出不穷，超级战舰威力巨大，人类早已利用科技文明进入深空，昔日的旧术典籍在财阀手中不过是丰富书架的文物而已。

王煊感叹，他东拼西凑，还觉得以后的秘籍会不够用。

而陈永杰到了现在这个层次后更是唏嘘不已，认为超凡秘籍太罕见，和有关部门加强合作，也是想借秘籍研读。

王煊瞥了钟诚一眼，他早知道钟诚不像外表看着那么单纯。钟诚透露钟家丰富的典籍收藏，明显是在诱惑他，吊他的胃口呢。

王煊淡淡地开口："练旧术需要用心，深入了解一部典籍的背景，从源头揣摩它的要义，将自己代入典籍创作者的心境中，这样练下去终会有所获。"

钟诚一怔，问道："你突飞猛进，诀窍只有这些吗？"

王煊又道："这世间没有速成的旧术，没有一步登仙的诀窍。你要沉下心，投入一部典籍当中，感悟关于它的一切。我们以《蛇鹤八散手》为例，你练过这个体术吧？"

"练过，但我练了几年，还不如你初练几天的效果。"钟诚叹气。

"我们从解析《蛇鹤八散手》开始。"王煊觉得，看了人家的秘籍，也该帮人家解析一下，顺便"反钓"。

钟诚郑重起来，他想练成家中那些秘籍上记载的秘术，并非说说而已。他看过家中很多藏书，向往列仙的传说，希望有一天可以凭借一道剑光冲上九霄，依靠肉身挡住战舰。

钟家有各种神秘典籍，有的甚至可能是列仙所留，但上面的体术他练不通，颇为遗憾。

可以说，他在财阀后人中算是个异类，在很多年轻人渴求最新型的战舰时，他却希冀羽化登仙。

不过最让他伤心的是，他常年研究旧术，也练新术，居然打不过他姐姐！

"你要知道，当时的背景是，老张名动天下……"王煊开口。

钟诚谨慎地打断了他，认真求教，道："老张是谁？"

"张仙人！"王煊瞥了他一眼，这孩子不学无术，连这都不知道？

钟诚咽了口唾沫，心中感慨，果然是格局的问题，他也就在心底称呼眼前的人为老王，而对方居然无比自然地称一教鼻祖为老张，这……他有些服气了！

"老张归隐鹤鸣山后，看到蛟龙与神鹤在云雾中死战，这是时代背景。所以，我们练这种体术时，要有老张那种潜在的无敌信念，也要有他归隐后的出世心态。此外，蛟龙与神鹤争锋，那是杀气冲天、不死不休的局面，哪怕自身陨灭，也要除掉对手。所以，我们练这种体术同样要有勇猛之心，要有不惧生死的气魄，并养出无尽杀气。这样就制造出了当时的氛围，我们沉浸当中去练，自然会有所成。"

钟诚听得发呆，感觉相当有道理，但又摸不清头绪。

"王哥，再具体点儿。"他目光热切。

"老张这种人必然超脱尘世，所以练蛇鹤八散手这个体术时，要以空灵的姿态推动，把自信刻写在骨子中，含而不露，既要有无敌心态，又要含蓄。身体蓄力，引而不发，外看缥缈，实则体内运转的无尽秘力，早已汹涌到极致，只待发出！要有他那种归隐的至强者的出世风采与神韵，直至杀敌的瞬间，身体各部位才猛烈地共振，爆发出强烈的杀气，快速出手毙敌。最后收功，一切归于清净无为，归于自然。"

王煊脸色淡然，不急不缓地说着，并且现场教学，以空灵的宗师意识展示蛇鹤八散手，直到对殡仪馆中一块数吨重的观赏石出手的刹那，才爆发强烈的杀气，最后又平和地收功。

钟诚被唬得一愣一愣的，摸着碎了一地的石块，感觉老王高深莫测，说得很有道理，不愧将成为这个时代最年轻的宗师！

"王哥，你说的这些让我豁然开朗，在旧术领域为我开了一扇窗。原来不只要按照经文去练，还要参考时代背景、气氛以及各方的心态，讲得精妙！"钟诚眼神火热，脸上出现灿烂的光彩，道，"王哥，今天你让我从心底深处佩服了。现在看来，你二十出头就将成为宗师，果然有道理。"

王煊腹诽：年轻人想钓"王教祖"？你还嫩着呢！随便给你说些心得体会，就能将你反钓过来。

"王哥，你还想看昨天那本秘籍吗？"钟诚小声问道。

"对，我觉得那本秘籍不错，很对我胃口。"王煊点头，他真心想看陈挢那部经书的完整版。

钟诚点头道："你带手机了吗？咱们互加深空信号，回头我传给你。"

王煊掏出手机，与他互加为好友。

钟诚道："我只记住了那本经书的一部分，等我回新星整理出来后再想办法发给你。"

然后，他果断连发五张照片，全是他姐姐的生活照。

王煊的眼神立时变了，很想说：没想到钟诚你是这样的人！我要的是陈挢的那本书，你发我小钟的照片是何意？

但最后，他又淡然处之。"王教祖"是那么喜欢磨叽的人吗？懒得跟钟诚解释，他爱发就发吧！

钟诚压低声音，道："王哥，说实话，我以前觉得你有点儿坑人，但现在我认为，你真有些不一般，将来未必不能踏足神话领域。现在咱们也算是结了善缘，以后你若有所成，别忘了接引我。"

随后，他又以微不可闻的声音说道："等我能接触家里的绝世秘篇以及先秦方士的金色竹简时，一定会再向王哥请教。"

王煊动容，但看到钟诚灿烂的笑容时，立刻又将他话语的可信度降低一半多。

财阀家族中的年轻人哪是什么省油的灯？钟诚掏心掏肺让人觉得真诚，那说明他比以前成熟了。

当然，如果对方说的不是虚言，王煊将来也必然会厚报。

钟晴无声无息地走来，看到她弟弟的深空信号页面居然连着发了她数张居家的慵懒美照，顿时火气上涌。这个愚蠢而又死不悔改的弟弟，为了练旧术又出卖了她！

第99章
深空密地

居然敢用手机直接发她的照片？

素面朝天的钟晴眼神清澈纯净，看起来极为清秀美丽，但是很果断地一巴掌就将她的弟弟拍翻在地。

王煊讶然：小钟看起来青春甜美，没想到力量竟这么大？

随后，钟晴看向王煊，眼神不善，似乎要讨个说法。

王煊诧异，这关他什么事？他不想参与姐弟俩的争斗，于是诡诡然迈步，去参加奥列沙的追悼会了。

钟家那个练成蛇鹤八散手的老者出现，叹道："这个年轻人非常不简单，一番话让我都心中发颤。我练了一辈子旧术，却只研究经文本身，从来没有去深入地思考过经文的诞生过程，今天恍然大悟，却又怅然若失。"

他有些失神，站在原地看着天边良久，心中空落落的。

"他这么厉害？"钟晴神色一变。

钟诚站了起来，道："当然厉害，我刚才的激动也不全是装的。你知道吗，他说的那些，和我前阵子在书库中无意看到的一本手札中记载的内容颇为相似。要知道，留下手札的人是位地仙！所以，姐，我又抛了香饵——绝世秘篇、金色竹简以及你，慢慢钓他。反正你那么厉害，回头尽情施展手段，让他一见钟'晴'误终身……"

"将我与竹简、纸堆一起当饵？你活腻了！"钟晴听闻后，白皙的手掌拍落，让钟诚再次趴在地上。

钟晴训斥道："我看你是走火入魔了，都什么时代了，还沉浸在列仙的传说中？他们如果足够强，就不会消亡！等我采摘到地仙草，比他们活得还要久。我们钟家的确不会放弃神话领域，而且还会无比重视，却不会被术所缚，要超脱出来，驾驭所有！看你都成什么样子了，修行了十几年，还不如我几年的成就，我一只手就足够教育你！"

钟诚想哭，他觉得自己很厉害了，却一直打不过他姐姐。

"再敢发我的照片，我直接将你放逐到荒芜星球上的基地中待两年！"钟晴严厉警告，"那里全是冷血的男雇佣兵，不乏旧术高手，反正你喜欢，就多和他们去交流交流。"

钟诚顿时睁大眼睛，不敢说话了。

殡仪馆很大，庄严肃穆，院子里栽种着粗大的青松翠柏，遮掩在建筑物间，越发显得幽静。

前来参加奥列沙遗体告别仪式的人很多，不少财阀都派人来送行，比陈永杰将死时来的人还多，规格更高。

主要是因为奥列沙曾为几位很有地位的老人续过命，着实结下了很大的"善缘"。

王煊身材挺拔，因为练旧术，整个人有一股说不出的精气神，双目有神，熠熠生辉。

有人立刻认出他来，同时神色不善地盯着他。如今他名声在外，但对新术领域的人来说，他是个恶客！

王煊最出名的事莫过于，他在帕米尔高原一脚踢死大宗师夏青。

殡仪馆一个幽静的园子中，几位中年人正在谈话，竟提及神秘之地。

"那片密地相当神秘，仅边缘区域挖出的东西的价值就高得惊人，竟挖掘到熬炼长生液的主要珍稀矿物，量还不算少。可是那里频频出事儿，让人感到不安。"

近期，新星的财阀都躁动了，渴望进入一片奇异之地，却遇上了各种可怕的麻烦。

最可怕的是，竟有超级战舰坠落，与外界彻底断了联系，当中有重要人物生死未卜，急需救援。

"和以前发现的那片福地相似，那片密地具有无比浓郁的X物质，待的时间稍长，就会导致各种精密仪器出故障。"

各大组织虽然多次升级战舰的保护系统，但那种X物质具有恐怖的穿透力，令人防不胜防。

"那片区域对走新术路的人也不友善，X物质竟然会侵蚀超物质，待得过久，身体会出现可怕的病变。"

虽然无比危险，但是各方一窝蜂地向里冲，用尽手段探索，因为在那里相继发现了一些了不得的奇物。

"钟家两天前意外地排除X物质的干扰，竟捕捉到一幅极其神异的画面，一向稳重的老头子钟庸看到后都快疯了，恨不得亲自闯进那片密地。不知道他们究竟看到了什么。"

新术领域的两位宗师来了，在见到几位中年男子后，强烈请求他们相助，让青木以命抵命。

几位中年男子没作声，他们中已有人使过劲了，但遇到强大的阻力，被顶了回来。

而且，旧土有关部门已经发声，为这次的事件定了性——奥列沙死于空难。

有些事不能较真，既然旧土有人表现出极其强硬的姿态，他们再出头的话就真的要撕破脸皮了。

没有利益可图，他们没必要为死去的奥列沙将人给得罪完了，不然会产生各种不可控的影响。

几人脸色温和，安慰新术领域的两位宗师，让他们先给奥列沙送行，有些事不用急，可以慢慢算账。

新术领域的两大高手叹息，他们知道，维持彼此关系的是利益，没有巨大的利益估计很难说动这些人。财阀虽然非常强大，但也不会平白得罪人，做做样子就已经到边了，不可能无故为他们出头。

新术领域的一位宗师周伟神色平静地开口："那片密地虽然对超物质不友善，但是新术领域有部分人早已将肉身强度提升到惊人的地步，即便不动用超物质也能踏足那里，甚至可向深处进发。"

另一位宗师孙川更是直言不讳，说陈永杰身为旧术领域唯一的大宗师，数日内就会死去，自此后旧术连宗师都没有了，没落至此，完全指望不上了。

几位中年男子点头。这是实情，陈永杰的确快要死了，想请他带人去探索密地根本不可能了。

周伟道："旧术就像是风中的烛火，有风扰动，偶尔会蹿起较亮的火光，但那也意味着，躁动过后就要彻底熄灭了。"

他补充道："比如，新崛起的那个年轻人就像是风中偶尔亮起的烛火，只是准宗师而已，根基不稳，如果敢踏足那片密地，火光很快就会熄灭。"

孙川点头道："短时间内他无法踏入宗师层次，因为旧术见效奇慢无比。"

几位中年男子点头，明确告诉新术领域的两名宗师，只要他们能将某些奇物从密地带出来，利益分配时什么都好说。

同时几人也暗示，近期新术领域的人只要不是太过分，他们可以为其撑腰。

周伟与孙川还算满意，转身离去。

一些人脸色阴沉，拦住王煊，不让他进去吊唁。如果是在荒郊野外遇上，他们一定会请宗师对王煊下死手！

王煊平缓地开口："身为一个才走上修行路的新人，我来为新术领域的第一人送行，出自真心，你们不用过多地解读。"

"这里不欢迎你！"有新术领域的人冷冷地开口。

一时间，许多来吊唁的人都望过来，露出异样的神色。这就是那个在雨夜中连杀几个准宗师的强大年轻人？真的才二十出头！

吴茵也在这里，她张了张嘴想要劝阻，但最终没有开口。

钟诚则先瞥了一眼他的姐姐，没敢发表什么意见。

王煊很平静，道："我也是代表旧术领域的一部分人来这里送个花圈，表示下态度。你们没有必要针对我。你我的目光应该望得更远一些，没什么过不去的事。"

他这么从容，让新术领域的人很难受，己方再表现过激的话，估计会让人看笑话。

"请进来吧。"新术领域的宗师孙川开口，他与周伟刚好从那个幽静的园子回来。

王煊向里走去，很多人的目光都落在他的身上。

一刹那，孙川目光灼灼，逼视前方。外人感觉不到什么，但是王煊立刻意识到，新术领域的宗师要对他出手了！

这是在对王煊进行精神压制，想让他直接跪下去，在吊唁的大厅中抬不起头，这种手段强势而隐秘。

王煊的双目露出冷意。想凭借宗师的高境界在精神层面对他下手？实在是想多了，他都形成部分精神领域了，现在倒要看一看究竟谁会跪向谁！

第 100 章
王宗师

王煊身材颀长，但并不单薄，给人匀称有力量的感觉。

此时已是早上九点多钟，太阳早已升起。他站在入口那里，阳光洒落在他的身上，让他看起来格外灿烂耀眼，与追悼大厅内的气氛形成鲜明的对比。

一时间，人们看到他周身似乎在发光，二十岁出头就将踏入宗师层次的人物，格外引人注目。

新术领域的两名宗师立在幽冷的大厅中，连脸色都那么阴郁，给人以距离感。

很快，人们觉察到气氛不对，那个年轻人站在原地不动，眼睛却越发璀璨，仿佛有电光在交织。

而新术领域的宗师孙川在轻颤，双手握得很紧，居然在轻微地发抖。

这是什么状况？

旧术领域的年轻强者与新术领域的真正宗师相遇后，双方之间竟出现了问题。随后人们发现两人间起风了。

突然，旁边花圈上的挽联扬起，而后像被一双无形的手撕碎，只因距离两人过近！

即便不懂修行的人也意识到，新术和旧术领域的两人在进行无声的对抗。

人们非常吃惊，那个年轻人不是还没进入宗师层次吗，现在就能与真正的宗师交手了？

"会不会出事儿？"吴茵有些担心。在她的认知中，王煊虽强，但毕竟只是准宗师，他能与真正的宗师对抗吗？

"他没吃亏，有些离谱啊！"吴成林感慨。他已经看出，真正吃力的是新术领域的那位宗师，其额头浮现白光，身体在轻颤。

随着时间的推移，人们都发觉了，新术领域的宗师孙川的身体在摇动，竟有些支撑不住了。

"天啊！老王这么强？！"钟诚忍不住惊叹。难道才过去一天，老王就成为真正的宗师了？

越来越多的人看出端倪，从站位就能察觉到，那个年轻人要进入大厅，却被新术领域的宗师阻路，而现在宗师吃亏了。

安城的这座殡仪馆很大，今天来了很多人，有新星的财阀、有关部门的代表，也有旧土一些有头有脸的人，他们的身份都不一般。

现在，所有人都看着追悼会大厅的入口，那个年轻人像是一柄出鞘的利剑般立在原地，双目竟释放出惊人的光束，压制得孙川慢慢弯下腰。

人们哗然，一个新人而已，居然力压一位老牌宗师，非常惊人！

这才多长时间，他就更上一层楼了？

有不少人是从郊外那座庄园直接赶到安城这座殡仪馆的，他们在那个雨夜亲眼见过王煊出手，现在都特别有感触。

王煊不想过分地压制孙川，毕竟这是奥列沙的追悼会，真让一个宗师跪在地上，会显得他咄咄逼人。

得饶人处且饶人，尤其是场合实在不对，容易引起非议，王煊还是很有分寸的，渐渐收敛精神力量。

然而，有人却不想就这么结束！

孙川渐渐挺直身体，这时他得到同伴的暗示——周伟扶住他的手臂，示意他发力，尽情出手。

一刹那，孙川明白了，周伟要暗中助他一臂之力，当众压制旧术领域这个新崛起的年轻人。

精神领域的对抗非常凶险，他们两人若是一起爆发精神能量，不仅可以将对方压制住，还可能给对方的精神造成严重创伤。

孙川发狠，旧术领域也就这么一个奇才而已，陈永杰快要死了，如果将这个年轻人也废了，那么旧术就真的完了。

放眼新星与旧土，旧术领域新老两代人若是都倒下去，就再也找不出一个像样的高手了！

轰！

孙川没有犹豫，再次催动精神能量，趁着这个年轻人不备、收敛精神时，他这边展开了最为猛烈的攻击。

同一时间，周伟爆发，额头发亮，像是有一团光在迸发。这是新术领域特有的现象。他们有秘法，不管精神层次如何，到了宗师层次后，都有异象显化。

王煊目光冷厉，他虽然愿与人为善，但不代表他是烂好人。他的精神层次足够强大，感知比那两人要敏锐得多。

他一直在防备着，第一时间觉察到不对，果断催动初步形成的精神领域，在他的额头前方竟冒出淡淡的白雾，他的双眼则射出两道利剑般的光束。

"啊——"

孙川惨叫，捂着头，双目更是刺痛无比。

他整个人昏昏沉沉，竟屈膝跪了下去，抱着头不断地低吼，面部表情狰狞，精神紊乱。

与此同时，周伟也闷哼一声，踉踉跄跄地后退。如果不是撞在人群中，他可能也会摔倒。

王煊无恙，他形成部分精神领域后，在宗师层次实属异类。

因为真正涉及精神层面的质变，是在燃灯境界。他与陈永杰较为特殊，因为他们曾多次触发"超感"，并踏入过秘路。

王煊没有乘胜追击，因为精神领域的攻击术他真的不会，他所做的不过是强硬反击。

孙川之所以跪了下去，那是因为他想压制王煊下跪，结果被王煊猛烈反击，导致自身遭受反噬。

现场一片嘈杂，人们哗然，简直不敢相信这一切。一个年轻人，居然将新术领域的两位强者当场掀翻，更是将其中一人压制得跪在地上，这一情形引发了轰动。

在场的人都是各方代表，身份很不简单，其中不乏财团中的重要人物。看到这样的一幕，许多人的脸色都变了。

所有人都意识到，这个年轻人极其厉害。要知道，过去从来没出过二十岁出头的宗师。

一天前，部分人还在私下谈论，觉得他有望踏入这个层次，却不知道什么时候能踏入。

谁能想到，只是隔了一天而已，再次相见，王煊已经变成了真正的"王宗师"！

初入这个层次，他就力压两位资深的宗师，未来可期，容不得人们不震惊。

"小王——不，王宗师真是给了我太多的惊喜，实在出乎我的意料啊！"吴成林发自内心地感叹。

然后他看向自己的侄女，小声道："你觉得怎么样？"

另一边，钟诚异常激动，道："不愧是老王，不愧是敢将自身与老张并列的猛人，他这就……成为宗师了？太快了，强势崛起，未来可期，这一刻我愿称他为'王教祖'！"

然后，他转头看向钟晴，道："姐，你觉得这个人怎么样？要不真让他一见钟'晴'算了！"

第 101 章
天纵之资

吴茵瞥了一眼吴成林,没有说话,但看向王煊时露出笑容,明显比看她叔叔时的脸色好多了。

同时,她也看到一侧的钟晴。钟晴高挑的身段非常扎眼,面孔极其标致,清秀绝伦,清纯恬静,一副进入高校不久的校花模样。

钟晴回头,待看到吴茵后,微微扬起下巴。

这是在挑衅自己吗?吴茵放下抱在一起的手臂,踩着高跟鞋走了两步,顿时摇曳生姿。

她淡淡地瞥了一眼钟晴,有些不屑,无比自信。

一向心思细腻的钟晴,现在有种跑过去直接捶吴茵的冲动。她认为,最近吴茵太具攻击性了,那种眼神非常讨厌!不就是多看了你一眼吗?又不会少块肉!

"姐,看到没有,吴姐相当自信啊,再加上老吴的助力,咱们姐弟俩如果不主动出击,老王可能就真被他们拉拢走了。"钟诚凑了过来,一副冒死谏言的样子,道,"老王现在精力旺盛……"

一刹那,他的手臂被他姐姐的右手抓住,剧痛无比,他赶紧低声道:"别动手,我又没将他和你连到一起说。我的意思是,老王现在精力旺盛,真要让他带我们的探险队进入密地,万一采摘到地仙草,那就赚大发了!"

说到后面,钟晴还没激动呢,他自己先激动了起来,道:"地仙草啊,可以让人多活几百年，要是他真送我一棵，让我叫他姐夫都行！"

然后……他就被暴打了！钟诚差点儿惨叫出声。

如果不是顾忌人多，影响不好，钟晴肯定将他拍翻在地。

不过，去那片密地确实需要旧术领域的顶尖人物，看着站在门口的王煊，她在想怎么拉拢他。

密地中X物质浓郁，导致战舰坠毁、精密仪器损坏，且侵蚀超物质，只有肉身强大的人才适合去那里探索。

王煊迈步走进追悼会大厅，许多人关注着他，部分人和他打招呼。

众人不可能表现得过于热络，而且场合不对，这里需要肃静，大多数人只是对他点了点头。

与此同时，周伟面色苍白，事情被他搞砸，他今天丢人丢大了！

刚才，他撺掇孙川再出手，想一举重创旧术领域如今的"独苗"。

结果，他们在精神力量的对决中竟然败了，那个年轻人强硬地反击，让他的头剧痛不已。

当他注意到众人落在他身上的目光与落在那个年轻人身上的目光截然不同时，他的脸色瞬间通红。

这样的结果，让他倍感羞耻。

不久前，他还对财团中的几个中年男子说，旧术领域不过是风中的烛火，那个年轻人短时间内无法踏入宗师境界，火光有可能很快就会熄灭。

此时，他有头部真正的剧痛感，也有心中的难堪之痛。

孙川低吼了很长时间，终于平静下来，渐渐恢复。他恨不得找个地缝钻下去。这次颜面丢尽了，他居然当众跪在旧术领域新宗师的面前，没有比这更丢人的事了。

追悼会按时开始，在司仪的主持下有条不紊地进行，但是各方的心态都变了。

新术领域的人全程阴沉着脸，无比沉默，今天的局面实在糟糕到了极点。

在他们看来，这简直是当众"牺牲"两位资深宗师，成全了这个时代最年轻的旧术宗师的威名。

司仪在那里回顾奥列沙在新术领域的辉煌一生，简直可以用"丰功伟绩"来形容，最后却是天妒英才，遇到空难而早逝。

王煊脸色平静，他知道，如果将真相揭开的话，估计所有人都要炸窝。你们以为查到了真凶，得悉了隐情？却不知"垂死"的老陈正站在迷雾尽头，是他用剑将奥列沙击灭的！

人们排队上前瞻仰遗容，有人还鞠躬了，但王煊只是低头看了一眼。

奥列沙安详地躺在那里，身上蒙着白布，四周堆满鲜花。

王煊几乎没停脚步，看一眼就走了。

他发现有许多人和他一样，看一眼就跑出来了。有人甚至都没进去，比如陈永杰的红颜知己——关琳。她人能来已经很给面子了。

关琳与几名中年人站在一起，看起来像是多年的老友，交谈得很融洽。

吴成林热络地走了过来，低声告诉王煊，那几个中年人来自新星，而且背后是对新术较为支持的财团。

王煊一听就明白了，多半就是这里面有人施压，要让青木抵命，结果被关琳挡回去了。

现在看几人相谈甚欢，颇为和睦，根本没有针锋相对的意思，王煊只能感慨，有些交锋就是在谈笑间完成的。

看得出关琳心情不错，预示着问题不大，解决得差不多了。

很快，很多人向王煊这里走来，全都想要拉拢他。旧术领域出了这么一个年轻的宗师，让不少人都动了心思。那些有能力去探索那片密地的大组织最为热情，都想请王煊去探险。

王煊笑着应付，最后手里攥了一大把名片。

追悼会结束后，不少人便要直接离去。

这时，新术领域的两名宗师脸色阴沉，私下里找了过来，要与王煊换个地方真正切磋一场。

很明显，今天被一个新手压制，他们不甘心，咽不下这口气。

有一部分人听到这个消息后，立刻不想走了。

依照王煊的性子，他不想高调，他认为，在有能力面对各种科技武器之前，安心地修行，稳步地增强实力才是王道。

但是眼下，他被推到了风口浪尖，并且关琳在对他点头，示意他尽管放手一搏。

关琳多半和那几个中年人谈了什么，现在让他继续出手压制新术领域的人，他自然会配合。

而且王煊想到"王霄"这个身份马上就要被冻结了，近期都不会再用，也觉得无所谓了。他决定趁此机会好好教育下新术领域的人，临走时给他们留下一段深刻的记忆。

奥列沙的丧事由孙川继续负责，他精神受损，暂时无法参与实战。

周伟觉得自己虽然在精神层面受制，但真正的战力可以让这个刚踏入宗师层次的新人毫无还手之力。他已经看出对方的精神力量虽强，却无法主动攻击人，应该是没有学过相应的秘法。

现在他要展开一场实战，重创这个年轻人，找回面子。

不过，他并未大张旗鼓，只是想私下较量，赢了之后再公布战果，没想到消息走漏，一群人跟了过来。

这是在郊外，地势开阔，适合激战。

一大群人站在远处安静地看着，等待着新术、旧术两个领域的宗师大战，没有人劝阻，也没有人出声。

既然这个身份马上要被冻结，王煊就没想着再低调，一出手便动用了攻势凌厉的绝学。

他一步迈出，整个人贴着地面飞起，想着蛟蛇化龙、驾驭仙雾的情景，攻向对手。

此时，他身边确实带着一层淡淡的白雾，真的宛若龙冲霄汉，要强势击杀敌人。

"蛇鹤八散手！"钟诚低呼，顿时想到王煊讲的那些话，眼睛都不敢眨，仔细地盯着。

钟晴身边的那个老者更是激动，紧张地关注这一战。

两人越发觉得王宗师说的话蕴含妙理，现在他付诸行动，真正展现了出来。他整个人飞起，带着白雾，果然空灵出世，十分缥缈，符合本土教鼻祖张仙人归隐时的心态。

此外，王宗师目光慑人，这就是所谓蕴含在骨子里的无敌自信吗？这就是含蓄内敛过后的爆发时刻吗？

轰！

刹那间，半空发生大爆炸，能量激荡。两个人激烈地交手，不断地冲撞在一起。

钟晴身边的老者激动得发抖，道："就是这样，最后关头，由空灵自然的出世之姿，转变到爆发出强烈杀气的攻击姿态，一念间完成，这是蛇鹤八散手的最强真义！"

空中，两人瞬间激烈地碰撞了数十次，最后砰的一声，周伟的身体横飞出去。

这时，王煊落地了。但紧接着他又追了出去，与周伟展开决战。

王煊以周伟练手，领悟宗师意识，的确空灵飘逸，而一旦爆发杀气，又相当霸道，符合他说的那些"要义"。

钟诚直接看傻了眼，觉得自己悟到了，很快就要练成蛇鹤八散手的两式了。

那位老者更是现场演练，居然真的练有所得，心有所悟，将其中一式推向了较为高深的层次。

"天纵之资！"老者激动到无以复加的地步。

噗！

周伟横飞出去，胸膛受伤。

最后关头，王煊虽然依旧显得空灵，展现了宗师意识，但还是没忍住，一脚踢向了周伟。

众人无比吃惊，战斗这么快就结束了？王宗师远比他们想象的厉害，迅速而又强势地击败了一位资深宗师。

"我悟了，我真的想通了其中的两式！"钟诚嘴唇发抖地叫着，也不怕他姐姐打他，自语道，"这一刻，我依旧愿称他为'王教祖'，如果加个后缀……姐夫，似乎也可行？"

第 102 章
曲终人散

钟诚"求捶得捶",果然又被打了,依旧是被他姐姐一巴掌拍翻在地。

这次钟诚爬起来后,理都没理姐姐,直接开始演练蛇鹤八散手。他练得有模有样,渐渐发出风雷声。

钟晴看到他这个样子,还真愣住了。事实上,她察觉到钟诚似乎真的有所悟。他练那种散手六年了,今天这算是悟出了门道?

她面露异色,难道那个老王的确很高明,有真知灼见,阐释了这门体术的真谛?

旁边,那位老者也在演练,他的胸膛微微发光,口中飞出一道淡淡的蛟龙虚影,噗的一声将前方的一块青石劈成两半。

"您这是领悟了什么?"钟晴问道。虽然老者只是负责保护她的人,但她对老者还是比较客气与尊敬的。

老者似乎感触颇深,唏嘘道:"只能说,有些人真的有天纵之资,适合走这条路。我很想追随他一段时间。"

此时,钟晴真的有点儿受不了了,看看为练旧术不惜"出卖"姐姐的愚蠢弟弟,再看看老者望向王煊时那种发自内心的尊敬,她觉得身边的人都被"毒化"了。

然后,她又忍不住给她弟弟来了两下!

"我才十七岁,一切都还不晚,有朝一日羽化登仙,就算当面喊她小钟,她也不敢瞪眼！"钟诚内心强大，被打后这么安慰自己。

王煊的确没有胡言乱语，他说的那些话确实是自己的心得体会。但是，这两人有所突破，最主要的原因还在于他们自身的积累足够了。

老者苦练这种体术数十年，厚积薄发，被点拨后，这么多年来的力量与感悟全部爆发了出来。

至于钟诚，练蛇鹤八散手六年了，底子够厚，以前离练成两式散手也只差一层窗户纸，现在相信王煊所说的话，以虔诚的心境去练，水到渠成。

此时，王煊身边站着一些大组织的人，他们对王煊比在殡仪馆时更客气了。

并且，那几个来自不同财阀家族的中年男子也走了过来。

在殡仪馆时，他们只与关琳交谈，并未像其他人那样主动接触王煊。

现在他们放下身段来到这边，主要是因为王煊实战能力太强，几乎是顷刻间就将周伟击败。

周伟是什么人？实力过人的资深宗师！结果才一交手就被一脚踢中。

救护车直接将他拉走了。

几名中年男子笑容满面，和王煊聊得很愉快，交谈过程中他们很自然地介绍了自己的身份。

他们直接开口，说希望与王煊合作，并且很热情地提及，王煊有什么需要尽管提。

有先秦时期的金色竹简吗？王煊腹诽，但嘴上不可能这么说，他只是笑着应付，没提什么要求。

他很清楚，这几人虽然不是各自背后财阀家族的掌权人，但身份也不算低，都是吃人不吐骨头的主儿。

真要拿了他们的东西，他估摸着不去为他们卖一次命，事情不会结束。

这终究是科技高度发达、超级战舰深入星空的时代，财阀家族与各大组织掌握着庞大的资源，在这些人眼中，宗师也就那么一回事儿。

如果不是那片密地确实需要肉身强大的人，恐怕他们也不会与王煊接触。

当然，真正接近超凡的人会让他们忌惮，他们认为，那种人出行时报备才较为稳妥，因为其刺杀能力太强。

"王宗师年轻有为，实属旧术领域令人惊艳的奇才！看到你，就如同见到年轻时的老陈，你们都是难得的英才啊。可惜，过几天多半就要为老陈送行了。"一个中年男子感慨，表面上给予王煊足够的尊重，顺带还提到了陈永杰。

旁边，关琳的脸直接就黑了，很想说：你死去几十年后，老陈都不会有事儿，他的命长着呢，以后保证给你"惊喜"！

不管怎么说，几人表面上都相当客气，给予王煊极高的赞誉，还都递上了名片。

王煊自然也满脸笑容，现场气氛相当融洽，虚与委蛇谁不会？！

他精神能量旺盛，感知敏锐，自然能觉察到这几人的热情流于表面，骨子里其实有种疏离感。

很明显，论诚意他们远不如吴成林。这些天相处下来，吴成林虽然心思不少，但还有几分真心，想与王煊结交，维持好关系。

关琳走来，直接打断几人，道："小王很不错，是我认的弟弟，将由他护送陈永杰去京城养伤，你们少费些心思吧。"

几人确实想一步到位，和王煊谈一谈去密地探险的事。现在关琳出头，他们只能暂时作罢。

曲终人散，众人皆离去。

王煊被关琳带上飞船直接远去，连吴茵想和他说几句话都没来得及。

一艘星际飞船中，那几个来自财阀家族的中年男子在闲聊。

"你们说，陈永杰真的会死吗？我觉得这事儿有问题！"其中一人突然这样说道。

其他几人闻言都面露异样的神色，他们都相当精明，沉默片刻后，有人点头附和道："确实让人怀疑，他的五脏都受损得那么严重，居然能坚持到现在，该不会又恢复了，甚至触及了超凡层次吧？"

他们都郑重起来，一番思量后，有人认为陈永杰或许死不了，而且很有可能要与旧土有关部门加深合作。

几人都琢磨了很长时间。

"如果陈永杰恢复过来，可以找个机会和他聊聊，请他亲自去那片密地探索，以前又不是没合作过。"

他们有底气，在这个年代，即便列仙再次出现，都可以用超级战舰轰杀。纵然陈永杰超越了大宗师层次，也没什么大不了的。

"老陈应该明白这是什么时代，真有一天有了不可调和的矛盾，再厉害的人也会被直接消灭。"

"在此之前，我们还是要给予陈永杰应有的尊重。在这纷繁复杂的世间，一切无外乎利益，相信一定能找到一条让彼此都能接受的合作之路，毕竟老陈也是个聪明人。"

陈永杰将要前往京城，正式与有关部门加深合作。

在离开前，他和王煊聊了很多。

"去新星吧，那边机会多。关琳给我带来了一本书，让我越发明白，修行者要主动接近超凡的奇物。"

"你又有什么发现吗？"王煊看着他。

陈永杰很严肃，道："采药这个境界，虽然讲的是采自身体内的大药，但是我看了那本书后有种怀疑。前人似乎在暗示，多接触现实中的各种秘药，亲近超凡的奇物，这对采药这个境界有极大的益处。"

陈永杰叹道："各种典籍都在新星财阀手中，地仙草、长生液等也都在深空，机缘多多啊。趁年轻就去走一走、看一看吧。"

王煊狐疑，道："我怎么觉得你似乎无比希望我立刻动身？"

"一切都要从三十年前的一场神秘接触说起——"果然，陈永杰忍不住了，再次提起这茬儿。

"停！"王煊转身看向青木，道，"老青，开飞船送我一趟，我将剑仙子送回当年的小道观沉眠。"

陈永杰顿时意兴阑珊，摆了摆手，道："青木，开关琳的飞船，不会被人定位跟踪。"

没过多长时间，青木就驾驶飞船，将王煊送到了八百里外的一片荒芜山岭中。

这片人迹罕至、蒿草丛生、荆棘遍布的荒山，真的不像是出过仙家人物的灵地。

王煊找了很久，才在一座矮山上发现那座小道观的断壁残垣。这些断壁残垣都被野草覆盖了，不少瓦砾都埋在了泥土中。

"就是这里！"仔细辨认后，他确信就是此地，这里与女剑仙在梦中为他演示的矮山道观遗址一致。

王煊刚将那个存放着羽化仙骨的玉盒取出来，眼皮忽然变得很沉重，直接打了个盹儿。

梦中，他再次看到女剑仙，她依旧是那么空灵出尘，扬着下巴，迈着轻灵的脚步，由远而近。

不过，这次她没有嫌弃王煊，更没有拿剑劈他，而让他带上仙骨上一些黑乎乎的物质，那是雷劫的痕迹。

王煊腹诽：剑仙子太小气了，临别时就给自己这些黑乎乎的东西？

女剑仙竟能听到他的心语，最后她气呼呼地演示，表明将雷劫劈黑的物质带在身上，可保他一次平安。

王煊吃惊，然后就说了一堆赞美之语："仙子空灵出尘，风姿绝世，惊艳了岁月，倾倒了上天，且法力无敌，单手可镇压红衣女妖仙！"

女剑仙听到后，撇了撇嘴，月白色长裙飘舞，就要远去。不过转身的刹那，她嘴角微翘，扬起雪白的下巴，露出从不让别人见到的灿烂笑容。

在梦醒前，王煊看到女剑仙背对着他挥了挥手，骄傲地远去，身影逐渐模糊。

最后关头，又有光影一闪。他竟看到内景地，看到光幕，看到另一位女剑仙以绝世剑光撕裂天穹，仙剑遥指强大的对手！

他一下子就惊醒了，想去帮忙，却什么都见不到了，他已经回归现实中。

"三年之期，三年后我一定早早来这里等你！"王煊自言自语。他不知道三年后究竟会发生什么，却能感觉到女剑仙不会害他，且想保他平安。

第103章
扎心分别

王煊真的想知道三年后会发生什么，对整个世界会产生怎样的影响。

然而他现在无力改变什么。他轻轻一叹，自言自语道："终究是自己不够强，但最起码也得能自保啊。"

他觉得自己与传说中的人相比很弱，颇为落寞。看着整片荒山野岭，他一脸郑重之色，道："什么时候让红衣女妖仙跳段妖仙舞，而她也不敢吱声，那样的话实力就勉强算凑合了吧？"

青木正走来，听到王煊起初的话，感受到他的失落与怅然，还很同情他，接着又看到他一脸严肃，还以为他要明志，奋力崛起。

可是无论如何青木也没有想到，自己竟听到后面的那一段话，顿时将所有安慰之语都咽了回去。

"差不多行了，天还没黑呢。等你什么时候能打过老陈，再去做这些梦吧。"青木面无表情地说道。

"老青，人总要有梦想。几百年前，人类还不知道新星在哪里，现在你再看，人类都进入深空探险了。"

之后，王煊补充道："既然有可能狭路相逢，自然是要她弹琵琶、跳舞为好，总比她到时候弹指杀我、击断战舰好吧？"

青木点头，道："行，坐等你面对绝世红衣女妖仙的那一日到来。"

王煊不想和他说话了，老青这人总爱讲"恐怖片"，就不能说些唯美的未来大戏吗？

他开始谨慎地动手，用短剑小心翼翼地从羽化仙骨上刮焦黑的物质。他很有分寸，并没有多索取。

"走了。"王煊起身。

在回去的路上，他真的有些惆怅，马上就要去新星了，希望再次回来之时不要物是人非。

"老青，我们从青城山地宫中得到的银色兽皮卷上的文字破译出来了吗？"王煊想到这件事。

在那片地下，他得到了张仙人的五页金书和一张兽皮卷，那张兽皮卷被他交给了探险组织，想来同样非凡。

青木一阵叹气，他们请了一堆古文字研究者来破译，却始终没有一点儿头绪，没有人认识兽皮卷上的文字。

"我师父看过后神色前所未有地凝重，说那些文字看着眼熟，大概与神秘接触有关。"

王煊听青木这么说，深感惊异。青木是故意为老陈搭台，还是那些文字的确有大问题？

目前的身份要被冻结了，王煊即将敛去宗师的璀璨光芒，重新开始普通的生活。

但他有不少问题要处理，比如身份的保密性、当前用的手机的私密性、继续跟在老陈身边的替身等。

"这些简单。"对青木来说，这些都不是问题。

接着青木又道："对了，安城中的'王煊'遇到了车祸，还好只是轻伤，没什么大问题。"

王煊一听顿时蒙了，他现在化名王霄，而安城中有人戴着仿真人皮面具代替他当王煊，竟然"被车祸"？

青木道："是新星宋家那个年轻人遗留下的问题，不过现在都处理好了，以后不会有事儿了。"

王煊目瞪口呆。宋家那个疯子还真是疯狂，数次找人暗杀他，原以为那疯子被关起来后，事情也会彻底终结，结果最后还是冒出个"尾巴"，想给他来场车祸，送他上路。

青木道："这是他很早以前布置的。收钱的人最近才行动，根本不知道雇主已经被关起来了。"

现在看来，宋家的疯子想将与凌薇扯上关系的男子都铲除，吴家的年轻人最倒霉，刚与凌薇见家长，便被废了。

宋家疯子的杀心太重，日后一旦被放出来，大概还是要对付王煊的，毕竟他是凌薇的前男友。

"小宋，等我去了新星后，等着瞧！"王煊自言自语。

他们回到安城外的庄园。

即将分别，陈永杰叮嘱了王煊一些注意事项，告诉他一定要随身带着那柄短剑，关键时刻能保命。尤其在遇到某些无法理解的反常现象时，这柄剑可能会有奇效。

"我去新星的话，能带它上飞船吗？"王煊问道。

"让青木安排下，给你弄个现代艺术品鉴定书。找铸剑大师老郑帮忙，就说是他的最新力作，仿制的鱼肠剑。嗯，这种名人的精美杰作不会被卡，购买后允许托运到新星。"

王煊惊讶："这柄短剑很像传说中的鱼肠剑？"

青木点头道："我查过各种文献，又与一些腐烂竹简上遗存的刻图对比过，它的外形与鱼肠剑颇为接近。"

客厅中，关琳很悠闲地坐在沙发上，道："真要是鱼肠剑，估计新星财团的某些老头子会不惜以天价求购，毕竟那是古代传说中的十大名剑之一。但把剑卖给他们太浪费。历代的典籍、珍稀的旧术秘篇，甚至各教失传的孤本，都被他们当文物置于书架上。如果真是鱼肠剑，估计也会被他们当作装饰品挂在墙上，或者立在书桌上。"

"不会真是鱼肠剑吧？"王煊拔出剑刃不足巴掌长的短剑，仔细观看。

陈永杰摇头道:"不是。欧冶子铸造的鱼肠剑以铜、锡为主材料,而你这柄短剑经过初步检测,显示与铜、锡无关。好东西啊,看着像青铜器,却是绝世利刃,坚不可摧!"

接下来,他们谈到王煊去新星的安排与身份问题。

"不要引人注意。"王煊想安稳地过去,有个普通的工作就可以。他提到,新月的同学秦诚正在想办法帮他过去。

陈永杰点头道:"可以考虑你那位大学同学的路径,但暗中可以再给你安排个巡查员的身份,方便你在各地行走。"

这对陈永杰来说根本不是事儿,探险组织的力量非常强,底蕴极其深厚,想往新星送个人并不难。

直到现在,王煊才知道这个组织的全称——秘路探险组织。

在旧土,它名气极大,根本不用提全名,大家都知道说的是哪个组织。

从名字便可以看出这个组织究竟想干什么,它显然是要寻找旧术的内景地、天药等几条秘路。

陈永杰告知王煊,这个组织是他师父创建的。然后他一阵怅然,那个老头子消失三十年了。

最后,陈永杰、青木合计了一下,觉得处理完那些琐事,安排好后续的相关事情,需要五六天的时间。

陈永杰道:"订十天后的船票吧。趁这段时间,你和家人、朋友聚聚。"

王煊了解到,一张深空船票居然需要两百万新星币,折合旧币的话,要近四百万。

他一阵失神,一张船票需要他不吃不喝工作数十年?!

青木拍了拍他的肩膀,道:"知足吧,随着技术越来越成熟,价格已经下降了一大截。不然的话,我都不大愿意去那边度假。"

王煊目瞪口呆,道:"老青,你这么有钱啊,没事儿还跑新星去度假?"

青木诧异,道:"有钱不花留着干什么?万一哪天死去,发现这一辈子都在和柴米油盐打交道,多亏啊。"

王煊咽了咽口水，道："关键是我没钱啊，想花也花不了。"

"你上次不是挣到了五百万旧币吗？"青木疑惑地看向他。

"都给我爸妈了，万一我出了意外，他们也能有个保障。"

关琳看到王煊这个样子，顿时笑了起来，这个实力强大的年轻人也有这样淳朴的一面。

青木点头，道："行吧，这次的船票我帮你买。"

然后他又语重心长地开口："你这样不行啊，去了新月或者到了新星，没事儿的时候多接些探险任务，不然的话连回来的船票你都买不起。"

这话太扎心了，王煊无言以对，他现在确实是个穷小子。

青木打开话匣子，便又多说了几句："新星那边虽然很发达，但是贫富差距极大，如果不努力的话，你一个刚过去的新人，估计只能长期租房子住。"

王煊还没有去深空，就被青木教育了一场。虽然他被打击了，但那的确是个现实问题。

陈永杰叹道："所以啊，老凌反对你和他女儿交往，是有道理的。你看，你连买往返的船票都够呛，就更不用谈其他了。"

"你们师徒二人赶紧走，短时间内我不想再看到你们。"王煊催他们上路，别在他眼前晃了。

"这就动身。再见了小伙子，去了新星后，自己保重吧！"陈永杰拍了拍他的肩膀，准备起程。

"你要去和有关部门合作，自己也保重，别出意外。"王煊郑重地说道。

"放心，我与他们合作多年，有情分在。现在，我的实力更是有了很大的提升，与他们会有更大的合作空间。最主要的是，他们与我有一致的目标。"说到最后，陈永杰轻叹，似乎颇有感触。

"一致的目标？"王煊看向他。

"我与他们在很多方向上是一致的，其中最为重要的方向，即我的心结与他们的心病，那就是神秘接触！"

王煊目瞪口呆，老陈真能绕啊，到底还是说到了神秘接触。

"行，你说吧，我听着。"王煊叹气，反正要去新星了，就听听他要说什么吧。

陈永杰直接交给他一个信封，上面写着四个字：神秘接触。

当日，陈永杰正式前往京城"养伤"，由关琳、青木、"王霄"陪同，而王煊则经过小心的安排，正式恢复了本人的身份。

第 104 章
神秘接触

连续数日淅淅沥沥地下雨,下午时满天乌云终于散尽,一道彩虹挂在天边,引得许多人仰头拍照。

王煊回到租住的地方,坐在书桌前,慢慢撕开信封。他终于要了解这件事了。

"神秘接触,尘封三十年了!"

陈永杰上来就告诉王煊一个具体的时间,这让王煊自然直接想到陈永杰的师父莫名消失了三十年。

"近来新术领域的人也盯上了神秘接触。上一次葱岭大战时,新术领域的大宗师莫海曾亲自登上旧土的超级战舰。"

为了引起王煊的重视,陈永杰直接将敌对阵营拉出来了。

这是实情,当时莫海与有关部门的副手碰过面,当面谈到了这些,渴望得到昔日神秘接触的具体资料。

不过,他下了战舰后便被陈永杰斩灭了。

在信中,陈永杰告诉王煊,他的师父以及有关部门副手的师父都陷在这件事中,消失三十年了!

"老头子最后的眼神很绝望,他的身影就在我面前不远处渐渐消失,最后看着我无力地张了张嘴,却什么声音都没有发出来……"

字里行间,完全可以感受到陈永杰的唏嘘以及无尽的伤感。

当年，不仅那两位实力超群的老人，那个时代一批很强大的旧术高手也都陷进去了，自此无影无踪。

"当时，旧土的一片地方出现异常，连续多日都笼罩着朦胧的光，那是吃人的光啊！"陈永杰没有掩饰自己难以平静的情绪。

那一日，他们根本不了解那里有多危险，谨慎地接近那片光，最后关头他师父突然一把将他扔了出去，自己与其他人全被吞掉。

这成了陈永杰的心结，三十年过去了都解不开。

"那片光笼罩山岭，附着在草木上，看起来神圣而祥和，可是谁都没有料到，人一旦接近它就会消失。

"不只如此，当年钟家也参与了，而且还是神秘接触事件的主力。结果钟家的两艘超级战舰先后被吞没，事发地就像平静的水面，连一点儿涟漪都没有泛起。"

当看到这里时，王煊震惊了，这有些玄乎！

"钟庸老头子当年被吓得够呛，连夜跑回新星，很多年都没敢再来旧土。

"那片朦胧的光持续数日后消失，在原地留下一组神秘的符号。整整三十年，大批知名的学者、专家等来研究过那组符号，却毫无头绪，破译不出来。

"那种符号与青城山地宫出土的银色兽皮书上的文字有相似之处。"

王煊读到这里后不禁神色一动，让一个羽化方士至死都在研究的兽皮书果然有天大的来头！

"朦胧的光消散后，除了神秘符号外，原地还插着一柄黑色的古剑。"

陈永杰在信中没有隐瞒，那柄剑就是他现在手中的黑色长剑。

王煊惊异，老陈的兵器居然有这样的来头！

当时，在黑剑的旁边还有一具枯骨，早已腐朽。

"黑剑与枯骨不见得是朦胧的光留下的，我是亲历者，仔细地看了又看，觉得黑剑像是很早以前就插在那里的。只有那些神秘符号像是新留下的。"

这就是三十年前的神秘接触事件，当时一批旧术高手被吞没，连超级战舰都抵挡不住，被连吞两艘。

"时隔三十年,深空传来消息!半年前,朦胧的光竟然再次出现,这次是在新星,且又留下一组神秘符号。目前只有极少数人知道这件事!"

信的后面,陈永杰提到这件事的进展,意难平。

新星,朦胧的光消失后,原地插着一把古刀。经过仔细的探查后,有人认为,那把刀插在原地很久了。

不仅如此,没过两个月,那片光在新星的另一地再现,在原地留下神秘符号,光消失后,发现有一杆古矛插在地上!

"我觉得,它的活动越来越频繁,早晚会真正稳定在一个地方,去了新星后你要留心!"

……

王煊放下信,一阵琢磨,产生了大量的联想。

黑剑居然是在神秘接触事件发生地被发现的,很有可能是列仙的兵器,毕竟其主人是女剑仙的死对头。

古剑、古刀、古矛这三件兵器是从光中坠落出来的,还是早已插在原地,只为进行某种仪式?

这件事与古人有关吗?与列仙是否有交集?

"我要是有红衣女妖仙的实力,就一巴掌扇过去,管你什么光,先打穿再说!"

王煊摇头,他想到了太多的可能,每一种都让人惊悚,他实在不想深入下去了。

关键是,他想到那些又能如何?现在的他没有实力改变什么。

显然,陈永杰对他抱有希望,觉得他异于常人,能依靠自身进内景地。

"老陈,对不住,这事儿我真帮不上忙。谢谢你告诉我这些,以后我保证绕道走,不会接触那片光!"

下午天色非常好,雨过天晴,彩虹高挂,空气清新。王煊果断跑出去购物,明天回家看望父母与朋友。他准备送上一些礼物,再有十天他就要离开旧土了,有些不舍。

在出门前，他将左手缠上绷带，毕竟他"被车祸"了。

王煊是个行动派，一个多小时便迅速往返，完成了购物，效率高得惊人。

在这个过程中，他被人议论过。

"看到没有，那小伙子购物太麻利了，十几分钟买了一大堆东西，现在直接去结账了。"这是一位男士的话，他小心谨慎地对女伴补充道，"你看我们都转半天了，还没选好，是不是要加快点儿？"

那位女士轻描淡写地道："所以他是单身，而你则有我陪着。"

"是这么回事儿！"男士点头。

王煊差点儿跑过去找他们理论，秀恩爱也就罢了，居然还莫名其妙地伤害他。不过在他回头的刹那，那位女士总算露出善意，低呼道："这人挺帅！"

算了，王煊觉得自己大度，不想再和他们计较了，便听着赞美声诡诡然离去。不过，他也反省，自己好像被女剑仙传染了什么癖好。

吃过晚饭后，王煊在晚霞中开始绕着安城最负盛名的景点云湖散步。明早他就要回家了，十天后直接去深空。

恐怕接下来的数年，他都欣赏不到安城的美景了，因此在落日的余晖中，他平静地看着湖光夕照。

现在他敛去王宗师的光芒，回归普通人的生活状态，即便立身人潮中，也不会有人来打搅。

他沐浴晚霞，看着水鸟在低空盘旋，偶有鱼儿跃起，打破波光粼粼的金色湖面，心境前所未有地平和。他很享受这份宁静。

财团、大组织的代表都离开了，超级战舰没入星空深处，新术领域的人也都走了，熙熙攘攘的安城没有了风雨与喧嚣。

所有繁华与绚烂尽去，王煊耳畔清净，心中空明，此时此刻竟有种彻悟的感觉。

隐约间，他把握到一丝张仙人归隐鹤鸣山时的出世心态，体验尽红尘璀璨，最终所求不过平淡归真伴青山。

蛇鹤八散手在他心中升华，对金书上被他练成的前三幅刻图的招式，他也有了全新的领悟,他的身上有了淡淡的出尘气息。

最后,他又回归现实,摇头道:"哪里有什么入世、出世之说,不过是不同心境时的不同体验罢了。这万丈红尘多彩又诱人,我不会离开。"

他绕湖散步,能够感觉到自己的宗师意识被补全了,自己的实力再次提升!

"小钟,明天就要回去了,我真不愿和你同行。你选的是A航班还是C航班?其实我觉得A、C之间最适合你,咱们尽量避开吧。"

"吴茵,最近你极具攻击性!不过我不和你一般见识,还是欣赏美景吧。对了,你上次就是在这个地方被人一脚踹进湖里去的吧?"

听到这样的对话,看到前方的身影后,王煊掉头就想离开。

然而,有人敏锐地发现了他,吴茵迈开长腿嗖嗖地跑了过来,盯着他看了又看,有些狐疑,而后露出冷厉的目光,冷哼了一声。

王煊发现大吴真记仇,他踹过她一脚,到现在她还一副想吃了他的样子呢。

他有些感慨,不同的时间、不同的地点,遇到同一个人,很有可能是不同的结局。大吴对小王多好,每次相见脸上都带着笑,结果面对他这个真身,每次都想收拾他。

最终,吴茵没找碴儿,竟渐渐平息怒火,只是盯着他缠绕着绷带的左手看,最后又看向他插在口袋中的右手。

王煊心头一跳,这女人直觉那么敏锐吗?该不会是有所怀疑了吧?

他化身王宗师时,容貌、发型与现在完全不一样,身材也有区别,难道她还能看出端倪?

他恢复真身时,特意让陈永杰、青木、关琳检视过,连他们都看不出两个身份的他哪里像,吴茵竟有所怀疑?

青春靓丽的钟晴走了过来,开口问他是否为吴茵的朋友,并微笑着伸手。这是要与他握手?

王煊怀疑哪个环节出了问题,连钟晴都觉察到了什么吗?对方这是想看他右手是否还有伤?毕竟所有人都知道,他的双手在雨夜大战中被震伤了。

他很平静，不动声色地伸出右手，和钟晴的手握了握。

王煊从吴茵脸上看到如释重负的表情，在钟晴脸上却没看出什么。

"哥们儿，该松手了，这是我姐！"钟诚走来。

这让王煊释然，要是每个人看到他都有所怀疑，那麻烦就大了！

他猜测，他在晚霞中转身时的侧影应该与王宗师很像，并且他左手缠绕着绷带，导致两个女子对他产生怀疑。

现在好了，他的右手五指修长光洁，指甲完好如初，两个女子就算有什么联想也都自行消除了。

在晚霞中，王煊挥了挥手远去，留给她们一个背影。

次日他回到家中，告诉父母自己要去新星的事，结果两人很高兴，毫无伤感之色，并开始计划去旧土各地旅行。

王煊很想问他们：我是你们的亲儿子吗？我要离开了，你们没有一点儿不舍之意，竟要开开心心地去旅游。

他又去找了两位发小，见了几位朋友，送出去一堆礼物，接下来每天都是吃喝的聚会。

其间，青木与他用隐秘的线路联系，告诉他琐事已处理好，并且邮寄给他一个包裹，里面有仿古工艺剑证书等一堆东西。

十日后，王煊没进安城，直接去了城外的深空飞船基地，准备离开旧土。

第 105 章
星际旅行

深空飞船基地在安城外三十公里处，规模很大，在旧土排得上前四，相邻省份的人想去新星都要从这里出发。

远远望去，那是一片钢铁丛林，各种各样的大型飞船停了很多。这意味着这里的安保措施为最高等级，机械人密集地排列，各种监控扫描仪到处都是。

附近的环境不错，栽满四季常青的景观树，但与庞大的飞船比起来，那些树就显得有些低矮了。

哪怕是六七米高的树，在闪烁着金属光泽的飞船面前，也不过像是一簇绿草而已。

王煊以前从未坐过星际飞船，因此提前三个小时就到基地了，生怕出什么意外。

一路智能安检过后，他坐在候船大厅中，发现距离登船还有两个多小时，自己来得实在有点儿早。

终于到了登船的时刻，王煊最后看了一眼旧土，毅然转身大步进入飞船中。

庞大的飞船像是一道光驶向太空，等到了旧土外，曲速引擎启动，速度更快了，开始超越光速。

并且随着时间的推移，飞船的速度还在提升，最后飞船似乎不受时空的束缚一般。

他们的第一站是比邻星b，距离旧土4.2光年，是距离太阳系最近的系外行星。

那里有虫洞，可以直接跨过无垠的星空，接近新星。

旧土的月球与新星那边的新月间原本有虫洞相连，往返两地很容易。但是考虑到两个星门距离两颗生命星球过近，担心出现各种安全问题，所以最后迁移了星门。

比邻星b取代月球，深空第八星取代新月，成为新的交通枢纽星。

目前，外星系的飞船无法直抵新星，因为架设的星门随时可以关闭，甚至自毁，从而切断与外界的联系。

从旧土到比邻星b足有4.2光年，但在曲速引擎启动后，只需要四个多小时就能抵达。

王煊忽然觉得，这样的星空旅行就跟早年坐飞机在旧土两座较远的城市间航行差不多。

很遗憾，金属船舱是全封闭的，没有玻璃窗可以欣赏外面的风景，这让他近距离仰望璀璨星空的念头落空了。

座位上虽有全息影像体验，可以让旅客欣赏星空的灿烂、宇宙的深邃，但王煊尝试了一下就放弃了，觉得并无惊艳之处。

途中，飞船也不是一直平稳，偶尔有震动，引发了旅客的不安，是护盾起了作用，解决了航线上的障碍物。

冰冷的飞船内，气氛相当沉闷，没有什么人说话，大多数人都在闭目养神。

王煊也闭上了眼睛，但他并不是要睡觉，而是想进行大胆的尝试——他形成了部分精神领域，现在想外放试试看。

他面对金色舱壁，额头前浮现淡淡的白雾，丝丝缕缕的雾气没入金属中，慢慢地穿透过去。

隔着障碍物，精神也能渗透过去，感知到对面的部分情况，这是精神领域初步形成后他所获得的能力。

下一刻，他见到了真正的宇宙，什么璀璨星河、壮丽深空，全是假的，那不过是利用技术处理后的图片，过于美化了。

他现在感受到的是什么？似坠入深渊，死气沉沉，没有尽头的宇宙一片黑暗，宛若要吞噬人的灵魂。

这样的体验太难受了，竟有种让人绝望的窒息感，四面八方漆黑一片，枯寂无边。

只有极遥远处，有点点微弱的光在黑暗中明灭不定。宇宙太浩瀚，星斗在这里宛若尘埃，不像照片中看到的那么灿烂。

亲身经历后，他体验到的竟是虚无、冰冷、死寂、黑暗，还有一种发自内心的恐惧。

王煊大口喘息，不知不觉间，额头上竟冒出冷汗。

他的精神领域附着在飞船外部，竟发现一缕缕超物质，与新术领域的人施展的能量相似。此外还有其他驳杂的奇异能量，肉眼看不到，精神却可感触。

其中有一团如同乌云的巨大能量飘过，死气沉沉，神秘而又恐怖，当中竟包裹着碎裂的金属块。

王煊头皮发麻。精神感应到的是真实的吗？宇宙中有古怪的云状物质，里面居然有破碎的金属物件，那是什么东西？

可惜，他的精神领域与那金属块相距极远，瞬间交错而过，他根本无法仔细感应。

在此过程中，他也曾尝试接近金属块，但一刹那而已，他就心头悸动，毛骨悚然，险些失去部分精神领域，他果断往回收。

还好肉身与精神相互吸引，精神领域也没有散开过远，他这才艰难地回归。

王煊缓了很长时间，才慢慢恢复过来。他从空乘人员手中接过一杯水，润了润发干的嘴唇——刚才着实凶险。

他一阵沉思。漆黑的宇宙中竟有许多肉眼看不到的奇异能量，有着无法想象的危险，那云状物质中包裹的破碎金属物件究竟是什么？

是飞船碎片吗？他无法确定。

他惊异地发现自己的精神领域竟强大了一些！

随后，他想到古代的神话传说：接近成仙的人为促使自身圆满，以罡风炼体，身入青冥，采九天精气滋身养神。他估摸着，这应该是因为脱离地表，进入了外太空，采集到了各种奇异的能量。

如果猜测为真，这个时代的人岂不是方便很多？坐飞船进入宇宙，在肉体凡胎阶段就可以提前采炼能量。

他只是想了想，就又一阵头痛：一张船票就需要两百万新星币，这价格高得实在离谱。

他不得不叹，对普通人来说，无论是在古代还是在现代，想上九天采气都有些难度。

王煊第一次觉得自己需要挣钱了。过去他没怎么在意，可是离开校园后，他发现无论是情感还是旧术，都很难脱离物质上的支撑。

比邻星b到了。这颗离太阳系最近的系外行星绕着一颗红矮星转动，行星上较为荒芜，只有一个基地建设得较好，宛若一座小型城市。

数百年前，人类还没有走出太阳系时，一度认为这可能是一颗宜居的星球，现在看来明显是想多了。

飞船降落后，在这里进行了最为严格的检查，可见想前往新星，安防有多么严苛，绝对无死角。

飞船内外以及所有人接受了十几次严格的检查，一个多小时后才被放行。

显然，也有人如同王煊般第一次进入深空，对新星有各种疑问与好奇，正在与身边的人谈论。

"我们要过虫洞了，身体该不会被分解吧？会不会有意外？新星究竟在哪里？"

"没事儿，睡个觉就到了。新星多半不在银河系。无尽的宇宙，偌大的星空，想找到一颗生命星球太难了。据说，整片银河系可能就只有旧土一处生命源地。仔细想一想，真的恐怖啊，抬头望天，全都是死气沉沉的地方。"

王煊不知道他们说的是真是假。新星之远超乎想象，不在银河系中？

如果是这样的话，还必须走虫洞，不然即便有星际飞船，想离开银河系也要好多年。

接下来的一切都很顺利，飞船慢慢进入虫洞，空乘人员告诉所有旅客，睡一觉就到了。

这次，王煊没敢乱来，关于穿越虫洞有各种说法，反正这次他很安分，没有再放出精神领域。

他意识昏沉，不知道过了多久，前方一片灿烂，飞船离开虫洞，出现在深空第八星上空。

到了这里后，飞船将前往新星，而王煊要去新月看望秦诚，需要换乘一艘中型飞船。

在这片星系中，深空第八星的地位相当于比邻星b，距新月4.5光年。

五个小时后，王煊坐着中型飞船十分顺利地降落在新月，这是围绕新星转动的月亮。

"两个月未见，不知道秦诚怎样了。"王煊走出飞船，很想立刻见到好友。

两地相距太遥远，远远超出银河系的范畴，他与秦诚一直没有办法正常联系。

新月被建设得相当漂亮，基地中生机勃勃，各种植物到处都是，基础设施完备，简直像是一座宜居的花园城市。

很快，王煊就看到立体投影广告，那是一片琼楼玉宇，有仙女凌空，有桂花树飘香，有会飞的兔子飘浮。

新月上有一座广寒宫。

除了有些失重外，王煊感觉还好，可以慢慢适应这里的环境。

基地的规模很大，王煊拦了一辆悬浮车，准备按照地址去找秦诚。

在路上，他看到了一座庙宇，它不是很壮观，但是那种神圣感令他为之震惊。

这不是心理作用，他仔细凝视，放出精神领域，感应到了那里有无比浓郁的神秘因子。有那么一瞬间，他有一股强烈的冲动，想要立刻去探索。

"这是有着数千年历史的古刹，带着历史的沧桑与厚重感，一砖一瓦都是从旧土空运过来的。据说，这里的圣苦修士的预言很灵验。"悬浮车的司机介绍道。

新月上不只有这座古刹，还有一座极其古老的道观，是本土教的一处祖庭，也是从旧土整体搬迁过来的。

王煊的心绪不平静，思忖着到底要不要去看看。他有些犹豫，怕管不住自己。

这两个古建筑群太不一般了，真要乱动的话，还不知道会放出什么人呢。他甚至怀疑，有可能会把他经常挂在嘴边的张仙人放出来。

第 106 章
偶遇

那座古刹的神秘因子太过浓郁，王煊虽然坐着悬浮车远去，但是很长时间都在回头看，实在不舍。

可他明白，自己暂时也就先看看了，放出来的人不算少了，再瞎折腾的话会出事儿。

漆黑的天幕冷寂而深邃，这才是深空的真相。在这里也能看到星星，但星星不会闪烁，与在旧土或在新星仰望深空时的感觉完全不一样。

"那是新星吗？"王煊抬头，黑暗的天幕中有一颗很大的星球，起码站在新月上观看，有一种它非常大的观感。

"对，那就是新星。"悬浮车的驾驶员点头。

他接送过很多人，每个人第一次站在新月上遥望深空，看到那颗生命星球时都会震惊。

新星竟与旧土一样，站在新月上观望，它是漆黑夜幕中仅有的一抹蓝色。

王煊有种错觉，仿佛看到的是旧土，而不是新星，因为两者在太空中太像了。

悬浮车的驾驶员接送过旧土的人，因此很了解他们的心态，直接开口道："新星的大陆板块或许和旧土不同，但同样有丰富的水资源，此外直径与质量等都与旧土相仿。"

王煊点头，这很关键，理应如此。

相对宇宙星体来说，人类渺小得如同尘埃，而生命也因此显得极为脆弱，对自身生存的环境依赖性很大。

如果新星与旧土的质量、引力等差距颇大，人类根本没有办法在新星栖居、立足。整个环境与旧土相仿的星球，才是理想的新家园。

让王煊颇感吃惊的是，两颗星球各种参数都极为接近，简直就是姐妹星球！

在茫茫宇宙中，想要找到这样相似的星球非常艰难，必然有着复杂的原因。

他自然想到了一个问题：新星是怎么被发现的？

昔日，旧土爆发热战，有一部分人逃到了月球上。很快黑科技大爆发，没多久人类就实现了星际探索，找到了新星，而后成功移民。

其实许多人都有过猜测：人类当初在月球上发现与继承了什么，才有了如今的一切？

甚至，连新星的许多人都相信，现在的最新研究成果其实依旧是吃当年月球的红利，还处在还原阶段。

如今某些黑科技不见得是原创的！

随着对月球遗产的不断解封，人类越发自信，科技逐步升级，总有一天可以驶向更远的深空。

不过现阶段新星上的人似乎仿制居多，对有些东西无法洞悉本质，难以深入利用。

当然，也有一部分人怀着恐惧和敬畏之心：是谁在月球留下了科技遗产？如今他们在何方，怎样了？

所以，新星上的高层还是很谨慎的，设置的星门随时能关闭和自毁，可彻底切断与外界的联系。

不过，近年来少部分人的信心越来越强，迈出去的脚步也越来越大。

秦诚在一家名为鼎武的公司任职，事实上这是一个很大的组织，主要提供安全保障方面的服务，新月上的公司只是鼎武组织的分部。

这个组织在新星的势力不算小，甚至传闻有自己的雇佣兵团养在荒芜的星球上，有需要时可派去密地探险。

新月的防卫自然由正规的军队负责，但也有类似鼎武这样的组织进行补充，以查漏补缺。

鼎武在新月的分公司距离那片云雾缥缈、桂花飘香的古建筑群不是很远，因此王煊提前下车，准备在这里看一看，然后步行去找秦诚。

广寒宫，新月上最奢华的度假胜地，犹若仙境，有各种梦幻的场景与极致的服务。

悬浮车的司机看到他在这里下车，还以为他要住在这里，羡慕得不得了。

王煊摇头，他也只是在附近看一看而已。秦诚曾给他写过信，明确告诉他，这里的开销很吓人。秦诚家里也算有钱，但他都表示要节俭，不去广寒宫花那个冤枉钱。

新月始终在自转，不过转速较慢，差不多近一个月才完成一次。

至于广寒宫这里，上空的防护罩经过特别的光感处理，昼夜交替与新星一样，里面白雾缭绕。

"看到没有，知道那些雾气是什么吗？那是稀释后的月光银与其他对身体有益的物质按照一定比例调制的，常年在广寒宫中弥漫着。"有人感慨。

王煊顿时吃了一惊。当初陈永杰对他说地仙草时，顺便提及一些奇物，其中就有月光银。

那是一种稀有矿物，蕴藏在特殊的岩石内部，敲碎后需要立时服用，不然很快就会蒸发，如皎洁的月光般逸散。它可以延年益寿，提升体质，是一种无比珍贵的大补之物。

广寒宫居然将这种天价矿物拿来当"仙雾"布置，尽管是稀释过的，可也能感受到广寒宫的大手笔。

虽说这里有防护罩，阻挡了月光银逸散的可能，但每日终究还会有一定的损耗，花费很大。

"这是在仿制仙雾啊。"王煊感叹。他终于明白为什么秦诚不敢来这里消费了，从月光银就可见一斑，太奢华了。

整个古建筑群仙家气韵明显，白雾缭绕，琼楼玉宇，门口的桂花树都需要几个人才能合抱过来。

王煊怀疑这是假树,他在旧土都没见过这么大的桂花树。

果然,旁边也有人质疑:"假的吧?"

每天出入新月的人不少,作为负有盛名的景点,广寒宫附近自然少不了人徘徊。

"真树,是从新星的望月崖上挖来的。据说,广寒宫中还有许多桂花树比门口的这棵更古老。"

王煊看了看,反正也进不去,觉得没什么意思,准备离开。

但就在这时,有人周身缭绕着"仙雾"走了出来,红光满面,一副刚大补过的样子。这是一个中年男子,他一眼就看到了王煊,眼神顿时变了,压迫感十足。

"是你!"他认出王煊,快步走了过来。

"老凌!"王煊脱口而出。

他还真不是故意不敬,确实是深感意外,没有想到会在这里遇到凌薇的父亲——凌启明。

在王煊的印象中,凌启明气场强大,当年第一次见面时,他就知道了这个人的性格,果决、强硬。

凌启明一怔,眼神无比冷厉。两年前王煊还客气地喊他"凌叔"呢,结果再见面直接给他降格到"老凌"!

"你怎么来的?"凌启明问道。跟过去一样,他连向人问话都气势十足,双目炯炯有神,脸上带着审视之色。

王煊原本想和他解释下,自己不是有意喊他老凌的,但听到他这样问,立刻想到他和人打招呼,不让自己去新星,便不想纠正那个称呼了,并且反问道:"我为什么不能来?"

凌启明极其严肃,目光灼灼,也不开口,就那么沉默着,气场强大地看着王煊。

两年前,王煊就可以很平和地同他讲道理,没有被他镇住,现在自然更从容。

前阵子吴成林时常往王煊身前凑，没事就与他联络感情，导致他现在看到凌启明后，觉得凌启明的气场有点儿弱，似乎就那么回事儿。

王煊看到凌启明瞪眼，没搭理他，反而看向他身后跟来的一个十五六岁的"少年"。

"少年"一头齐耳的发丝柔顺有光泽，眼睛大而有神，睫毛很长，鹅蛋脸，相当耐看，可以说罕见地漂亮。

"这小男孩真俊！"王煊没搭理凌启明，反而称赞起他身边的"少年"来。

凌启明的嘴角抽动了两下，没说什么。

但他身边的"少年"不干了，走了过来，昂起头看向王煊，并且发出清脆的声音，道："你说谁是小男孩？"

王煊确实有些意外，一个小姑娘留着齐耳的短发，穿着也很中性，早先他真没认出来这是女孩。

他摸了一下小姑娘的头，气得小姑娘直躲，跑回凌启明的身边。

王煊不想和一个孩子纠缠不清，赶紧开口道："疏忽了。小姑娘真俊，真可爱。"

他为了缓和气氛，也没忘记恭维凌启明，道："有点儿像你。"

小姑娘瞪着王煊，气鼓鼓的。

凌启明听到后眉毛都挑了起来，感觉这小子比以前放肆多了，随便就敢与他小女儿斗嘴，夸完可爱还说像他？

"我是说你们一家基因强大，都很俊，随你！"王煊补充了一句。

凌启明黑着脸，没有说话。

王煊见状便也懒得再说什么，直接挥了挥手，转身就走，去找秦诚。

"去，堵住你姐姐，想办法拖住她一会儿，暂时不要让她出来。"凌启明看到王煊消失后，叮嘱身边的小女儿，"你知道刚才那个男人是谁吗？别让你姐姐见到他。"

小女孩顿时如小鸡啄米般点头，然后转身跑进广寒宫。

"度个假都不消停,这小子怎么来了?"凌启明闷声自语。

……

王煊来到鼎武组织在新月上的分公司,站在办公楼外,还在想怎么找人呢,结果直接就看到了秦诚。

秦诚姿态悠闲,身后还跟着一个年轻的女子,两人正一同散步回来。

"秦诚!"

秦诚听到喊声,霍地抬头望来,顿时万分震惊:老王怎么可能出现在新月?出现幻觉了吧?

第107章
月亮之上

秦诚实在太震惊了。

王煊不声不响，就这么跑到新月上来了，突然到了他的眼前，实在是出乎他的预料。

须知，这里已经不再是银河系，距离旧土最起码10万光年，他出来散个步而已，旧土的好哥们儿竟突兀地出现。

"你……怎么来了？"秦诚激动坏了，抛下身边的女伴，狂奔过来，给王煊来了个热情的拥抱。

"御剑横渡星海，飘飘然就飞过来了。"

"得了吧，就算列仙再现，想飞这么远的距离也得累到吐血而亡。"秦诚非常高兴，拉着王煊就走，道，"走，我去给你安排住处，先缓上几个小时，等你解乏了再正式给你接风洗尘。"

秦诚怕王煊旅途疲累，让他随便吃点儿东西，先睡一觉再说。

"没事儿，用不着，我现在精气神旺盛，几天几夜不眠都没问题。"王煊摇头道，这倒不是虚言。

到了宗师层次，他在精气神上面远超常人，不然的话也不可能爆发出那么强大的力量。

王煊看了一眼远处的女子，低声道："这是什么情况？你对得起你在旧土的女朋友吗？怪不得听说你要来深空时，人家果断就要和你分手，那姑娘太有先见之明了。"

秦诚瞥了一眼后方，叹道："不是你想象的那样，我这是被她讹上了，赶都赶不走。"

"还炫耀上了？"

"情况复杂，我烦死她了，回头再说。"秦诚临走时只是对那名女子挥了挥手。

"我先带你熟悉一下环境。"秦诚看出王煊真的不疲累，接过他的背包，然后一招手，带他直接坐上一艘无人驾驶的小型飞艇。

线路是固定的，小型飞艇在这个基地的低空缓慢地飞行，沿途路过广寒宫、千年古道观、变异药试验田等。

"旧土的人喊这边的月球为新月，但这边的人大多直接称新月为月亮或者月球。新星有不少人称呼我们那边的月亮为旧月。"秦诚介绍道。

"在这里最不同的就是，根本看不到蓝天白云。刚来的时候我特别不适应，真想给天空泼上颜料染成蓝色。"

新月上昼夜交替间隔时间长达二十七八天，让他也有点儿受不了。

"这个基地，每一片区域都被笼罩在保护层下。"

保护层的材质是透明的，韧性与坚固性极佳，是非常耐用的太空材料。

多片区域连在一起，就像是一堆泡泡相连。诸多区域间彼此相通，但又可以瞬间隔断，确保如果某一片区域发生意外的话，不会影响其他区域。

有这样的保护层隔绝，再加上内部空气温度与湿度等的实时调节，基地中除却失重问题外，相对宜居，草木茂盛，很像一座花园城市。

在飞艇上，秦诚为王煊介绍新月上的一些基本情况，最主要的还是一些科研基地。那些基地分布在新月其他几处地方，与这里不相连。

星际飞船、战舰需要在外太空检测性能，获取重要数据，其他各种精密仪器以及前沿的黑科技成果等，都需要脱离宜居区域进行测试。

"因此新月上的那几个基地非常重要，不允许任何无关人等靠近，安保为最高等级，我就不带你去转了，因为我也没去过。"

而眼前这个宜居的基地以观光旅游为主,同时有些防护性不高的科研所,起码不会像武器基地那样,偶尔会有能量光束冲向太空。

"老王,你到底为什么来这边?"

"来工作,不过可能很快就会去新星。"王煊如实告诉秦诚。

秦诚吃惊,他很明白好友的状况,想来这边太不容易了。他曾积极活动并给王煊写信,告知他一条门路,让他去试试看,但还是觉得机会不是很大。

"真的成功了,和我一个公司?"秦诚激动地问道。

当初他家里托了关系帮他运作,他才顶着安全专家的名头进入鼎武组织在新月的分部。

秦诚入职时的简历上写着:旧术造诣高,采气、内养成功。显然,这种介绍的水分很大。

他在这边的工作很清闲,主要负责变异的虎狼大药试验田的那片区域。

"老王,你是顶着什么名头过来的?"秦诚问道。

"特聘安全顾问。"王煊告知秦诚。

其实王煊还有一个身份,挂在陈永杰他们的探险组织中,可以方便他在各地出行,不过目前他还不需要那个身份。

"特聘顾问?!"秦诚目瞪口呆。

他很了解鼎武组织内部的情况。像他这种凭关系进来的安全专家,了解内情的人都知道他只是为进新星而过渡一下,因此直接将他放在清闲的位置上,出不了什么问题。

在鼎武组织中,但凡特聘的人都极其厉害,只是挂个名就有高额报酬。组织平日不会劳烦他们,等真正遇到麻烦时才会请他们出手。

"老王,你到底将旧术练到什么层次了?居然被他们特聘了,太厉害了!"

王煊估计这应该是老陈他们那边发力的结果,秘路探险组织与鼎武组织之间大概有紧密的合作关系。

不过,他真正拥有宗师的实力,也对得起这个特聘顾问的名头。

但他不能露底,所以他很谦逊地说道:"如果在旧土举办无限制自由搏斗赛的话，在一个省份中，我差不多是前一两名吧。"

秦诚再次忍不住惊叹，道："老王，你是不是太自负了？"

"我已经够低调了。"王煊叹道。

秦诚发呆，道："这么说，你在旧土最差也能排进旧术领域四五十名内，加上新星的话，你也是旧术百强的高手之一了？"

王煊还能说什么？他真的没法儿再谦逊了。

"走，趁现在下午还没下班，我带你去办手续。你这种拥有自由身份的特聘顾问，待遇相当好。"秦诚带着王煊换了一辆悬浮车，赶向鼎武组织在新月的分公司。

"可惜，那个恶心的人没在，不然的话，我带个特聘顾问归来，估计能吓吓他。"秦诚有些不满地咕哝着。

一切都很顺利，王煊正式成为鼎武组织的特聘安全顾问。公司内谁都知道，这种人非常厉害，是公司专为解决麻烦问题而聘请的，所以不少人频频向他投来目光。

王煊的住所离秦诚的居所很近，环境相当不错，还有个两百平方米的小院，院里栽满了花卉。这让秦诚羡慕得不得了，新月基地寸土寸金，这已经颇为难得了。

晚上，秦诚为王煊接风洗尘，选了一家高档餐厅。秦诚一边吃饭，一边向王煊吐苦水。

公司某个部门的负责人将他当成肥羊来宰，先后向他索要了三百万新星币，结果什么事都没办成，可依旧有事没事就想让他"出血"。

王煊一听，顿时神色严肃起来。三百万新星币那可是一张半的深空船票，对方太贪婪无度了。

"主要怪我自己，我想去新星，可有些硬性指标不够，离采气总是差一线。"秦诚喝闷酒，叹道。

"你要是没有提前来新月就好了，说不定现在实力已提升了一大截。"王煊平静地说道。

"啥意思？"秦诚不解。

"我是旧术领域第一人的护道人，当然，他的这个'第一'马上快不保了。"王煊感慨，道，"最近，我帮你想想办法吧。"

秦诚发蒙，觉得王煊又满嘴胡话。

因为有心事，再想到那个恶心而贪婪的人，秦诚没什么胃口了，只是看着王煊在那里大快朵颐。

"离那座千年古刹不算多远了，我们散步过去看看。"王煊建议。他准备探探路，看下是什么情况。

"老王，你信这个了？"秦诚惊讶地道。

王煊道："我这是为你好，虽然不能将你打造成绝顶高手，但让你应付你那些麻烦应该没什么问题。就算是将你的实力提升到旧术领域前百名内，估摸着问题也不是很大。"

"王真仙，真的假的？"秦诚有些激动了，因为他知道，王煊一向靠谱，从来不会乱许诺。

"我刚才和你说的那些话，你都烂在肚子里，不要说出去！"王煊告诫道。

在临近那座千年古建筑后，他立时感觉到浓郁的神秘因子，这地方太不一般了！

情况很反常，这片古建筑中的神秘因子未免太活跃了吧，简直是主动向他身上扑，在欢呼，在雀跃。

秦诚问道："老王，你的脸色有些不对劲，怎么了？"

"我有点儿想回旧土了。"王煊一脸凝重之色，隔着有段距离呢，神秘因子居然就主动向他身上撞！

"老王，说好了的，你要帮我，怎么才来就想跑路？"秦诚不解。

"那好吧，咱们先看看。"王煊迟疑，自言自语道，"或许，去找张仙人比较靠谱。毕竟，他晚年归隐鹤鸣山，心境相当淡然。可万一真遇上他并不小心将他放出来，他要是知道我天天喊他老张，会不会有什么想法？"

第 108 章
圣苦修士们太热情了

千年祖庭，历经数朝兴衰，带着时光的印记。而今它更是屹立在星空这一端，遥望银河，回首过去，古今多少旧事都随风而去。

但是，有些意识依旧在，始终未变。

王煊确信，这里面有圣苦修士残留的精神能量，被封在奇物中，等待他去开启。现在神秘因子在欢呼雀跃，欢迎他的到来。

列仙的长生之地在何方？

圣苦修士的极乐净土又在哪里？

王煊沉思，古代那些羽化级强者那么神通广大，为什么没有一人能活到现在？

而今他们残存的精神能量却在作妖，要从一个又一个大坑中爬出来，很有可能会将后人拉进去当替死鬼。

这些精神残体与真正的列仙、圣苦修士有什么关系？是否就是他们本身，还是他们故意遗留的？

"老王，过去我从来没有发现千年祖庭竟这样特殊，看着虽然不高，但在心理上竟给人很宏大的感觉，让人想要仰望。你看那些遗存千年以上的青砖灰瓦，带着裂痕，经历了数之不尽的战乱，却越发有种岁月的厚重感。它们竟然在发光，让我有种热泪盈眶的感动，觉得这种传承太伟大了。千年火苗不熄，流散于星空两岸，始终在传递着圣苦修士的慈悲，要净化世间，让人心折，我竟忍不住要去朝拜。"秦诚看着前方，一副要朝圣的样子。

王煊一把拉住了秦诚，自己这是引起寺庙中那些奇物共鸣，导致千年古刹中蕴含的神秘能量复苏，要度化秦诚？

"醒一醒，你不过是被某种残存的精神秘力感染了，放着'王真仙'不拜，你要去出家吗？"王煊在秦诚的肩头不轻不重地拍了一下。

同时，王煊的精神领域浮现，额头前白雾弥漫，让秦诚的眼神恢复清澈。

秦诚惊异地道："老王，这庙宇今天似乎真的有些不一样，感觉格外神圣，让人心生好感。"

"你远离我十米，再感觉下是否还如此。"王煊让他远离一些。

王煊觉得一切都是自身引来的精神秘力所致，而秦诚距离自己过近，被圣苦修士残余的能量"感化"了。

"奇怪，那种感觉变淡了。"秦诚不解。

王煊没有解释，怕吓到他，只是带着他接近寺庙并选了一片开阔地，静静地立在这里，默默感应了一番。而后王煊看向秦诚，道："你在这里练金刚拳。"

"这……有什么讲究吗？"秦诚惊疑。

"在寺庙附近很适合练这种拳法。"

"好！"秦诚点头。在旧术实验班时，他们都学过金刚拳，他对此拳相当熟悉。他舒展身体，面对千年古刹，倒也颇有神韵。

王煊默默运转先秦方士的根法，结果瞬间接引来更多的神秘因子，连他都觉得那片寺庙似乎在发光。

但是他不为所动，并没有进去，而是站在庙宇的院墙外，与神秘因子共鸣，以精神领域牵引神秘因子，然后将它们全部向秦诚身上送去。

当然，他能做到这一步有一个前提——可以自主开启内景地，这些神秘因子天生亲近他，自动在靠近。

飘落的神秘因子的浓郁度无法与内景地中相比，但对秦诚来说足够了，他此前从未接触过这种物质，这些神秘因子对他来说尤为珍贵。

王煊估计自身要是在这个地方修行，一两年内应该可以晋升到大宗师层次。

现在,他将神秘因子全部接引向秦诚身上,这效果对一个还未采气的人来说相当可观。

秦诚身为当事人,虽然无法感知神秘因子,但他发现自己的身体活性增强,新陈代谢加快,练金刚拳越发有感觉了。

"我这是要采气了吗?"他简直不敢相信,一边练一边低头看着身体,看着双手,几乎要颤抖。

其实,他本已非常接近这个层次了。来到新月后,有人给他送药,他曾竭尽所能去消化吸收,效果很明显。

不过,采气那道门槛始终拦着他,他明明到了近前,却迈不过去。

现在一切都不同了,得到神秘因子滋养,他的血肉活力激增,精气神十分旺盛,他自己都能感觉到,马上就要捅破"那层窗户纸"了。

秦诚有种想哭的感觉,他渴望这个层次已经很久了,却始终无法突破,而现在触手可及!

最近他一直在自责,花了家里太多的钱,结果到了这里后还被人当肥羊宰,连着送出去三百万新星币,却连个水花都没有。

根本原因还是他自身条件不过关,始终没能采气,所以才不得不向那个恶心的人上供。

"老王,我有点儿想哭,我觉得是你用不明的手段帮了我。"秦诚还是很敏锐的,红着眼睛说道。

王煊种种反常的举动,再加上来到寺庙后各种神异的体验,让秦诚意识到,自己的好友很神秘!

练旧术且即将采气的人自然远比常人的直觉敏锐。

"别说话,不要破坏了你的那种感悟。"王煊让他静心。

"我觉得……马上就要踏入了,这种势头已经阻挡不住了。"秦诚的眼睛通红,声音都在发颤,竟带着哭腔。

王煊沉声道:"不要捅破'那层窗户纸',你在这种状态下多体悟一会儿,对以后突破有好处,记住这种感觉。"

秦诚点头,照着王煊说的去做。直到一个小时后,他才低声问道:"万一错过突破的机会怎么办?"

"不会错过,明天我带你直接进道观。"王煊告诉他,放下一切包袱,不会有什么意外。

对于好友秦诚,王煊愿意大力相助。如果哪天再开启内景地,秦诚在身边的话,王煊愿意带着他一起进去。

这个晚上,秦诚不断地练金刚拳,沉浸在一种特殊的体悟中,血肉得到神秘因子的滋养,积累得越发深厚了。

他从红着眼睛,到悄然擦去眼泪,再到最后放下心中沉重的包袱,全身心地投入当中,渐渐重树信心。

"走吧,回去了。"又过了一个小时,王煊喊停,与秦诚一起往回走。

即便外面亮如白昼,他们也该去睡觉了,按照新星的时间算,现在已经是晚上。

还好,房间中可以隔绝所有光源,一片漆黑,王煊很快入睡。除非被人托梦,不然的话,身为宗师的他很难进入梦境,会陷入最深层次的睡眠中。

秦诚回去后,眼睛又有些红了——他是个感性的人。他立刻动笔写信,告诉父母自己很快就能去新星,会凭自身的硬性条件过关,不用再给某些人上供。

第二天,王煊与秦诚一起去了鼎武组织在新月的分部,见到了那个贪婪无度的部门负责人黎琨——一个皮笑肉不笑的中年男子。

黎琨对王煊的到来表示欢迎,笑着说了几句场面话后离去。

不久后,王煊与秦诚也离开,前往那座千年古道观。

王煊看了又看,觉得这地方极其不一般,整片道观区域幽静又深邃,有神秘因子弥漫,绝对有极其强大的奇物在这片古建筑群中。

"不愧是千年古道观,估摸着有教祖级人物的羽化奇物遗留在此。"王煊皱眉,在这里琢磨着。

此地的神秘因子不是那么活跃,虽然在弥散,也在向他飘落,但并没有躁动。

"这里的羽化奇物中残存的精神能量似乎极强，但不怎么主动，是因为在沉眠中，还是因为天性淡然？"王煊站在道观前，像是面对一片大渊，竟然感觉有些深不可测。

他已经得悉，这座古道观是本土教祖庭之一！

"算了，万一真的是老张残存的精神能量在这里沉眠，我将他放出来后，他对我有意见，打我一顿怎么办？"喊了那么久"老张"，王煊还真有点儿心虚。

当然，这不是主要原因。

他决定还是去那座古寺庙中，因为他觉得，既然对方讲因果，这次应该还他人情。

"我曾将苦修士放出，等于救了你们一位圣苦修士。接着，我又替你们降妖除魔，先灭白虎，又战红衣女妖仙，九死一生。这一切都是你们苦修门地宫深处镇压的大妖魔骨块流落在外导致的。"王煊轻语，为自己壮胆，进入古寺庙。

此刻，他暂时没想着放人出来，真要再放出几个圣苦修士，可能会出大问题。他想先仔细观察一下，目前只要他站在这里，接引到的神秘因子就足够秦诚所需。

王煊带着秦诚走进千年古刹后，第一时间察觉到有异常现象，殿中供奉的那些圣苦修士像近前的烟气多了不少。

烟气缭绕，缓缓涌动，居然向着金身法相而去，像是真有什么东西要浮现出来。

浓郁的神秘因子出现，向着王煊而来，这些圣苦修士似乎太热情了！

王煊赶紧带着秦诚退出圣苦修士殿，来到院子中，盯着那里的大铜炉发呆。这事儿有些邪门啊，列位圣苦修士，你们想干什么？

"老王，什么状况？"秦诚问道。

"没事儿，你在院子中练吧，稍微沉淀下，然后直接破开'那层窗户纸'。"王煊开口，"采气不过是个小目标，后面还可以大幅度提升。"

不久后，庙宇中的一位老苦修士陪着一个中年人进入这片院落，要进圣苦修士殿。

王煊面露异色，还真是巧了，他再次碰到了凌启明。

凌启明在老苦修士的陪同下，直接走了过去，没有理会王煊。

"那人有些眼熟。"秦诚狐疑。

"老凌！"王煊直接告诉了他。

显然，凌启明隐约间听到了，他的脸部抽搐了一下，最终忍住了，没搭理他们两人，直接进入圣苦修士殿。

老苦修士看到凌启明上香后，道："今日，殿中香火鼎盛，烟绕圣苦修士像，这是瑞兆，或许与贵人敬香有关。"

王煊发现凌启明居然一副坦然接受的样子，还微微点了点头，王煊立刻拉起秦诚转身就走。

然后，老苦修士与凌启明就看到，缭绕圣苦修士像的烟气向外飘去，似乎指向那两个年轻人的背影。

凌启明惊异不已，浑身不自在，果断跑出圣苦修士殿，缓过神来后喊道："等一等。"

第109章
老凌威武

王煊没有理会,刚才凌启明可是一脸冷淡之色进入圣苦修士殿的,看都没看他们两人一眼,现在却喊等一等?

院门口有一群精气神十足的人站着,他们的实力都非常惊人。

凌启明出行,安保措施必然很到位,尽管是在号称极为安全的新月,也有超级高手跟在他身边。

此外,还有最新型的智能机械人守在前方,直接伸手拦住王煊与秦诚的去路。这个级别的科研成果,单体就可以秒杀成群的血肉之躯,击落小型飞船。

王煊止步,脸色冷了下来。凌启明这是想以势压人吗?

秦诚也脸色冷淡,与好友站在一起。他深知这两人之间的各种事。

凌启明走来,没有开口,一副淡漠的样子,先是看了看王煊,又看了看秦诚。

最后他摆手,示意那些保镖退去,在院门外等候。

此时,硕大的铜炉中香火依旧,但烟气不再环绕着圣苦修士像,也没有指向任何人,一切都恢复正常。

凌启明来这里不过是为了看古迹而已,敬香只是顺手为之。他现在平静了下来,觉得是自己多想了。

"你们两个急着走干什么?两年前都还叫我凌叔,怎么现在装不认识了?"凌启明开口。

他毕竟非常人，虽然刚才冷着脸走过去，没有理会他们，但现在收放自如，反倒责问起两人来。

王煊道："你气场这么强大，刚才将我们当作空气，直接无视我们。我们还以为你这是要清场，包下寺庙独自上香，所以赶紧自觉地离开。"

凌启明盯着他，发现这个年轻人比以前……不顺眼多了！

所以，凌启明再次不搭理王煊了，而是看向秦诚，道："小秦，我听凌薇说起过你，小伙子人很不错，一看就很踏实，不浮躁。"

秦诚毫无保留地支持好友，闻言只是笑着点了点头。

王煊一听就明白凌启明这是话中有话，不过他不在意。他为什么拉着秦诚转身就走？就是为了等凌启明过来聊几句。

他不管凌启明心里想什么，也不看其脸色，直接开口："你还记得秦诚，那还真不错。我跟你说，当初凌薇初到安城时，秦诚确实帮了不少忙。比如本地某个年轻的成功人士以及学校中一些很有背景的学生，不知道凌薇什么来头的时候天天给她送花，骚扰她，让她十分厌烦，最后都是秦诚帮忙解决的。"

凌启明觉得这小子话有点儿多。

而且，他越听越不对味儿。秦诚帮凌薇拦阻一群追求者，是不是等于帮王煊扫除障碍？所以，他更不待见王煊了。

他耐着性子听完，只对秦诚点头，说"小秦人不错"。

凌启明很明显是对王煊冷处理，不看向他，也没有与他对话。但是王煊相当"健谈"，似乎没什么眼力见儿，自顾自地说下去。

"秦诚那个时候对凌薇照顾有加，可是你知道吗？他刚来你们的地盘就被人勒索，被欺负得不成样子。"

王煊平静地说到这件事，看到凌启明冷厉地看了过来，他一点儿也不怵，目光灼灼地与凌启明对视。

王煊想帮秦诚解决麻烦，但这里是新月，存在绝对冰冷的规则，有战舰横空，有智能机械人震慑，他不可能蛮干，否则会把自己都搭进去。

这不是古代社会了，在灿烂的科技文明的星空下，即便占理，普通人也不能随心所欲。

一切都要在新月的法度下进行，连参与制定规则的财阀自身明面上都要遵守规则，不能平白无故坏了规矩。

凌启明脸上露出淡淡的笑意。这个他很不待见的年轻人，此时是在求他办事吗？

秦诚有些急眼，他绝对不想看到王煊为了他向凌启明低头，张嘴就要说什么，但被王煊拦住了。

王煊很平静，道："原本我想告诉凌薇，对她多有照拂的老同学到了她的地盘被人欺负惨了。"

凌启明收起淡淡的笑意，以审视的目光看着王煊，开口道："你不要找凌薇，和我说吧。"

王煊按住了有些焦急、想要插话的秦诚，迅速而简单地说出了秦诚面对的麻烦。

凌启明点了点头，虽然脸色依旧冷淡，但是心情不错。这个年轻人主动开口让他帮忙，与过去有些不一样了。

"从校园正式步入社会后，人终究还是要接受现实。"凌启明开口，没什么掩饰。

他觉得人一旦低下了头，那就意味着妥协，会放弃许多最初坚持的东西。

此时，他认为曾经的刺儿头没威胁了，与凌薇也没有什么可能了。

秦诚急眼，道："老王，不需要这样，没必要求他！"

王煊知道秦诚误会了，只能叹息。说到底秦诚还是抱着弱者心态，认为他在低头求人。

王煊是那种人吗？他压根儿没有过那种体验。

他知道凌启明不怎么待见他，而他现在看凌启明也很不顺眼，怎么办？既然偶遇，那就"使唤"老凌办点儿实事。

"我与鼎武组织有些合作，嗯，既然小秦遇上了麻烦，你就将那人喊过来。"凌启明开口，平淡中带着强势。这些对他来说根本不是事儿。

王煊把握到凌启明的心态。对方这是觉得他低头了，放下了自尊，所以现在心情不错？

他微微撇了撇嘴，老凌还真是不待见他啊，但如果认为他低头了，那真是多想了。

王煊近期面对的都是什么人？女剑仙、老苦修士、绝世红衣女妖仙！刚刚他还去张仙人那座宏大的道观转了一圈。

另外，吴成林平日没事儿就和他套近乎，钟晴的弟弟钟诚死心塌地地要跟他学旧术。最为重要的是，他现在还是旧术第一人的护道人，所以他最近有些膨胀，完全是强者无敌的心态。

故此，他让凌启明办事，并不是求人的心态，而是本着不用白不用的想法，让凌启明为自己做点儿事。

秦诚已经被王煊逼着去喊了部门的负责人黎琨来这里一趟，说凌家有一位重要客户要见他。

直到这时，王煊才漫不经心地开口："其实，我们在新星这边有很多同学，比如赵清菡、周坤、苏婵等人，他们与我们的关系都很好。如果去找他们帮忙，他们肯定会十分乐意。主要是秦诚这个人抹不开面子，自尊心太强，一直和那些同学说他现在很好，没什么困难。"

王煊说的这些是实情，秦诚太要强，觉得自己托关系来新月就有些抬不起头，再去求同学帮忙，他会觉得难堪。

王煊不急不缓地开口："所以，我知道此事后，觉得应该告诉你。毕竟秦诚曾帮过凌薇，如果在这边被人欺负，传出去的话……"

"你别说了！"凌启明立刻打断了王煊的话。他琢磨过味儿来了，这小子哪里是低头求他，这是典型的让他办事，还不搭他交情的架势，这小子的脸皮怎么会这么厚？！

一刹那，他对王煊的不待见程度直接提升十倍！

凌启明脸色阴沉，越看王煊越不顺眼。

事实上，王煊看他也不顺眼，暗自腹诽：老凌你堵我来新星的路的账还没算呢，现在让你干点儿活怎么了？

秦诚也渐渐明白过来了，老王拥有极其惊人的强者心态，摆出不用白不用的架势，让凌启明去做事。

而凌启明就想得更多了，所以他看向王煊时，对王煊不待见的程度再次飙升。

"练你的金刚拳，早点突破。"王煊开口。

秦诚点了点头，再次舒展身体，演练苦修门的拳法，非常有神韵。

王煊不动声色，将神秘因子引向秦诚，让他沐浴在浓郁的神秘因子中，血肉活性迅速提升。

不过，这次因为离圣苦修士殿有段距离，所以没产生什么特殊的异象，只是让整座殿宇显得比往日神圣而已。

老苦修士回首，早前他隐约间觉得今天的圣苦修士像有些异常，但现在已归于寂静，难道之前是自己的错觉吗？

凌启明没再吭声，他虽接受超凡事物，但希望以科学来解释。

近期，财阀探索密地，得到了莫大的好处，采集到部分奇珍，足以让他与一些人多活上十几年。

轰！

突然，秦诚身体一震，打出的拳印发出爆鸣声，带起强大的气流。他实在压制不住，突破了。

凌启明吃了一惊，这是他第一次亲眼看到练旧术的人突破，而且还是个熟人。

"采气、内养，一步到位！"秦诚目光灼灼，心中充满喜悦，颇为激动。

采气成功后，很多人需要花费很长时间才能摸索到内养的门径，只有少数人一气呵成。

王煊用神秘因子助他，让他的血肉被滋养到位，如果他不能一步到位，那才会有问题。

老苦修士的脸色变了，莫非方才所见的异象都是这个年轻人练金刚拳所致？

而且他采气与内养同时成功，说明他是个有非凡根骨的人。

老苦修士道："施主与我苦修门有缘。"

"我也觉得。我昨晚梦到圣苦修士发光，似乎是在召唤我，所以我便来了。"秦诚点头道。

他与王煊配合默契，想将王煊择出来，尽管他觉得说了也没什么事。

"施主可以常来！"老苦修士的眼神热切。

黎琨到了，当看到院落外的一群保镖与一些最新型的智能机械人时，他不由得紧张起来。

他进来不久，便知道了凌启明的身份，再看到站在一旁的秦诚，顿时浑身冒冷汗。

凌启明有些看不上他，冷漠地说了几句话，但意思相当隐晦，不像年轻人说话那么干脆。

这是凌启明平日处事滴水不漏养成的习惯。王煊觉得不够爽气，直接走过去，明确地告诉黎琨，立刻退还那三百万新星币。

"不，五百万！"王煊补充道。做错事没代价吗？

王煊看到对方满头是汗地点头，不再说什么。

此时，凌启明狠狠地瞪了王煊一眼。

"老凌……"王煊再次主动对凌启明开口。

秦诚在旁边听着，感觉身上直冒冷汗。老苦修士也愕然，不自禁地看向两人。

凌启明冷冷地盯着王煊，对他的不待见程度提升一千倍！

王煊叹气，道："我都这么称呼你了，还请你办事，你还有什么不放心的？咱们以后各自安好吧。"

凌启明一怔，想了想，确实是这么回事儿，但他的脸色还是很冷。

"你不要对我用手段。万一我出事儿，全世界都会接收到我预设的邮件，说是你害死了我，我相信到时候凌薇也不会原谅你。"王煊郑重地说道。

他确实得防范，凌启明在新月这边的势力很大，想要对付他的话，会有不少办法。

"我故意叫你老凌，也算是在表明态度……"王煊认真地说了几句。

凌启明心情复杂，点了点头，最后冷着脸离开这里。

等远离寺庙后，在没人的地方，秦诚问道："老王，你说的那些都是真的吗？"

"什么真的假的，万一遇上凌薇，难道我还要换个称呼不成？依旧该怎么称呼就怎么称呼。"王煊平静地开口道，"至于老凌，反正都这么叫了，以后也就这么叫吧。"

"你还真是心大！"秦诚叹道。

"怕什么，反正各论各的。"王煊满不在乎地说道。

第110章
追求与践行

接下来的两日，秦诚应老苦修士之邀，不时去古寺庙中练金刚拳，老苦修士欣喜之下传了他大金刚拳法。

老苦修士发现秦诚每次练拳时总会有种奇异的景象，甚至让附近的神苦修士像出现异常。

其实一切都是因为王煊跟在秦诚身边，接引神秘因子，为他巩固底子。

王煊没多少时间在新月上耽搁，他想去新星，过几日就会走，所以在离去前尽量帮秦诚夯实根基。

这次，王煊很克制，没有在寺庙中乱来。虽然他发现了最少八种羽化奇物，但他连一个老苦修士都没敢放出来，实在是有点儿怕。

因为只要他放出一位苦修士，就有可能被迫将整座寺庙中的羽化级强者从古代遗留的大坑中全都拽出来。

那问题就严重了，破坏了均势后，谁都不知道会发生什么。

"真是……苦修门祖庭！"王煊惊叹。他没有尽信老苦修士所言，而是仔细地探查、验证了一番。

这座祖庭的某些石碑与地宫等有数千年的历史，那种积淀下来的历史沧桑感骗不了他的精神领域。

至于院墙、砖瓦等，在战乱中曾多次损毁，历朝不断重建，所以砖瓦与大殿分别属于不同的时期。

当王煊接近地宫时，觉得自己像是在面对没有尽头的天空，虚寂而又浩瀚。

他想了又想，直接向后退去。一个苦修士就让他很意外了，如果将苦修门源头的生灵放出来，仅是想一想他就心中没底。

在弄清楚古人究竟是什么状况之前，他决定先管住手。

"有古怪啊，这边是苦修门的祖庭，另一边则很有可能是老张的修炼之地，为什么将苦修门和本土教两家的祖庭都搬迁到新月上来？"这样的格局让王煊生疑。

"据说，当年在新月上建这个基地时，挖出过一些东西，想换地方都晚了，因为当时临近完工。"秦诚告知王煊。

这种说法比较玄乎，究竟发现了什么并未对外公布，最终请来两家的祖庭？

"竟有这种说法？"王煊顿时来了兴趣。

秦诚点头，他初来新月时也有过疑惑，还曾去详细了解情况。

他在鼎武分公司内部查到部分资料，毕竟这个组织本就是提供安全服务的，对异常事件有记录。

"早期，也就是一百多年前，新月的这个基地施工时，曾发生严重的安全事故，死了一大批人，但资料中没有具体的描述。"

"数年后，两大祖庭先后被整体搬迁过来。"

"几十年前，这个基地中有十几人莫名其妙地疯了，嘴里不停地喊叫，全是外人听不懂的古怪语言。"

……

秦诚讲了很多，最后直接带着王煊回公司，将那些资料找出来让他自己看。

王煊翻阅资料，面露异色，心神彻底被吸引了。

五十年前，有位教授违背生命规律，竟将自己恢复到年轻时的状态，但半个小时后突然死去。这件事情共有六名目击者，结果六人在三年内先后离世。

二十年前，有人凌空飘浮，最终落地时，身体迅速腐烂然后死亡。

这些被简要记录下来的特殊事件都发生在一个地方，那就是曾经挖出过异常东西的月坑，如今月坑的入口早已经被封上了。

王煊放下这些资料，问道："就没有去仔细调查过吗？"

秦诚道："怎么没有？普通人或许不知道，但是每年都会有十几支探险队伍慕名前往。我记得半个月前还有人去过呢。大多数人都没事，同时也一无所获。而一些倒霉的队伍，进去后则再也没有出来。"

而后，他又小声道："据说，早年还有战舰坠毁在那里，所以后面就没有什么大动作了。反正不接近那里，也不会出事儿。"

秦诚看着王煊，严肃地告诫他，不要有什么好奇之心，那里被鼎武组织列为新月上最危险的地方，没有之一！

王煊点头，他自然不会头脑发热，直接跑过去探险。

他轻语道："有意思，旧土那边的月球上挖出了黑科技产品，而这边的月球则发生了神秘事件，两颗月球真是古怪啊。"

秦诚感叹："说起来，在新月还原本土教与苦修门的祖庭，真是很大的噱头，着实吸引了大量的人登月观光，毕竟新星这边的人对有历史底蕴的东西最感兴趣。"

王煊无语，终于知道财阀为什么拼命地挖掘旧土了。新星的所有城市都是新建的，到现在也才一百多年的历史，正是缺什么就在意什么，所以拼命地"补"。

说到登月观光旅游，秦诚顿时振奋起来，道："黎琨那家伙让我再给他一天的时间，五百万新星币就全部到账。"

一旦到账，他想将多出来的两百万转给王煊。并且他准备潇洒一次，将自己那三百万都花出去，带王煊进广寒宫去看一看。

"你脑子有问题啊，花那么多钱去观光。"王煊让他清醒一些，不就是一处景点吗，完全没有必要这样浪费。

"老王你根本不了解，我想报答你，咬牙带你进去看一看。"秦诚告知王煊，广寒宫是续命的地方，"里面真的十分讲究，任何东西都有说法，一餐一饮都是在养命，打的口号就是：还原上古仙家府邸。广寒宫有一种汤，是以黄金蘑熬出来的。据小道消息，这是在密地采集到的珍稀食材，可养骨髓，能造出更有活力的血液，服食一段时间后，可以全面提升体质。"

提到这些，秦诚羡慕得不得了。

王煊终于心动，这广寒宫的生意做得异常惊人，背后肯定由超级财阀把控，不然的话这些珍稀奇物有谁可供应？

黄金蘑可是老陈曾亲口提到过的奇物，可改善体质，对练旧术的人有巨大的帮助。

"真要是三百万新星币的话，咱们就豁出去了！"连王煊都动心了，想和秦诚一起进去养命，不说其他，单有黄金蘑就值了。

秦诚发窘，道："花费三百万新星币肯定能进去，也会有相应的养命服务，但是不知道能不能安排黄金蘑。"

王煊一听就明白了，肯定没有黄金蘑，他比秦诚更清楚那种奇珍到底多么珍贵。

"没事儿，不急，等过段日子我去那片密地采摘一箩筐黄金蘑，到时候请你吃小鸡炖蘑菇！"王煊豪气地许诺，同时也不忘鄙视广寒宫，"瞧他们抠抠搜搜的，放两片蘑菇熬汤，太小家子气了！"

"老王，你比财阀都豪气，我可是记住了。"秦诚咽口水，不管能否实现，先骗自己会有那么一天，"再过段日子，我应该就能调到新星去了，到时候等着吃你的大餐。"

王煊摆手，道："没问题。你和我说说，广寒宫还有什么特殊的东西。万一哪天我去了密地，想采摘些东西，怎么也要比他们的强吧。"

他这也算是间接了解密地出产什么奇珍，好早做准备。

"广寒宫的仙酿称得上一绝，据我所知，不少大组织的首脑都曾慕名而来，赞不绝口。酒浆中似乎混有某种山螺精粹，传言异常珍贵，一个月只提供那么几壶而已，月初头天就会售罄。"

当听到这里时，王煊心中震动。山螺是什么？按照陈永杰给他的那本书中的记载，山螺生于山石中，属于稀世山珍。若能得到，晒干研磨成粉，日服五克，持续半月，可延寿五载。

这可是真正能续命的奇珍，居然有人每月都能拿出来少许，着实厉害。

王煊有些理解为何广寒宫的消费这么高了，不说其他，单是食谱中的这些东西就远远超出常人的想象。

广寒宫每月放出一些山螺酒浆，借此吸引大组织、财团的重要成员抢购。

王煊意识到，第一天来新月时看到凌启明从那里出来时满面红光，肯定是"大补"了，他在改善体质。

"这些算什么？山螺还要论克磨粉泡酒？太寒酸了。"王煊拍了拍秦诚的肩头，道，"等过段日子，我请你吃蒜蓉山螺，咱们直接烤着吃，论斤来，吃到你撑为止！"

秦诚想到那种场面，还真是一阵出神，最后叹道："老王大气！不管怎么说，能有这想法，没事儿的时候幻想一下就很美妙了。"

王煊一阵琢磨，密地真不简单，藏着各种奇珍。而他刚才可不是乱说的，以后去了密地，这些奇珍都将是他的目标。

秦诚的思绪回归现实，他告诉王煊，这边物产丰富，但贫富两极分化极其严重，金字塔顶端的少数人已经开始追求长生，那是普通人不可企及的世界。

王煊点了点头，道："一切都不要急，慢慢来。他们所追求的，我正在践行。"

（本册完）
《深空彼岸3》即将上市，敬请期待！

本书的复制、发行及图书出版权利已由辰东授予长沙天使文化股份有限公司，并由长沙天使文化股份有限公司授权安徽文艺出版社在中国大陆地区独家出版中文简体版本。未经长沙天使文化股份有限公司书面同意，本书的任何部分不得以图表、电子、影印、缩拍、录音和其他任何手段进行复制和转载，违者必究。